TEIL EINS

Sometimes making something leads to nothing.
Sometimes making nothing leads to something.

Francis Alÿs

1

Geplatzt. Nicht der Traum, sondern das Kondom. Schon als er es überstreift, fällt mir auf, dass etwas nicht stimmen kann. An einer Stelle wirft es zu viele Falten, an einer anderen sieht es eigenartig gewölbt aus. Aber dann muss es schnell gehen, weil er schon wieder im Begriff ist, schlaff zu werden. Vielleicht ist Marvin schwul. Wäre nicht das erste Mal, dass ein Künstler seine sexuelle Orientierung über Bord wirft, um sich bessere Chancen auf eine Ausstellung zu verschaffen. Das verstehe und begrüße ich. Da mache ich niemandem einen Vorwurf. Sollen doch die Heuchler, die so tun, als wären sie unbefleckt, laut aufschreien. Dabei wissen alle, die etwas zu sagen haben, dass nur ein einfältiger Mensch den Umweg nimmt, vor allem, wenn das Ziel direkt vor Augen liegt. Schafft man es aber nicht, das Kondom richtig überzustülpen, hört bei mir rasch das Verständnis auf.

Es platzt. Wobei man nicht wirklich von einem Platzen sprechen kann. Es ist ja nicht so, dass ich, wie bei einer Explosion, etwas hören würde; da gibt es kein *Plopp* oder *Peng* und auch Detonation gibt es - große Überraschung - keine. Ich spreche vom Platzen, dabei ist es wohl eher ein Zerreißen, ein Aufreißen, ein lautloses Sich-Spalten. Davon spüre ich nichts. Aber auch sonst spüre ich relativ wenig. Dieses unsichere Kneten meiner Brüste. Marvin, sicherlich ist er schwul. Solange der Sex gut ist, kann mich meinetwegen auch ein schwuler Hengst penetrieren. Aber er ist nicht gut, der Sex.

Fertig ist er, als er endlich fertig ist: Marvin stöhnt laut auf und wirft den Kopf zurück, als würde er unversehens mehr spüren als zuvor, als wäre nun die einzigartige Chance auf seinen Höhepunkt in greifbarer Nähe. Und schon gießt er, begleitet von einem leisen Krächzen, seine Erbinformation, freilich ohne es zu wissen, in meinen Körper. Kurz danach sehen wir uns dieses Ding an, das wir normalerweise rasch zubinden und nichts als loswerden möchten; und schau an, was haben wir denn da? Doch nicht etwa ein Loch? Ein Löchlein? Nein, kein Loch: ein Riss, ein Spalt, ein Fetzen. Und der Großteil des Inhalts verschwunden. In mir. Heilig, die Vereinigung, ein heiliger Prozess, nicht wahr? In meinem Fall ein Fluchen, ein Fluch.

»Sorry«, sagt er. Und dann wiederholt er es mit höherer Stimme und einem vorsichtigen Fragezeichen: »Sorry?« Er zeigt mir das lädierte Kondom, diesen Gummischlauch, der an beiden Enden eine Öffnung aufweist. Wie ein niedlicher Spitzbub sieht er aus, als er mir das Ding vors Gesicht hält und zurückhaltend lächelt. Es ist fünf Uhr früh. Mein ursprünglicher Plan war, ihn nach dem Sex vor die Tür zu setzen, um ungestört schlafen zu können.

»Nicht gut«, sage ich. »Gar nicht gut.« Ich spüre, wie sich in meinem Kopf ein Schalter umlegt.

»War doch nicht mit Absicht«, sagt er, fuchtelt mit den Armen und verteilt den letzten Rest seines Samens auf der Couch.

»Das extra dünne Kondom war keine gute Idee«, sinniert Marvin und fügt nach ein paar Sekunden Stille hinzu: »Und wenn du …«, stammelt er, »… schau, Regina, könnte es sein, dass du nicht erregt genug gewesen bist und deshalb unten irgendwie ... ähm, wie soll ich sagen, unten zu wenig ...«

Den Satz, wenn es denn einer ist, lasse ich ihn nicht beenden. Ich hole aus und verabreiche ihm eine Ohrfeige. Er greift sich an die Wange, dann senkt er die Hand und schaut mich überrascht an. Geläutert wirkt er, als hätte ich ihm durch den Schlag etwas von seiner melancholischen Schwere genommen. Dann öffnet er den Mund, um etwas zu sagen. Ich hole abermals aus, weiter als zuvor, diesmal balle ich die Faust und schlage noch einmal zu, fester.

»Spinnst du!?«, brüllt Marvin, hechtet rückwärts von der Couch und schleicht wie ein verletztes Hündchen in Richtung Küche. Torkelt er wegen des Alkohols im Blut oder wegen des Fausthiebs? Mit beiden Händen kontrolliert er, ob sein Unterkiefer gebrochen ist. Der Schlag hat gesessen. Gut so. Wäre er nicht geflüchtet, der nächste Schlag hätte ihn im Genitalbereich erwischt. Es ist herrlich, als Frau kann man Männer, jedenfalls die gebildeten Exemplare, schlagen, so oft und so fest man möchte, sie werden sich nicht wehren. Als wüssten sie, tief vergraben in ihren Kleinhirnen, dass sie die Schläge im Grunde mehr als verdient haben, dass ihnen eine unbestimmte, nicht verjährte Schuld in den Knochen sitzt und dort noch lange kleben bleiben wird.

»Schade«, sage ich, »als Künstler hast du Potenzial, im Bett dagegen ...«

»Das liegt daran ...«, schreit Marvin. Doch dann hält er inne und spricht auf einmal sehr leise: »Es liegt blöderweise daran ...«, stammelt er, »... das ist mir peinlich. Es ist so, dass ich ...«

»Peinlich?«, sage ich und muss laut lachen. »In welchem Jahrhundert lebst du eigentlich? Halt bitte einfach deinen Mund, zieh dich an und verschwinde.« Ich greife nach der kleinen Schachtel auf dem Tischchen und zünde mir eine Zigarette an.

»Das war Körperverletzung gerade«, sagt er plötzlich ernst, als hätte er jetzt erst begriffen, dass ich ihm eine verpasst habe. Aufrecht steht er da. Sein nackter Körper wird vom Licht aus der Küche von hinten beleuchtet, sodass die Silhouette klar umrissen ist. Er wirkt nicht gerade trainiert, man könnte ihn aber auch nicht als fett bezeichnen. Von der Statur her ein Normalo. Recht schönes Gesicht. Ein lieber Trottel halt. »Nichts anderes als Körperverletzung war das«, wiederholt er. »Du weißt schon, dass ich dich dafür anzeigen könnte?«

»Ja, mach ruhig«, sage ich, »dann zeige ich dich wegen Vergewaltigung an und behaupte, dass es Notwehr war. Schau doch«, sage ich und boxe mir mit der Faust in den Bauch, dann aufs Brustbein. »Siehst du? Körperverletzung kann ich dir auch noch anhängen. Seit #MeToo stellt das kein großes Problem mehr dar. Ich mache Fotos von den roten Flecken, poste sie auf Twitter und verlinke deine Website. Passt das für dich?«

Fassungslos schaut Marvin mich an. Dann öffnet er den Mund.

»Du bist … du bist so eine …«

»Ja, ja«, unterbreche ich ihn, »mach dir nicht die Mühe, nach den passenden Worten zu suchen. Und jetzt ab mit dir! Be gone!«

Er steht regungslos da, als hätte ihn jemand betäubt. Dann, endlich, beginnt er, sich umständlich die Socken anzuziehen.

»Das kannst du draußen machen.«

»Wie bitte?«, fragt Marvin. »Du meinst, im kalten Stiegenhaus?«

»Wenn du willst«, sage ich, »kannst du auch gerne beim Fenster hinausspringen und dich während des Flugs bekleiden. Es wäre, wenn du mich fragst, nicht die intelligenteste Wahl. Andererseits könnte sich dadurch der Wert deiner Kunst steigern. Wenn auch bestimmt weniger stark, als von dir erhofft.«

»Ich gehe zur Polizei«, sagt er.

Unbeeindruckt von seiner Drohung nehme ich einen kräftigen Zug von der Zigarette.

»Geh nur«, sage ich. »Derweil schaue ich, dass der Deal mit der Galerie Grohlinger doch nicht zustande kommt.«

»Jetzt auch noch Erpressung«, sagt er und schüttelt den Kopf.

»Sag mal, bin ich die erste Erwachsene, mit der du in deinem Leben sprichst?«

»Nein«, sagt er mit säuerlichem Lächeln, »nicht die erste Erwachsene, aber das erste richtige Arschloch.«

»Das«, sage ich, »höre ich immer wieder gerne. Wusstest du, dass Gandhi ebenfalls ein Arschloch war? Für die Briten, versteht sich. Und der Dalai Lama ist ein Arschloch für die Chinesen. Die Perspektive ist entscheidend.«

Mittlerweile hat er es geschafft, sich die Socken anzuziehen. Mit den restlichen Kleidungsstücken, als Knäuel in seinen Händen, schlurft er, ohne mich noch einmal anzusehen, in den Vorraum. Seine Arschbacken streift ein matter Lichtstrahl. Süß sind sie. Die Wohnungstür fällt mit einem lauten Knall ins Schloss. Weint er, oder bilde ich mir das leise Wimmern nur ein? Ich nehme noch einen Zug von der Zigarette, suche nach dem

Aschenbecher, finde ihn nicht, öffne hinter mir das Fenster und schnipse sie, noch glühend, in die klare Morgendämmerung. Dann steige ich aufs Fensterbrett, halte mich am Rahmen fest, sauge die kalte Luft in meine Lungenflügel … und springe. Während des kurzen Falls zieht mein Leben an mir vorüber.

Die Mutter. Die brave Mutter. Wie sie den Anweisungen meines Vaters hinterhertänzelt, als hätte sie keinen eigenen Kopf, kein eigenes Herz, keine eigenen Augen. Die Mutter. Die brave Mutter. Eine Haushaltsmaschine. Wie sie stets funktioniert. Auf Befehl aktiviert und nach Gebrauch in der Besenkammer abgestellt. Die Mutter, wie sie sich an mich schmiegt oder ich mich an sie, an ihren weichen Körper, der es gewohnt ist, jedem Druck nachzugeben. Diese Wärme, die von ihr ausgeht, die Geborgenheit, in die ich mich lege, wenn sie mich umarmt. Die Mutter, die ihr ganzes Leben lang selbstlos dient, bis nichts mehr von ihr übrig ist, und wenn sie nicht für Vater da sein muss, ist sie vor allem für Gustav da. Habe ich mich je bei ihr bedankt? Muss man sich bei den Eltern bedanken?

Der Vater. Der dumme Vater. Wie er glaubt, dass er mich genauso formen kann, wie er seine Ehefrau geformt hat. Der Vater. Der dumme Vater. Ein Bauarbeiter, dann Vorarbeiter oder Nacharbeiter. Das kann er, schuften, Geld verdienen. Nur denken kann er nicht. Der Vater, der sein ganzes Leben lang täglich Staub schluckt und nicht versteht, dass denken wichtiger sein kann als handeln, dass studieren wichtiger sein kann als kräftig anpacken. Der Vater, der, wenn er nicht mehr weiterweiß, gerne zum Alkohol greift und der, weil es keinen Tag gibt, an dem er weiterweiß, täglich zum Alkohol greift. Anstatt mit der Mutter zu reden, oder mit seinem Sohn, der ihm, ohne zu antworten, geantwortet hätte. Gern habe ich mit ihm geschwiegen, das kann er gut. Der Vater mit seinen kräftigen Armen, die dafür sorgen, dass ich als Kind nie frieren muss, die dafür sorgen, dass ich nie hungern muss, die mir Sicherheit geben. Ja, dafür bin ich dankbar, und doch könnte ich mich nicht bei ihm bedanken.

Mein Bruder. Mein guter Bruder. Er ist, obwohl er nichts versteht, der Einzige, der mich versteht. Der Einzige, der mir zuhören kann, ohne mich zu bewerten. Mein Bruder. Mein guter Bruder. Ein Mensch ohne Vergangenheit und ohne Zukunft. Dazu verdammt, sein Leben im Moment zu verbringen. Andere meditieren jahrzehntelang und erreichen diesen Zustand nicht. Und doch ist Gustav gezwungen, zu bleiben, wer er ist. Sich nicht ändern zu können, es tut weh, das in seinen Augen zu erkennen. Auf Mutters Pflege ist er angewiesen. Sie ist seine Beschützerin, seine Anwältin, sein Anfang und sein Ende. Mein großer Bruder, mein Held, der es schafft, der Ignoranz meiner Eltern Tag für Tag standzuhalten. Er ist stärker, als ich es je sein kann.

Mit dem Kopf voraus schlage ich auf am kalten, rauen Asphalt. Nur ein kurzer, heftiger Schmerz. Der Schädel spaltet sich, das Gehirn quillt heraus, die Wirbelsäule wird gestaucht, Schädelbasisbruch. Oder noch Schlimmeres. Ich sehe das silbrige Licht des frühen Morgens nicht. Es ist aus. Sehr dunkel. Und leise. Ich muss mich um nichts mehr kümmern. Und Vater wird trauern. Spätestens, wenn er von meinem Tod erfährt, wird er Tränen vergießen. Ein Lichtblick in seinem dumpfen Leben, in das er tags darauf wieder versinken kann. Und die Mutter wird, sofern es ihr die Tabletten erlauben, die sie von meinem Bruder zuweilen abzwackt, überhaupt noch Gefühle wahrzunehmen, nach einem Heulkrampf in einen tiefen, traumlosen Schlaf sinken. Und der Bruder wird es nicht verstehen, weil er es nicht verstehen kann. Was das sein soll: sterben, aufhören zu sein. Er kann es nicht verstehen, weil er nicht einmal verstehen kann, was es bedeutet, zu sein, zu existieren. Oder verhält es sich genau umgekehrt? Ist er der Einzige, der versteht, was es bedeutet, zu leben, und ich bin diejenige, die im Dunkeln tappt?

Ich verfolge den Flug des durch die kühle Luft wirbelnden Zigarettenstummels. Ein Auto mit kaputtem Auspuff fährt vorbei, durchbohrt die Stille mit seinem Scheppern. Ein kräftiger Windstoß bläst mir ins Gesicht. Einen Moment lang bekomme ich keine Luft. Ich steige vom Fensterbrett, schließe das Fenster und frage mich, was es mir gibt, mir meinen eigenen Tod auszumalen. Antwort finde ich keine. Ich knipse die Lampe an, lasse mich auf der Couch nieder und betrachte die Fingerknöchel meiner rechten Hand. Sie sind vom Fausthieb stark gerötet. Ich öffne die Hand und schließe sie. Mein Blick fällt auf den Boxsack in der Nische neben der Schlafzimmertür. Mit dem Handschuh gegen ihn zu schlagen fühlt sich definitiv anders an, nicht besser, aber anders. Ich mache mir eine gedankliche Notiz, mich darum zu kümmern, der Direktorin beim nächsten Jour fixe eines von Marvins Werken zum Ankauf vorzuschlagen. Mich langweilt Malerei, aber seine Pinselstriche werden bald viel wert sein.

Der Standort der nächstgelegenen Nachtapotheke ist mir zu weit entfernt. Ich schließe die Öffnungszeiten-App, lege das Handy beiseite und rede mir ein, dass es auf diese paar Stunden nun auch nicht mehr ankommt. Unter der Dusche denke ich an nichts. Mit relativ heißem Wasser fange ich an und senke die Temperatur stetig, bis der Regler bei der kältesten Einstellung angekommen ist. Jeden Strahl spüre ich, als wenn er einzeln in mich hineinfahren würde. Ich kann nur schwer atmen und etwas sticht in meiner Brust. Und doch tut es gut. Nur nicht weich werden, sage ich mir, nur nicht zu einer Warmduscherin werden. So fängt es nämlich an, dass man weich wird, und schon ist die Aufmerksamkeit vermindert, der falsche Fokus justiert. Das Wasser drehe ich ab, steige keuchend aus der Dusche, es kribbelt unangenehm in den Gliedern. Ich stelle mich vor den Spiegel und betrachte meinen Körper, bemerke die Gänsehaut an den Ober- und Unterarmen. Die langen roten Haare legen sich um den Hals, kleben daran. Gut schaue ich aus. Für mein Alter schaue ich immer noch sehr gut aus. Die Wörter *immer noch*, sage ich mir, sollte ich aus meinem Wortschatz streichen.

Von meiner Mutter habe ich die weiche Haut geerbt, die schmalen Hüften und mit ihnen den kleinen Hintern, auch die brüchigen Nägel und die Zehen, die merkwürdigerweise alle mehr oder weniger die gleiche Länge aufweisen; von ihr habe ich auch die vielen Muttermale auf Bauch und Rücken, die ich irgendwie mag, die grünen Augen, die schmalen Lippen und dann noch die Brüste, die bis jetzt zum Glück nicht hängen. Die Wörter *bis jetzt*, sage ich mir, sollte ich ebenfalls streichen. Mein Vater hat mir den relativ hohen Wuchs vererbt, die starken Knochen, den durchdringenden

Blick, die Zähne, die eine schönere Anordnung verdient hätten, und schließlich das Rot meiner Haare, der Augenbrauen und ja, auch der Schamhaare. Ich sollte sie wieder wachsen lassen, sage ich mir, während ich mich abtrockne und föhne und dabei an die mit geballten Fäusten dastehende und vermeintlich stolz in die Kamera blickende *Big Nude*-Asiatin denke, die Helmut Newton einst fotografiert hat, die jedoch, wie von Susan Sontag richtig erkannt, mitsamt allen anderen von ihm geschossenen Bildern, frauenfeindlich und erniedrigend abgelichtet wurde. Er hätte nackte Männer fotografieren sollen, dann wären seine Fotos unter Umständen nicht ihrer Zeit verhaftet geblieben. Überhaupt, er hätte durch die Haut hindurch die *Menschen* einfangen sollen, nicht die Oberflächen von diesen Puppen, präsentiert in bester Riefenstahl-Ästhetik. Vielleicht hätte er auch keine Menschen fotografieren sollen, sondern Tiere, oder auch keine Tiere, sondern meinetwegen Pflanzen, die sind schließlich auch nackt, nicht wahr, aber dann hätte Alice Schwarzer vielleicht keine sexistischen, rassistischen und faschistoiden Züge in seine Werke hineingedichtet, was auch wieder schade gewesen wäre. Ach, er hätte erst gar nie den Auslöser betätigen sollen, dann hätte ich mich vor zehn Jahren, als frisch eingestellte kuratorische Assistentin, nicht ärgern müssen über seine Abzüge. Jedenfalls hat mir der Kurator dieses Provinzmuseums meinen Lebenslauf versaut. Keinen Geschmack, dafür stets die Besucherzahlen im Kopf. Dabei hätte das die Sorge des Direktors sein sollen. Nun, er war ein Mann. Da konnte ich nicht viel erwarten. Sex verkauft sich halt immer noch am besten, hat er mir zugeflüstert, in der Pause damals, und gekichert wie ein Schulbub, der zum allerersten Mal das Wort Vulva in den Mund nimmt. Seine Bemerkung war dermaßen abgelutscht, dass ich mir überlegt habe, die Frühlingsrolle auszuspucken, auf seinen Teller oder, warum nicht, gleich in sein Gesicht. Weil diese Aussage nicht stimmt. Nicht mehr. Ich werde es beweisen. Man hat mich nicht umsonst zur neuen Chefkuratorin des zeitgenössischen Ablegers der Belvertina bestellt, in dem seit seiner Eröffnung vor zwei Jahren nichts als Langweiligkeit zur Schau gestellt wurde. Ich weiß es besser. Nun heißt das nämlich so: *money sells*. Klar ist es plakativ, es ist aber auch selbstreferenziell, und es geht tiefer, schließt den Wallstreet-Wahnsinn ebenso mit ein wie die spanische Immobilienblase und die Ausbeutung der Schneiderinnen in Bangladesch. Als ich Arcus, dem Künstler der ersten von mir kuratierten Ausstellung in der Belvertina, den Titel vorgeschlagen habe, hat er genickt. »Perfekt«, hat er gesagt. »Das ist es, so machen wir das.«

In der linken Hand halte ich die Kaffeetasse, in der rechten das Handy. Sue ist online. So früh? Ich stelle die Tasse ab und tippe mit beiden Daumen. Im rechten spüre ich ein unangenehmes Ziehen. Vom Scrollen oder vom Boxhieb? Egal. Ich frage Sue, ob sie durchgemacht hat. Diesmal nicht, schreibt sie. Seitdem die Müllabfuhr gekommen sei, bekomme sie kein Auge mehr zu. Ob Jen noch schlafe, frage ich. Ja, wieso? Wie es mit ihr laufe, frage ich. Besser, schreibt Sue. Also hat sie es endlich verdaut?, möchte ich von ihr wissen. Sue fragt, warum ich so früh munter sei, ob ich vielleicht die Kranke sei. Mag sein, antworte ich. Was das zu bedeuten habe, schreibt sie. Dass ich ein kleines Problemchen hätte. Ach ja?, fragt Sue, welches Problem denn? Kein

Problem, tippe ich ins Handy, sondern ein Problemchen. Sue schreibt: Aha, und weiter? Ich müsse etwas verhindern, schreibe ich. Den Weltuntergang?, fragt Sue. So etwas Ähnliches, schreibe ich. Ich glaube, Jen wacht auf, schreibt sie. Na und?, tippe ich. I should go down on her, schreibt sie, damit aus ihrem Besser bald ein Prima wird. Ich tippe: Frau muss eben tun, was Frau tun muss. Morgen erzählst du mir dann alles, ja?, schreibt Sue, fügt einen zwinkernden Smiley hinzu und geht offline, bevor ich ihr *nein* antworten kann.

Instagram, Twitter, Facebook, Mails, ein kurzer Blick aufs Konto. In dieser Reihenfolge. Fotos gepostet, Artikel retweetet, Hashtags hinzugefügt, den Sinn angedeutet, nicht zu viel gezeigt, nicht zu viel erzählt, neugierig gemacht, Herzen gesammelt, geliked, geteilt. Plötzlich ein Stich in der Brust. Diesmal fühlt es sich anders an als unter der Dusche. Ich zucke zusammen, greife hin und frage mich, ob ich mir Sorgen machen muss. Der Schmerz verschwindet so schnell, wie er gekommen ist. Wird nichts sein, rede ich mir ein. Was soll denn groß sein? Seit ein paar Monaten überrascht er mich, der Stich. Er hält sich nicht an Tageszeiten, an keinen Rhythmus. Er kommt und geht. Sollte ich das von einer Ärztin ansehen lassen? Ach, scheiß drauf. Ich bin gesund, bin ich immer gewesen. Das bisschen Rauchen wird mir nicht schaden. Eine Packung verkraftet mein Körper. Wenn es überhaupt eine Packung ist. Ich zünde mir eine Zigarette an, öffne die Wohnungstür und sammle die Zeitung auf. In der Küche blättere ich sie durch, schenke keinem bestimmten Artikel meine Aufmerksamkeit. Ein kurzer Blick auf die Küchenuhr sagt mir, dass die Apotheke um die Ecke bald öffnet. Ich dämpfe die Zigarette aus, stehe auf, betrete den begehbaren Kleiderschrank, lege den Bademantel ab und frage mich, ob es genügt, den Jogginganzug anzuziehen. Da fällt mir der pandemiebedingt verjährte Karl-Lagerfeld-Spruch ein, dass, wer in der Jogginghose rausgehe, die Kontrolle über sein Leben verloren habe. Ich zögere. Und wenn ich nun, wo ich schon munter bin, anschließend doch ins Büro fahre? Arbeit gibt es genug. Also dann: schwarzer Slip, schwarze Hose, weißer BH, weiße Bluse, schwarzer Blazer. Vor dem großen Wandspiegel im Flur fahre ich mir in den Nacken und ziehe die Haare, die noch unter dem Blazer liegen, mit einer Bewegung heraus, die einen geheimen Beobachter an Shampoo-Werbungen aus den neunziger Jahren erinnern würde. Und der Lippenstift? Nachdem ich den Inhalt der Handtasche dreimal umgerührt habe, finde ich ihn in einem kleinen Seitenfach. Brauche ich ihn? Aber klar doch.

Es sind nur ein paar Meter von meiner Haustür bis zum Eingang der Apotheke, und doch muss ich an einem knienden Bettler vorbei. Ich überlege, ob ich die Straßenseite wechseln soll, um diesem deprimierenden Anblick zu entgehen. Bevor ich eine Entscheidung treffen kann, stehe ich vor ihm. Ob ich ihm helfen könne. Seine Familie! Ach, und seine Kinder! Hilfe, bitte um Hilfe! Steht alles auf einem Pappkarton. Ich bleibe stehen, greife nach meinem Portemonnaie und entnehme ihm einen Hundert-Euro-Schein. Das blassgrüne Blatt flattert verheißungsvoll im Wind. Der Bettler lächelt mich mit einem vom Wetter zerfurchten Gesicht an, die meisten Zähne fehlen in seinem Mund; vielleicht ist es gar kein Mund mehr, denke ich, sondern schon ein Maul; immerhin sind ihm die Schneidezähne geblieben, nikotingelb verfärbt. Kurz bevor seine schmutzigen Hände den Geldschein berühren, ziehe ich ihn zurück, stecke ihn ins Portemonnaie und schließe den Zipp.

»Irgendwann in deiner Vergangenheit«, sage ich zu ihm, »bist du falsch abgebogen. Das kann man nicht mehr rückgängig machen. Auch ein Hunderter kann dir nicht helfen. Und deine Familie? Wo ist sie denn? Deine Kinder? Wo sind sie? Wahrscheinlich hat dich deine Frau verlassen, weil du nichts auf die Reihe gebracht hast, weil du gesoffen hast, weil du am Abend nicht mal mehr in der Lage warst, den Dreck unter deinen Fingernägeln zu entfernen. Weil du gestunken hast. Nach kaltem Schweiß und Pisse und süßem Parfum. Weil du ignorant gegenüber den Bitten deiner Frau gewesen bist, ihr schon lange nicht mehr geben konntest, wonach sie sich sehnte. Weil du das wenige Geld, das ihr euch mühsam mit langweiliger Lohnarbeit angespart hattet, mit Sportwetten verspielt hast. Und jetzt kniest du hier, faltest deine Hände und hoffst auf ein Wunder? Erbärmlicher Abschaum!«

»Nix verstehen«, ruft er mir hinterher, als sich die Schiebetür zur Apotheke öffnet. »Bitte! Schöne Frau. Nix verstehen …«

Ein paar Junkies stehen vor mir in der Schlange und warten auf ihre Tabletten. Ein ausgemergelter Typ dreht sich zu mir um und checkt mich kurz ab, und als er sieht, dass ich mit ziemlicher Wahrscheinlichkeit nicht zu seinesgleichen gehöre, schaut er beschämt weg. Fühlt er sich bloßgestellt? Ich bin die Letzte, vor der er sich verstecken muss. Der Apotheker öffnet seinen Morphiumordner und verteilt die Medikamente, die von den Substitutionspatienten unverzüglich, und unter genauer Überwachung des Apothekers, eingenommen werden.

»Ich denke nicht schlecht über dich«, flüstere ich dem Junkie oder Ex-Junkie ins Genick. »Habe ich auch mal geschluckt. For the fun of it. Jetzt trinke ich nur noch Wein und rauche unverschämt schwaches Gras. Zum Einschlafen, versteht sich«, füge ich hinzu, nachdem er sich langsam zu mir umdreht und mich beinahe erschrocken anschaut. Nichts kapiert er, der Typ. Ach, ist es nicht herrlich, bei Sinnen zu sein? Will er mir etwas sagen und schafft es sein Gedanke nicht vom Gehirn bis zur Zunge? Arme Sau. Im Vergleich zu ihm kann sich der Obdachlose vor der Apotheke glücklich schätzen. Der Junkie oder Ex-Junkie wird aufgerufen, schluckt sein Morphin retard und verlässt mit gesenktem Haupt die Apotheke.

»Guten Morgen«, begrüßt mich der alte Apotheker mit professionellem Verkäufer-Lächeln.

»Ja«, sage ich. »Die Pille danach.«

»Wie bitte?«

»Ich brauche die Pille danach. Wollen Sie es schriftlich?«

»Also gut«, sagt er und hört auf zu lächeln. »Darf ich Ihnen sonst noch etwas bringen?«

Ich antworte nicht. Er steht da, stützt sich mit den Fäusten auf der Glasplatte ab und schaut mich fragend an.

»Ich habe Ihnen gesagt, was ich brauche«, sage ich. »Hätte ich noch etwas anderes von Ihnen haben wollen, so hätte ich meinen Mund geöffnet.«

»Ich wollte nur nett sein«, sagt er sichtlich gekränkt und fragt: »Sie wissen, wie man sie verwendet?«

»Na, man wird sie wohl schlucken müssen, oder soll ich sie mir als Zäpfchen in den Anus schieben?«

»Das empfehle ich Ihnen nicht«, sagt er schmunzelnd. »Sie sollten wissen, dass die Pille danach nur wirkt, wenn der Eisprung noch nicht stattgefunden hat.«

»Sehe ich etwa so aus, als würde ich sie zum ersten Mal nehmen?«, frage ich.

Der Apotheker antwortet nicht, dreht mir den Rücken zu und öffnet ein Regal.

Eisprung, denke ich. Manche Frauen spüren ihn. Wie das möglich sein soll, ist mir bis heute ein Rätsel. Ich spüre da nichts. Habe ich noch nie. Vielleicht hat es mit dem Ausbleiben meiner Periode zu tun. Ich solle den Stress abbauen, hat mir die Frauenärztin mit strenger Miene empfohlen, da ich laut ihrer Einschätzung unter einer *sekundären Amenorrhoe* leide. Mein Menstruationszyklus sei also im Arsch, habe ich sie gefragt. So könne man das auch ausdrücken, hat sie gemeint. Aber es sei nichts, was man nicht wieder in Ordnung bringen könne. Wie gesagt, der Stress sei unverzüglich abzubauen. Ha. Haha. Hahaha. Sie hat keine Ahnung. Niemand hat eine Ahnung. Es geht nun schon seit Längerem so. Als ich mit Ende zwanzig die Pille abgesetzt habe, musste ich erst mal zwei Jahre auf die Blutung warten. Irgendwann kam sie so stark, dass die dicksten Binden noch zu dünn waren. Und mit der Zeit ist sie dann wieder verschwunden, völlig verebbt. War mir eh recht. Wofür sollte ich der Blutung nachjammern, wenn es auch ohne geht? Vielleicht habe ich zu viele männliche Hormone, habe ich zur Frauenärztin gesagt. Es hänge jedenfalls mit dem Hormonhaushalt zusammen, der insbesondere vom Hypothalamus und der Hypophyse dirigiert werde. Stress ... als wenn ich darunter *leiden* würde! Ich weiß, dass ich Stress habe, natürlich weiß ich das, da brauche ich keine Ärztin, die es mir attestiert.

Was sie nicht weiß, ist, dass ich ihn genieße. Das kann ich. Andere nehmen Koks, das sind die, die es noch nicht herausgefunden haben. Ich reite auf dieser Stress-Welle, und sie bricht und bricht und bricht unaufhörlich; ich surfe in ihrem innersten Tunnel, streife mit der linken Hand über die Wasseroberfläche, und vor mir schwebt das Licht, die Öffnung, der ich hinterhereile. Es gibt mir den ultimativen Kick. Die weißen Spuren auf den Glastischen in den Besprechungsräumen, wie peinlich, dass ich damals mitgemacht habe. Der Stress hingegen ist echt, er ist eine Droge, die ich aus mir selbst heraus erschaffe. Sie macht mich unabhängig. Keine Dealer. Kein Down nach dem High. Und das Allerbeste ist: Sie kostet nichts! Nichts, außer einer unregelmäßigen Menstruation und einem Stechen in der Brust. Diesen Preis bezahle ich gerne.

»Wie viel bekommen Sie von mir?«, frage ich den Apotheker.

»Es kommt darauf an, ob sie die günstigere oder die teurere Pille einnehmen wollen. Die teurere beinhaltet den Wirkstoff Ulipristalacetat, der die Eigenschaft besitzt, …«

»Ich nehme die günstigere.«

»Aber wollen Sie sich die Unterschiede nicht anhören?«, fragt er.

»Sagen Sie, muss ich als Frau immer alles zweimal sagen, damit ein Mann es akzeptiert? Ich habe nein gesagt.«

»Ich wollte Sie bloß informieren. Wissen Sie, das ist mein Job.«

»Das sagen sie dann, die Männer. Dass sie nur helfen wollten. Der armen, hilflosen Frau helfen, weil sie so lieb ist, so bedürftig, so süß.«

Der Apotheker bekommt einen roten Kopf. An seinem starren Blick erkenne ich, dass er nur zu gerne etwas sagen würde, sich aber aus Höflichkeit, oder wohl eher Angst, zurückhält. Braver Tölpel. Schließlich nennt er mir den Preis. Ich bezahle, nehme das Medikament an mich, drehe mich um und remple eine alte Frau an. Natürlich unabsichtlich.

»Also sowas!«, kreischt sie, nachdem sie ihren Körper unter Kontrolle gebracht hat. Durch eine dicke Brille schaut sie mich von unten her an. »Sie sollten besser darauf achten, wo Sie hintreten.«

»Und Sie«, sage ich, »sollten besser darauf achten, wo Sie stehen. Dort drüben befindet sich die Linie. Dahinter hätten Sie warten sollen, Frau Oma.«

»Das ist ja eine bodenlose Frechheit«, schimpft sie. Ob der Apotheker das gehört habe, fragt sie ihn. Er schaut mich an, blinzelt, sagt, dass er leider nichts gehört habe. Ob ich mich wenigstens entschuldigen könne, fragt mich die Alte.

»Ich entschuldige mich nicht mehr«, sage ich.

»Wie bitte?«, fragt sie.

»Passen Sie auf«, rufe ich, öffne meine Handtasche, strecke meine rechte Hand hinein und bitte die Alte, näherzutreten. Sie humpelt heran, beugt sich über die Handtasche und lugt ins dunkle Innere. Dort sieht sie meinen ausgestreckten Mittelfinger, ich lächle derweil den Apotheker an. Er erwidert mein Lächeln nicht. Die alte Frau hebt den Kopf, sieht mich an, als hätte sie eine Außerirdische erblickt.

»Sie sind …«, stottert sie, »… Sie sind eine …«

»Ich weiß«, sage ich und verlasse die Apotheke.

2

Scheiß auf den Feiertag. Ich lasse ihn mir ausbezahlen. Für die Verantwortung, die ich übernehme, verdiene ich ohnehin zu wenig. Soll sie nicht herummeckern, die Auerbach, mit ihrem Sekretärinnen-Blabla, von wegen das sei nicht möglich, man könne das nicht einfach so umschichten, es sei gesetzlich vorgegeben, dass man die Urlaubstage verbrauchen müsse und so weiter und so fort. Ihre Piepsstimme am Telefon, mit ihr zu plaudern ist doch immer wieder ein Fest! Da fühle ich mich gleich wunderbar hineinversetzt in die österreichische Bürokratie oder ins bürokratische Österreich, da kann ich mich für einige Minuten aufgehoben fühlen. Einfach nur die Auerbach reden lassen, das Handy auf Lautsprecher schalten, sich zurücklehnen, und während ihr dünnes Stimmchen durch den Raum tiriliert, sich vorstellen, wie es zugeht in all den Büros dieses Landes, wie die Stempel niedersausen auf die Dokumente, wie die Unterschriften hingefetzt werden, die Daten eingegeben, wie die kleinen hässlichen Bilderrahmen auf den billigen Schreibtischen glänzen, mit den Fotos der Ehemänner und Kinder darauf, und hinter den Fotos der Ehemänner und Kinder, versteckt, die Fotos der Liebhaber.

Dem Taxifahrer, der vom Alter her eigentlich schon im Ruhestand sein oder in einem Sarg zwei Meter unter der Erde liegen müsste, nenne ich den Namen des Museums. Er kennt es nicht, nur das Haupthaus in der

Innenstadt. Vom Aussehen her – dunklere Hautfarbe, üppiger grau-weißer Vollbart, bunte Kleidung – dürfte er gebürtiger Inder oder Pakistani sein. Aber daran liegt es nicht. Niemand kennt das Museum, außer jene, die sich ernsthaft für zeitgenössische Kunst interessieren. Ich nenne ihm die Adresse. Er tippt sie in sein antik anmutendes Navigationsgerät.

»Dort draußen gibt es ein Museum?«, fragt er mit leichtem Akzent.

»Ja«, sage ich und stoße einen Lacher aus, »leider.«

»Warum leider?«, sagt er, dreht seinen Kopf etwas nach rechts und sieht mir durch den Rückspiegel in die Augen. »Ein Museum ist doch etwas Gutes.«

»Das schon«, sage ich, »aber es sollte den richtigen Standort haben.« Nach einigen Sekunden nickt er und wiederholt:

»Den richtigen Standort«, murmelt er in seinen gepflegten Bart. »Ja, das schon.«

»Die Kulturstadträtin«, sage ich, als er beschleunigt, »hat sich vom Bürgermeister unter Druck setzen lassen, und dieser von den Wählerinnen und Wählern. Sie wissen ja, die Außenbezirke driften nach rechts ab. Und der einzige Plan, der den Politikerinnen und Politikern einfällt, ist, dass die Kunst das retten muss, was sie nicht auf die Reihe kriegen. Das Absurde ist, dass sich in Simmering kein Mensch für Kunst interessiert. Was denen dort tatsächlich gefallen würde, wäre ein neues Stadion oder zumindest eine große Mehrzweckhalle, damit noch mehr Leute auf einmal *Holiday on Ice*, *Passion for Horses* oder *Masters of Dirt* sehen können. Damit würden sie punkten, damit bekämen sie ihre Wählerstimmen zurück. So aber sind es nichts anderes als Perlen vor die Säue«, erzähle ich dem Taxifahrer.

»Wie bitte? Was haben Sie gesagt?«, fragt der und nimmt zwei kleine weiße Stöpsel aus den Ohren. »Haben Sie mit mir gesprochen?«

Ich überlege, ob ich ihm mein rechtes Knie durch die Lehne in den Rücken rammen soll, atme zweimal tief durch und gebe ihm mit ruhiger Stimme zu verstehen, dass ich überhaupt nichts gesagt hätte. Ich öffne die Handtasche. Die Tablettenpackung sieht aus wie jede andere auch, ihr Anblick eine Zumutung. Die Pille drücke ich aus dem leise knisternden Blister, lege sie, nachdem ich genug Speichel angesammelt habe, auf meine Zunge und ziehe sie in die Mundhöhle hinein. Ich lege den Kopf zurück und schlucke.

Dass ich für eine Schwangerschaft keine Zeit hätte, steht außer Frage. In drei Wochen eröffnet meine erste Ausstellung in der Belvertina mit Arcus' Performance. Vieles ist nach wie vor unerledigt. Und die nächste Ausstellung wartet schon auf ihre Realisierung. Um jedes Detail muss gestritten werden. Will ich ein spezielles Munken-Papier für den Katalog verwenden, muss darum gestritten werden. Will ich eine mit dem Künstler eng befreundete Südtiroler Punkband, die sich auf sozialpornografische Texte spezialisiert zu haben scheint, für die Eröffnungsparty einfliegen lassen, muss darum gestritten werden. Die Direktorin hat mich noch nicht ins Herz geschlossen, das lässt sie mich spüren. Erst wenn die Besucherzahlen stimmen, wird sie mir mit ausgebreiteten Armen entgegenkommen, dann wird sie aufhören, mich mit Frau Doktor anzusprechen. Sie wird womöglich immer noch per Sie mit mir sein, aber zur Abwechslung immerhin meinen Vornamen verwenden.

Wenn ich aufs Klo muss, dann möchte ich dort bitte nicht kotzen müssen. Wegen übermäßigen Alkoholkonsums? Soll sein. Wegen eines Embryos, eines kleinen Aliens in meiner Gebärmutter? Sicherlich nicht! Gebärmutter, welch kranke Bezeichnung für ein Organ. Schwanger sein, das geht nicht. Das ging nie. Es wird nie gehen. Außerdem habe ich zu schmale Hüften. Sollen schön brav die Simmeringerinnen ihren Nachwuchs werfen, damit sie, wenn ihre Kinder einmal älter sind, diese für einen Bastel- oder Fotoworkshop in die Belvertina schicken können, dann haben die maßlos überforderten Eltern drei Stunden Ruhe für die Zeugung des nächsten Stinkers. Ich kann nichts dafür, dass ich nicht mit Kindern kann, nichts mit ihnen anfangen kann. Ich bin keine Mutterfrau. Das Wort Mutter passt nicht in mein System. Ein Baby nähme mir mehrere Jahre meiner Lebenszeit. Ich sehe es in den Augen der Mütter. Dass sie längst keine Energie mehr haben. Dass die Kleinen nichts anderes als Energiefresser sind. Es reicht denen nicht, dass sie die Milch aus den Brüsten saugen, das ist nur der Anfang, die wollen mehr und immer mehr, und wenn sie dann in die Pubertät kommen, treten sie einem zum Dank für die täglichen Mühen in den Arsch. Kein Mann riskiert seine Karriere für einen Winzling, auch wenn er noch so lieb dreinschaut. Aber wir Frauen haben selbstlos zu sein. Wir sollen uns, unsere Leben, unsere Ziele, unsere Träume doch diesem scheinbar höheren Zweck hingeben, der kein Geld einbringt, keinen Ruhm. Fehlte es mir an Intelligenz, wer weiß, ob ich mich nicht darauf einlassen würde, so aber spiele ich nicht mit. Und es ist ja nicht so, dass sie nicht süß wären, die kleinen Scheißer. Wenn ich sie betrachte, so wie ich ein Kunstwerk betrachte, das sich unkontrolliert bewegt und zufällig abstrakte Laute von sich gibt, eine lebende Installation quasi, dann könnte ich sie glatt mögen. Aber im Arm halten? Nein. Franz West hat uns dazu animiert, seine Kunstwerke in die Hand zu nehmen, mit ihnen zu spielen, auf ihnen Platz zu nehmen. Eine Ausnahme, die die Regel bestätigt. Mittlerweile (da Franz West jetzt kein Veto mehr einlegen kann) darf niemand mehr auf seinen Plastiken Platz nehmen. Die Restauratorinnen und Restauratoren sowie die Sammler können wieder aufatmen. Die Sammler sind immer männlich. Sammlerinnen gibt es nicht. Die haben kein Geld. Und warum? Na, weil sie Kinder haben!

»Oh«, meint der Taxifahrer mit breitem Grinsen, und als wäre er stolz, es bis hierhin geschafft zu haben. »Ein sehr schönes Museum.«

»Es ist das letzte von Zaha Hadid entworfene Gebäude«, sage ich. »Aus ihrem Grab heraus hat sie es hingestellt.«

»Beachtenswert«, sagt er, lenkt das Auto in eine freie Parklücke und starrt mit offenem Mund durch die Fensterscheibe. »Wie heißt der Architekt?«, fragt er und dreht sich zu mir um. »Zacher Habicht?«

»Die Architektin hieß ...« Ich halte kurz inne und sage: »Ja, der Architekt hieß Zacher Habicht. Genau so hat er geheißen.«

Die Chipkarte halte ich zum Lesegerät, das so tief an der Außenmauer angebracht ist, dass ich das Gefühl nicht loswerde, der Eingang ist für Kleinkinder konzipiert. Es macht *klack,* die Tür öffnet sich mit einem lautlosen Schwenken ins Gebäudeinnere. Mit dem Lift fahre ich in den sechsten Stock des gläsernen, geschwungenen Turms, der seitlich an die zweistöckige Ausstellungshalle geklebt wurde. Beim Eingang ins Büro wird abermals die Chipkarte benötigt. Bald werde ich sie noch zum Einschalten des Computers benötigen, und in dreißig Jahren darf ich wahrscheinlich nicht mehr scheißen gehen, ohne davor mit der Chipkarte über die Klobrille gefahren zu sein, damit die Leute vom Personalmanagement die Kackfrequenz im Auge behalten können, die Konsistenz der hinterlassenen Ware begutachten, meine Gesundheit optimieren, denn eine kranke Mitarbeiterin ist keine gute Mitarbeiterin. Auch eine schwangere Mitarbeiterin ist keine gute Mitarbeiterin. Nur die, die sich selbst ausbeuten, sind gefragt – da hat die Führung bei mir den richtigen Riecher gehabt.

Über den Dächern Wiens geht langsam die Sonne auf, ein unnatürliches Fukushima-Orange durchflutet das Büro, das ich mir leider an *normalen* Arbeitstagen mit Sophia, einer nicht immer übereifrigen Assistentin, die mir zugeteilt wurde und Walter, einem Kurator, der sich ganz der österreichischen und deutschen Nachkriegsmalerei verschrieben hat, teilen muss. Außerdem sitzt im Büro noch Fabian, der sogenannte Junior-Kurator, der einen Monat vor mir eingestellt wurde. Unsere Arbeitsbereiche in der Belvertina überschneiden sich zum Glück nur marginal, da er für einen kleinen Ausstellungsraum, quasi einem Raum im Raum, zuständig ist, wo er Newcomerinnen und Newcomern ein paar Quadratmeter zur Verfügung stellt, um sich dort auszutoben, sich kuratorisch zu profilieren und die ersten Gehversuche in einer größeren Kunstinstitution zu machen. Er hat verdammt gute Kontakte zur Szene, führte zuvor erfolgreich eine Offspace-Galerie in Favoriten, unterrichtet an der Angewandten Ausstellungstheorie und ist überhaupt auf jeder Vernissage zu finden. Zum Glück hat Fabian Gleitzeit, schläft lange und kommt relativ spät ins Büro. Einmal haben wir, freilich nur, um uns besser kennenzulernen, miteinander geschlafen. Nun, seitdem will er mich heiraten. Dass ich keinen Mann in meinem Leben brauche, niemanden an meiner Seite, weil ich mir selbst genug bin, will und kann er offenbar nicht verstehen.

Die Helligkeit sticht in den Augen. Mein Blick wandert über die Fassade der gegenüberliegenden Wohnhausanlage, an der das morgendliche Licht abprallt. Sie wird nicht schöner, je öfter ich hinsehe. Kotzgrün auf Eitergelb. Errichtet von der Stadt Ende der Fünfziger, Anfang der Sechziger. Immerhin zahlen die Bewohnerinnen eine angemessene Miete. Ob das ausreicht für ein glückliches Leben? Mit *money sells* die Unglücklichen, die Arbeitslosen ins Museum zu holen, das ist mein Plan, die sogenannten Verlierer kommen zu lassen, die Abgehängten, die Streuner. Auf Knopfdruck fährt die Jalousie herunter, begleitet von einem leisen mechanischen Summen, und sperrt das dumpfe Leben des Sozialbaus aus, auch die Wärme der Sonne. Von mir aus könnte es wie in einem dystopischen Science-Fiction-Film den Tag über dunkel bleiben. Vielleicht sollte ich mir eine Yoko-Ono-Sonnenbrille zulegen, dann hätte sich dieser Wunsch auch erfüllt.

Ich blinzle, gebe mein Passwort ein. Der Computer erwacht mit einem verheißungsvollen Klang zum Leben, der wahrscheinlich von Brian Eno komponiert wurde; man kann ja heutzutage nicht einmal mehr am Flughafen in Beirut aufs Klo gehen, ohne von einer seiner Mikro-Kompositionen akustisch umspült zu werden. Der Beginn der Arbeit markiert den eigentlichen Beginn des Tages. Ist natürlich Bullshit. Die Arbeit *beginnt* nicht im eigentlichen Sinne. Sie ist stets präsent. Den ganzen

Tag über. Ich liebe sie. Und sie macht mich fertig. Und deshalb liebe ich sie umso mehr.

Man dürfe im Büro nicht rauchen, zumal sich die Fenster nicht öffnen ließen, hieß es vom Haustechniker, einem großgewachsenen, für seinen Job, meiner Ansicht nach, etwas zu dürr geratenen Mann mit müden Augen. Außerdem sei der Rauchmelder recht streng eingestellt. Ich habe mit ihm in einer ruhigen Minute gesprochen. Er hat mir verraten, dass es ein Fenster gibt, das man sehr wohl öffnen kann, aus reinen Sicherheitszwecken, versteht sich. Ich habe ihm gut zugeredet, habe süß gelächelt, bin mir ein paar Mal mit den Händen durchs Haar gefahren und habe ihn einmal zärtlich an der Schulter berührt, während ich mit ihm gesprochen habe. Was dabei aus meinem Mund herauskam, war völlig irrelevant, das hat er nicht aufgenommen, es ist in seine Ohren hineingeflutscht und in einer einsamen Gehirnwindung versickert. Die Bewegungen meines Körpers hingegen sind erkannt worden. Alle. Da geht generell nichts verloren im auf Reproduktion konditionierten Schädel eines Mannes. Das sinnliche Öffnen meiner Lippen, die leicht heruntergeschlagenen Lider, die ihm signalisieren sollen, dass ich ihn, wenn es denn – ach, wie schade – meine Stellung nur erlauben würde, sofort vernaschen wollte. Es hat nicht lange gedauert, bis er mir den passenden Griff fürs Fenster überreicht hat. Diese Eindimensionalität der Männer! Eigentlich verachtenswert. Das Wort *eigentlich*, sage ich mir, sollte ich streichen. Gerade in diesem Fall.

Der obersten Lade des Schubladenschranks entnehme ich besagten Henkel. Die Kniebeuge versetzt den Drehstuhl durchs abrupte Aufrichten in Bewegung, er knallt gegen den Schreibtisch des werten Herrn Kollegen und stößt dort mit der Lehne einen am Rand stehengelassenen Orangensaft um. Die Flüssigkeit breitet sich schnell aus und rinnt in Richtung seiner Tastatur. Fluchend greife ich in meine Handtasche und entnehme ihr eine Packung Taschentücher. Ich beuge mich über Walters Schreibtisch. Der Saft ist inzwischen unter seine Tastatur geronnen. Ich hebe sie an einer Seite an und trockne sie, so gut es eben geht. Ob sie noch funktioniert, frage ich mich. Jemand sollte es überprüfen. Nur eine kurze Kontrolle, sage ich mir und schalte – nicht ohne eine gewisse Vorfreude – seinen Computer ein. Und siehe da, sein Passwort hat er sich auf einem kleinen gelben Zettelchen notiert und auf die Unterseite der Tastatur geklebt: *KieferBrandlWeilerAtterseeBaselitz12345*. Noch etwas länger hätte es sein können. Ist das sein persönliches Künstler-Ranking? Wenn er wenigstens Beuys oder Zobernig, Schlingensief oder Genzken, EXPORT oder Steyerl dazu genommen hätte. Aber das hat nichts mehr mit Malerei zu tun, das geht über Walters Horizont hinaus. Und natürlich fehlt jede Spur einer malenden Frau: *JungwirthKrystufekHausnerPakostaLassnig678910*, ergänze ich in Gedanken. Als ich die Belvertina übernommen habe, war man der Auffassung, dass Kunst genau das sei: Gemälde, die an den Wänden hängen. Bevorzugt von steinalten, also kurz vor dem Abkratzen stehenden deutschen und – man will ja niemanden ausgrenzen – österreichischen Malern. Deren Werke sind wichtig für die Kunstrezeption. Keine Frage. Und doch müssen wir mit Schwänzen gemalte Gemälde überwinden. Es wird endlich Zeit, den nächsten Schritt zu wagen. Wir müssen den Raum erweitern, ihn in seiner Gesamtheit nutzen. Eine Stocker hat das genau so verstanden wie eine Kowanz, eine Margreiter, eine Bonvicini. Wie armselig ist das denn, mehrere riesige Säle zur Verfügung zu haben, und dann die Kunst nur an den Wänden zu präsentieren? Hauptsache, alles ist Öl auf Leinwand. Wie oft habe ich diese drei Wörter schon gelesen auf den kleinen weißen Schildchen am unteren rechten Rand eines Gemäldes, da krieg ich einen Ausschlag!

Auch die Direktorin ist von der alten bis mittelalten Schule. So wie jede Leiterin und jeder Leiter eines großen Museums. Weil sie konservativ denken müssen. Niemand will junge Punks in den Ausstellungsräumen. Sie sollen alt sein, die Besuchenden, bestenfalls reich, die Männer sollen Columbo-Mäntel tragen, die Frauen Hüte mit aufgestecktem Obst aus Holz, sie sollen sich langsam durch die Gänge bewegen, nicht rennen (was sie eh längst nicht mehr können), sie sollen hohe Spenden ans Museum überweisen, Mitglied werden und den Shop nicht ohne einen überteuerten Klimt-Schal aus Seide und einen dicken Katalog verlassen, den sie zu Hause ungeöffnet ins Bücherregal stellen.

Ich gehe zum Fenster, öffne es mit dem passenden Werkzeug, zünde mir eine Zigarette an. Der Rauch, der meinen Lungen entweicht, wird durch die Schlitze der Jalousien gierig nach draußen gesaugt.

An einer Lamelle dämpfe ich die Zigarette aus und schnipse sie ins Freie. Ich schließe das Fenster, lege den Hebel zurück in meine Lade, gehe zu Walters Computer und tippe, wenn auch ungern, sein Passwort in die Tastatur.

Mit einem Seufzer öffne ich das Mailprogramm. Gleich die neueste Nachricht stammt von Sophia, meiner Assistentin. Sie wurde erst gestern verfasst.

Sie meint es doch nicht so. Wenn du sie nimmst, wie sie ist, dann wirkt sie gar nicht mehr so gemein. Sie weiß halt, was sie will. Ihre Aussagen können den einen oder anderen dann schon mal vor den Kopf stoßen. Und so lange ist sie ja noch nicht da. Gib ihr doch ein bisschen mehr Zeit. Sie muss sich einarbeiten. Und wahrscheinlich ist sie auch nervös wegen der bevorstehenden Eröffnung. Sie ist auch nur ein Mensch, weißt du? Was, wenn ihr Konzept nicht aufgeht? Wenn die Besucherzahlen enttäuschen und die Kritiken vernichtend ausfallen? Regina wird sich schon noch eingrooven, hab Geduld, mein Lieber.

Dass sie sich hinter meinem Rücken über mich unterhalten, wundert mich keineswegs, die letzten beiden Wörter allerdings schon. Gespannt lese ich Walters Antwort:

Du musst sie verteidigen, das ist klar, sonst wäre die weitere Zusammenarbeit mit ihr schwierig. Aber ich kann nicht mit ihr. Das ist eine Hexe! Ich weiß, das darf man heutzutage nicht mehr sagen, aber das ist sie. Punkt. Wenn ich sie wenigstens mit der Bezeichnung Feministin beschimpfen könnte, aber auch das scheint nicht zu ihr zu passen. Sie hasst ja auch Frauen. Wenn sie ihren Mund aufmacht, kommen Wörter heraus, die zerstören immerfort. Wie sie von der Direktorin eingestellt werden konnte, kapiere ich bis heute nicht. Sie hat ihre Erfolge gehabt und sie mag in der Kunstwelt gut vernetzt sein. Aber sie hat keine Ahnung von Kunstgeschichte, ihr Doktortitel macht das auch nicht wett. Über Laurie Andersons Musikperformances zu promovieren, was hat das mit Geschichte zu tun? Ja, sie mag sich auf Dagewesenes beziehen, aber das reicht doch nicht! Wer weiß, ob Regina jemals in einer Paul-Klee-Ausstellung gewesen ist. Ein Objekt in den Raum zu stellen und dann durch eine künstlerisch fragwürdige Herleitung zu behaupten, es sei ein besonderes Werk, das können sie, die Erwin-Wurm-Nachahmer. Trotzdem bleibt es wertlos. In hundert Jahren wird es niemand mehr ausstellen. Und die Richters werden hängen. In tausend Jahren noch. Aber genug von Regina. Wie wäre es, wenn du deinen Schreibtisch näher zu meinem hinrückst? Dann könnte ich deinen Rücken betrachten und mir vorstellen, wie du während der Arbeit die Träger deines Kleides abstreifst, meine süße Zuckerperle du …

Schleimiger, alter Sack, elendiger. Die Mails wurden, wie ich nun bemerke, während der Arbeitszeit gesendet. So schaut also Sophias Recherchearbeit für mich aus. Ich lese ihre Antwort:

Wann willst du es endlich deiner Frau sagen??? Schön langsam habe ich es nämlich satt, die Träger meiner Kleider abzustreifen … naja, eigentlich nicht. Und ich habe es auch nicht satt, deine altmodischen Unterhosen abzustreifen. Aber du weißt schon, wie ich es meine. Bald wird man meinen Bauch sehen, und dann? Ich weiß, du willst nur ungern darüber reden, deshalb versuche ich es per Mail, da kannst du nicht den Raum verlassen. Es ist ja nicht so, dass ihr noch verbliebt wärt. Was ist denn das für eine Ehe, die du führst? Nahezu keinen Kontakt mehr zu haben? In getrennten Betten zu schlafen? Tu doch endlich den nötigen letzten Schritt!!

Ah, jetzt wird es aber interessant, sage ich mir, lehne mich zurück:

Sophia, mein Schatz, das ist jetzt nichts, was wir in dieser Form besprechen sollten. Du hast mir versprochen, dass du es wegmachen lässt, wenn ich meiner Frau von uns erzähle. Und das werde ich. Das war unsere Abmachung und ich halte mich daran. Sei so lieb und gib mir bitte einfach noch ein paar Tage. Und hör um Gottes willen auf, deinen Bauch zu erwähnen! Ich will nicht noch ein Kind, gerade jetzt nicht, wo meine beiden endlich ihre Pubertät hinter sich zu haben scheinen und kurz davor sind, auszuziehen. Das weißt du alles, aber nun hast du es auch schriftlich … Regina hat sich gerade zu mir umgedreht. Was ist mit der nur los? Schaut einfach durch mich hindurch. Dumme Kuh. Wenn sie mir wenigstens einen abschätzigen Blick zuwerfen würde, aber nein, sie tut so, als wäre ich nicht vorhanden … Sophia, mein Schatz, ich muss los. Wenn alles gutgeht, sehen wir uns am Abend.

Walters Nachricht wurde um Fünf vor zwölf abgeschickt. Ich versuche mich zu erinnern, woran ich gedacht habe, als ich mich gestern zu ihm umgedreht habe. Es muss kurz vor der Mittagspause gewesen sein … doch, jetzt fällt es mir wieder ein: Marvin hat mir eine eindeutig-zweideutige Nachricht geschickt, und ich muss mich unbewusst umgedreht haben, um zu entscheiden, welche Abzweigung ich nehmen wollte. Diejenige, die abends nach einem Gespräch über Kunst mit einem Küsschen links, Küsschen rechts enden würde, oder die andere, die nach einem Gespräch über Kunst mit einem Küsschen im Genitalbereich fortgesetzt würde. Wie ich mir nun eingestehen muss, habe ich mich dummerweise für Letzteres entschieden. Ich frage mich, ob die Pille danach schon wirkt und lege, als hätte jemand anderes die Kontrolle über meinen Arm übernommen, die

Hand auf meinen Bauch. Als mir bewusst wird, dass sie dort ruht, ziehe ich sie weg und greife mir an die Stirn. Sie wirkt, diese scheiß Pille, sie muss wirken, dafür wurde sie produziert, dafür habe ich Geld ausgegeben; auf die Medizin ist zu vertrauen, ja, Chemie fließt durch den Körper, das Gemisch des Blutes kann modifiziert werden, und angereichert mit diesen köstlichen hormonellen Zutaten kann im Grunde nichts schiefgehen.

Ich schließe das Mailprogramm und öffne den Ordner mit der Bezeichnung *Arbeitsverträge*. Ich klicke darauf und öffne mit einem Doppelklick den *Vertrag Belvertina*. Ich scrolle runter und lese das Bruttogehalt. Da muss ein Fehler vorliegen. Ich lese es nochmal. Und nochmal. Diese verdammte Drecksau! Wenn das stimmt, was dort steht – und warum sollte es nicht stimmen? –, verdient er knappe tausend Euro mehr als ich. Mit der Faust schlage ich auf die Tastatur ein. Die Raute-Taste löst sich und springt in einem kleinen Bogen über den Tischrand, fällt klimpernd zu Boden. Ich hebe mein Bein und trete auf dieses Scheißding. Es knirscht. Walter wird diese Taste nicht brauchen, er hat meines Wissens keinen Twitter-Account. Ich stehe auf, schreite einen Kreis ab im Raum. Es ist also wahr. Was man in den Zeitungen über die finanziellen Benachteiligungen von Frauen liest, ist wahr. Hier habe ich die Bestätigung, schwarz auf weiß. Höre ich es in den Medien, so sind diese Horror-Nachrichten weit entfernt. Ich höre sie, nehme sie mehr oder minder besorgt zur Kenntnis, doch sie haben nichts mit mir zu tun. Natürlich nicht. Das widerfährt den anderen. Die Opfer sind die anderen, nicht wahr? Ich muss mit der Direktorin sprechen. Sofort. Andererseits, sage ich mir, sollte ich vielleicht die Vernissage abwarten. Welche Keule habe ich in der

Hand, außer jene der Gleichberechtigung? Wer interessiert sich dafür in der oberen Etage? Niemand. Meckern ist ein Zeichen von Schwäche, war es immer schon. Entweder ich kann auf Erfahrungen zurückgreifen, bringe mein Expertinnenwissen mit und liefere gute Zahlen ab, oder ich bin ohnehin bald gekündigt, weil die nächste Kuratorin oder der nächste Kurator bereits hinter der Direktorin steht und bereit ist, ihr unterwürfig den Arsch zu lecken.

Ich gehe zurück zu Walters Computer, drucke den Vertrag aus, schließe die Dateien, fahre das Gerät herunter und hebe die zerquetschte Taste vom Boden auf. Beweise sollten keine zurückbleiben. Wenn jemand danach fragt, dann war es das Reinigungspersonal.

Mein Körper sackt nieder auf den Drehstuhl, der eine Kreisbewegung macht und dann stehen bleibt. Ich fühle, wie mir die Wut über den Hals in den Kopf kriecht. Das Pulsieren der Hauptschlagader hinterlässt ein leises Pochen in den Ohren. Und ist da nicht ein hohes Pfeifen zu vernehmen? Ich frage mich, ob es die Klimaanlage ist, drehe mich, indem ich die Füße vom Boden abstoße, mit dem Sessel abermals im Kreis. Überall klingt das Pfeifen gleich laut, oder ist es eher ein Rasseln? Nein, vielmehr ein Klingeln oder Klirren. Mit Worten – ich muss es mir eingestehen – ist der Ton nicht dingfest zu machen. Vielleicht sollte ich heute nicht mehr arbeiten. Und habe ich denn nicht schon genug getan? Ausreichend brauchbare Informationen gesammelt? Ich stehe auf, begebe mich in die eindeutig zu enge Toilette, drehe den Wasserhahn auf, bücke den Oberkörper zur Spüle hinab und benetze meine Stirn, nehme ein paar Schlucke, darauf achtend, dass mein Mund das Metall nicht berührt. Ich richte mich wieder auf, ziehe die Hose hinunter, setze mich auf die angenehm kühle Klobrille und presse. In jeder niederen Position ist man eine Sklavin. Erst weiter oben holt man sich etwas von der Freiheit zurück, die man im Grunde verdient, sofern man über eine mehr oder minder durchschnittliche Intelligenz besitzt. Direktorin eines namhaften Museums zu sein, das ist es, das ist das Ziel. Aber auch dort pfuscht einem das Kuratorium in die tägliche Arbeit. Compliance-Regeln sind zu beachten, auch hier keine wahre Freiheit. In die Politik müsste man gehen. Bundespräsidentin werden. Aber dort soll man den Staatsbürgerinnen dienen, obwohl es sich eigentlich umgekehrt verhalten sollte. Die einzige Position auf dieser Welt, in der ich mich wirklich frei fühlen würde, wäre der Posten einer Diktatorin. Ich frage mich, ob es jemals eine Diktatorin gegeben hat. Die Zeit wäre reif, sage ich mir und presse und presse, aber es will einfach nichts herausflutschen aus meinem Enddarm. Ach, scheißen ist so erniedrigend. Ich schwitze und es tut weh. Von wem habe ich die schlechte Verdauung? Mit meinem Essverhalten kann es nichts zu tun haben. Ich presse noch einmal, und endlich ist das befriedigende *Blub* zu hören, gefolgt von ein paar Spritzern verdrängtem Wasser, das auf meine Arschbacken klatscht. So weit ist die Menschheit gekommen, aber diese kleinen Erniedrigungen bleiben uns nicht erspart. Zuerst wische ich mir mit einem Klopapier, das sich einlagig anfühlt, das Wasser weg, dann den braunen Rest in der Mitte. Auch aus der Politik, sage ich mir, gehört der braune Rest entfernt, der sich nicht selten getarnt in der Mitte aufhält, ein für alle Mal gehört er entfernt, aber er kommt verlässlich bei jedem Stuhl- und Wahlgang zum Vorschein, egal, wie oft wir uns penibel reinigen mögen. Ich betätige die Spülung, wasche mir gründlich die Hände und kehre an meinen Computer zurück. Ich fahre ihn herunter. Soll er übers Wochenende ruhen, an meiner statt.

An der Bushaltestelle bellt mich ein Hund an und fletscht dabei die dreckigen Zähne. Er ist nicht groß. Auch nicht klein. Jedenfalls ist er nicht schön anzusehen. Kein Hund ist schön anzusehen. Dasselbe gilt fürs Herrchen. Ein Siebzigjähriger mit Schnauzer und Bierbauch. Ein Hund an der Leine macht Menschen unattraktiv. Mich wundert, dass das niemand weiß. Nicht, dass der Alte ohne Hund attraktiv gewesen wäre. Der Köter schaut mich an, beugt den Kopf etwas tiefer, dann setzt er wieder an, bellt aus voller Kehle. Man soll ihnen nicht in die Augen sehen, diesen Bestien, aber ich sehe hin, ich werde mir nicht von einem Hund diktieren lassen, wohin ich schauen soll. Unnatürliche, künstlich hochgezüchtete Wesen. Zu nichts da, als Hauswände vollzupissen und den Gehsteig vollzuscheißen. Erschießen sollte man sie. Ja. Alle erschießen. Jedem einzelnen genüsslich eine Kugel in den Kopf jagen. Dann hätten die Herrchen und Frauchen wieder Zeit für sinnvolle Dinge. Im Museum sind Hunde ohnehin nicht erlaubt, also erfüllen sie für mich keinen Zweck. Tot allerdings? Man müsste sie ausstopfen und aus ihrem Körpermaterial eine Installation gestalten. Ich könnte es Cynthia Poulopoulos vorschlagen. Hat sie nicht voriges Jahr mit Archivmaterial von Wolfsichtungen eine Multimedia-Ausstellung in der Offspace-Galerie *old jörg* gemacht? Ja, doch, ich werde es mir notieren. Der Dreckshund indes will nicht aufhören zu bellen. Sein Herrchen versucht, ihn zu beruhigen, hält die Leine stramm in seiner Wurstfingerhand und wirft mir einen entschuldigenden Kulleraugenblick zu.

»Ihre Blicke können Sie sich sparen«, sage ich.

»Er macht es doch nicht mit Absicht«, meint der und spricht mit säuselnder Stimme auf sein ihm untergebenes Tierchen ein.

»Mit Absicht?«, sage ich. »Natürlich nicht. Sie gehören alle abgestochen.«

»Was, bitte, haben Sie gerade gesagt?«, fragt der Schweinsbraten und schaut mich halb verwirrt, halb erzürnt an.

»Die Diktatoren«, sage ich, »sie gehören alle abgestochen.«

»Ah, ja«, sagt er nach einer Weile. »Jaja. Das sollte man vielleicht tun.«

»Aber dann rücken andere nach«, sage ich. »Die bellen vielleicht noch lauter, sind vielleicht noch dreckiger, beißen unter Umständen sogar.«

»Mhm«, macht er und wirkt plötzlich ganz verloren in seinem runden Kopf. Mit einem Zischen pfeift er seinen Köter zurück, der endlich sein stinkendes Maul schließt, sich mit der Zunge über die Schnauze schleckt und hinter den Baumstämmen von Beinen seines Herrchens vor mir versteckt. Ich sehe seine dunklen Augen, wie sie zwischen den Unterschenkeln hervorlugen. Hätte er mich nur noch einmal angebellt, ich wäre ihm mit Wucht auf seinen Kopf getreten. Es hätte einmal laut geknackt, dann endlich Ruhe.

Ach, scheiß auf den Bus! Ein Taxi herbeigewunken. Ob ich mich nicht anschnallen möge, fragt der Fahrer mit geröteten Augen. Möge ich nicht, lautet meine Antwort. Aus den Lautsprechern plärrt ein Sänger seine Schnulze.

»Was macht das mit einem Menschen«, frage ich den Taxilenker, nachdem ich ihm die Adresse genannt habe, »wenn man zehnmal am Tag Brian Adams oder Bon Jovi oder Ed Sheeran oder Adele hört. Was macht das mit dem Gehirn?« Der Fahrer hat mich verstanden. Sicherlich hat er mich verstanden. Er schweigt. Aber in ihm kocht die Wut. Das sehe ich. Dieser rote Nacken. Soll er kochen, soll er überkochen. Was ich noch mehr hasse als eine blöde Antwort ist keine Antwort. Ich wage einen Blick in den Rückspiegel, um sein Gesicht zu sehen. Weint er? Hat er gerade eine rote Ampel überfahren? Haha. »Midlife-Crisis?«, frage ich und lache. Keine Antwort. Er beschleunigt, nimmt eine weitere rote Ampel. Da regt sich etwas in mir.

3

Okay, okay. Wollte ich etwas tun? Etwas sagen? War es wichtig? Scheiße, was zum Teufel ist mit meinem Gehirn los?

»Armselig«, sage ich.

»Der Türsteher?«, fragt Sue.

»Den meine ich nicht. Wenn er eine Seele hat, dann ist sie jedenfalls arm. Steht sich für einen Hungerlohn die Beine in den Bauch und versucht dabei zu verbergen, dass er ein Menschenaffe ist, der durch einen üblen Fehler im Raum-Zeit-Kontinuum in die Gegenwart geschleudert und erst kürzlich zu zweifelhafter Intelligenz gekommen ist, diese aber – was für ein Pech – nur über seine Muskeln zum Ausdruck bringen darf.« Ich führe die Zigarette, die seit einiger Zeit in meiner linken Hand gelegen sein muss – nun erinnere ich mich –, zum Mund. In der Rechten liegt locker das Feuerzeug; ich hebe es, indem ich den Arm ausstrecke, vors Gesicht, schließe, während ich den Türsteher ins Visier nehme, der sich etwa zehn Meter von uns entfernt befindet, ein Auge und drehe am Rad, das dem Feuerstein mehrere kleine Funken abzwingt, die begierig vom leise herausströmenden Gas gefressen werden. Die Flamme schießt, wie zu erwarten, hoch und verbrennt dem Türsteher den breiten Hals, das flache Kinn, das Gesicht, auf dem nur für Eingeweihte *I don't get it* zu lesen ist, sie verbrennt ihm seine Glatze, der ganze Kopf schmilzt und rinnt in schleimigen Batzen langsam über die Schultern, klatscht dumpf auf den Boden, bleibt dort liegen;

ein Auge schaut von unten erschrocken auf die Unterseite eines Reklameschilds, es sieht einen Absatz auf sich zukommen, zittert, dann sieht es nichts mehr … und endlich darf sich auch das winzige Gehirn dahinter mit einem unhörbaren Seufzer in seinem letzten Gedanken (*Sorry, I still don't get it*) ans Universum verströmen.

»Woran denkst du?«, fragt Sue.

»An was Schönes«, sage ich und zünde mir die Zigarette an. »Also, mit armselig meinte ich: Ich hätte ja kein Problem, mich hier länger anzustellen, wenn wir wenigstens in Berlin wären und das Gebäude da vorne das Berghain.«

»Ach, komm schon«, sagt Sue und legt ihren Arm um meine Schulter, »du wirst sehen: Es wird eine unvergessliche Nacht.«

»Nur, falls der Wein nicht schmeckt«, füge ich hinzu.

Sue ist die Sorte Mensch, die im richtigen Moment einen Schritt zur Seite macht, als wüsste sie, dass wenige Sekunden später eine Taube hoch oben ihren Darm entleeren würde. Sie spielt Lotto nur dann, wenn sie auch ganz sicher etwas gewinnt. Im Restaurant wählt sie stets das Gericht, das besser schmeckt als das aller anderen. Und sie hat – wohl ihr größtes Glück – mich als Freundin. Womit sie leider Pech hat – wobei sie mir in diesem Punkt vehement widersprechen würde –, ist die Partnerinnenwahl. Da lässt sie sich nicht dreinreden. Schlecht so. Jen ist einfach nicht die Richtige für Sue. Niemand kann die Richtige für sie sein. Sue sagt manchmal, ich solle nicht so tun, als wäre ich ihre Mutter, die auch immer davon ausgegangen war, dass sie über ein Mitspracherecht, ja sogar ein Vetorecht, verfüge. Ich weiß wirklich nicht, was sie an Jen findet. Die sieht nicht einmal heiß aus. Auf den dritten oder vierten Blick, mag sein. Und ja, eine gewisse

Intelligenz will ich ihr nicht absprechen. Aber was habe ich davon? Ich hätte kein Recht, etwas davon *zu haben*, sagt Sue. Ich hätte das Recht, fügt sie hinzu, zumindest in dieser Hinsicht zu schweigen.

»Was gibt es eigentlich zu feiern?«, frage ich Sue, als die, wie ich nun erkennen muss, mit einem Hirschgeweih tätowierte Glatze des Türstehers endlich von hinten zu sehen ist.

»Haha«, macht Sue.

»Was ist?«

»Liebste Regina, du kannst gerne auf Facebook ein falsches Geburtsdatum angeben, das ist sehr lustig, aber ich vergesse, wie du weißt, nichts.«

»Dann weißt du auch, dass ich diesen Tag nicht feiere«, sage ich und bezahle den Eintritt, während ich versuche, den apathischen Gesichtsausdruck des Girls an der Kassa zu ignorieren. »Noch ein paar Geburtstage und mir werden graue Schamhaare wachsen«, sage ich lauter als beabsichtigt. Das Kassa-Girl blickt hoch, da nun, wie es scheint, doch einmal etwas gesagt wurde, das die Anstrengung des Kopfhebens rechtfertigt. Sie lächelt matt, senkt wieder ihren Kopf.

»Ach so?« Sue spitzt die Lippen. »Ich finde grau sexy.«

»Ach, deshalb stehst du auf ältere Frauen?«

»Genau. Ausschließlich deshalb.« Ein schrilles Lachen bricht aus den Tiefen von Sues Brustkorb und übertönt für kurze Zeit den Achtziger-Hiphop. Wir setzen uns mit den Getränken in der Hand auf eine Couch in der Ecke und stoßen an.

»Auf dich.«

»Nein.«

»Doch.«

»Also gut. Auf uns.«

»Heute gibt es kein Schummeln«, sagt Sue. »Auf dich und niemanden sonst.«

»Sture Hure«, sage ich, indem ich mit rollendem R den Jugendsprech türkischstämmiger Rapper nachahme.

»Das erste Wort«, sagt Sue, »will ich überhört haben!« Sie zwinkert mir zu.

Ich lächle, weil es manchmal nicht schadet, zu lächeln. Sie hat recht. Ich brauche mich hinter meinem Alter nicht zu verstecken. Den Vierziger habe ich endlich hinter mir, der Fünfziger liegt in weiter Ferne. Noch ist alles gut. Noch. Wieder ein Wort, das ich nicht mehr verwenden sollte. Verfluchte Wörter, sie sind zu machtvoll!

Das Klirren der Gläser wird von hellen Hi-Hat-Drumsounds übertönt. Wir trinken. Und wir reden. Und wir trinken. Der Raum füllt sich. Alle warten auf das Special-Guest-DJ-Set von James Murphy aka LCD Soundsystem. Extra aus New York eingeflogen. Als wüsste er, dass es etwas, eigentlich jemanden, zu feiern gibt. Mit der vollen Band-Besetzung habe ich ihn schon einmal gesehen, es war ein schöner Trip, eigentlich zwei: zuerst mit dem Auto nach München, dann, während des Konzerts, auf Pillen, die mir jemand mit einem Zungenkuss in den Rachen geschoben hat. Aber das ist lange her. Nostalgie ist etwas für Loser. Was soll man sich dort holen, in der Vergangenheit? Sie ist eine Ansammlung von Demütigungen und begangenen Dummheiten, von scheuen Schritten in ein unsicheres Erwachsenenleben, von nicht eingelösten Versprechen, von Momenten der Schwäche, auf die wir nicht unbedingt stolz zu sein brauchen. Und nein, es ist nicht so, dass ich als Jugendliche keinen Spaß gehabt hätte. Aber was bringt mir ein glücklicher Tag vor zehn oder zwanzig Jahren?

Sue meinte, als ich ihr diese Überlegungen einst in den frühen Morgenstunden ausbreitete, dass ich diese Sichtweise verinnerlicht hätte, weil ich im vorigen Leben ein tibetanischer Mönch gewesen sei. Ich fragte sie daraufhin, ob Masturbation bei besagten Mönchen erlaubt gewesen sei. Sue überlegte kurz und schüttelte den Kopf. Dann sei ich mit Sicherheit kein Mönch gewesen, antwortete ich. Sue und ich lachten viel, schwiegen lange und umarmten uns, gaben einander Halt. Was war ich nur für ein Glückspilz, diese Frau kennenzulernen! Nicht oft gelingt es in einem Menschenleben, jemanden zu treffen, der einen versteht und tatsächlich so annimmt, wie man ist. Sogar, wenn man so ist wie ich. Mit mir selbst könnte ich nicht befreundet sein.

Auf einer Vernissage von Gelitin hatte ich sie zuerst gesehen, damals hießen sie noch Gelatin und waren nur für mich und einige wenige andere Superstars. Sie hatten gerade vorgeführt, wie es wäre, in ein modifiziertes Klo zu kacken, das einem durch speziell angebrachte Spiegel ermöglicht, seinen eigenen Schließmuskel während des Loslassens des Darminhalts zu beobachten. Sue lehnte an einer Wand und grinste anerkennend. Damals, ich schätzte sie in etwa acht Jahre jünger als mich, womit ich, wie sich später herausstellte, nur um ein Jahr daneben lag, stand sie kurz vor dem Abschluss ihres Kunstgeschichtestudiums und absolvierte ein Praktikum in der Galerie, die die Künstlergruppe unter Vertrag hatte. Auf ein Zeichen hin verteilte sie Schokomuffins unter den Leuten. Mich ließ sie aus, vielleicht aus Rücksicht. Während die Küchlein von den Anwesenden verschlungen wurden, projizierten die Künstler Fäkalbilder auf eine Leinwand. Die braunen Würste bildeten Buchstaben. Ich kann mich leider nicht mehr erinnern, was dort geschrieben stand und beobachtete Sue während der Vorführung, ohne zu wissen warum.

Und ich beobachte sie noch immer. An diesem faltenlosen Gesicht kann ich mich nicht sattsehen. Dieser Scharfsinn, der sich dahinter verbirgt und durch die Augen hervorblitzt, diese angeborene Lockerheit in ihren Zügen, die ich mir unter schwierigen Bedingungen erarbeiten musste. Sie hat gute Gene. Die Eltern selbst im Kunstbetrieb tätig, beide in jungen Jahren aus China nach Österreich übersiedelt, um hier einen Neuanfang zu wagen (heute würde man sie Wirtschaftsflüchtlinge nennen). Um fair zu bleiben: Von der Kitsch-Kunst, die bei Sues Eltern über den Ladentisch geht, bekomme ich Augenkrebs. Trotzdem, das ist eine Erzählung, die sich nicht nur im Lebenslauf gut macht. Andererseits: Ich bin ein Arbeiterkind, das kann sich auch sehen lassen. Vor allem in Wien.

Aber ach, die Gene! Keine Bücher in meinem Elternhaus, keine Musik, keine Gemälde. Vier Wände, die zwar vor Sturm und Kälte schützten, aber auch ein Gefängnis aus Langeweile darstellten; keine Diskussionen, die den Intellekt geschärft hätten, keine Hirnnahrung, weder kulinarisch noch auf geistiger Ebene, im Gegenteil: geisttötende Talkshows auf deutschen Privatsendern, stumpfsinnige Sportübertragungen (jeden Sonntag Formel 1!), in der Früh Schlagergeplärr aus dem Küchenradio. Von der Natur hatte ich nichts, zumindest mein IQ konnte sich von den blühenden Wiesen und den Bergen ringsum nichts abschneiden. Obere Fellach. Ein Katzensprung in die Villacher Innenstadt. Aber auch ein Katzensprung in die Pampa. Nicht ganz Natur, nicht ganz Stadt, nicht ganz nichts, aber auch nichts ganz. Es gibt Menschen, die können dort leben, oder bilden es sich zumindest ein, ich hingegen wusste bereits als Elfjährige, als ich, im Vergleich zu meinen Mitschülerinnen, relativ früh die erste Periode bekam, und von der fetten Marianne Kropfnig, die mittlerweile – ich habe sie gegoogelt – bei einer Bank die Empfangsdame abgibt, mit der Aussage *Wäh, du bist ja eklig!* gemobbt wurde, woraufhin ich ihr mit meinem Menstruationsblut die Innenseite ihrer Schultasche beschmierte, dass es bei mir nicht ums Leben, sondern ums pure Überleben ging, dass ich dort *hindurch* musste, durch diese Zeit und diesen Ort, so ähnlich, wie man einen dunklen Tunnel passieren muss, um ins Freie, in die Freiheit zu gelangen.

»Was war eigentlich gestern Früh mit dir los?«, fragt Sue, nachdem wir ein paar Minuten nebeneinandergesessen sind, um in Ruhe ein tanzendes Pärchen zu beobachten.

»Was soll denn gewesen sein?«, frage ich.

»Gestern Früh«, sagt Sue, »was war da mit dir los?«

»Ich weiß nicht, wovon du sprichst.«

»Gestern Früh«, sagt Sue, »was war da mit dir los?«

»Nichts.«

»Gestern … Früh«, wiederholt Sue mit ruhiger Stimme, wobei sie jedes Wort betont langsam ausspricht, »was … war … da … mit … dir … los?« So pflegt sie mich fertigzumachen. Denselben Satz so oft zu wiederholen, bis ich klein beigebe und mich gezwungen fühle, ihrer Bitte nachzukommen. Mit meinem Kopf deute ich hin zum küssenden Pärchen, das mittlerweile mit den Händen die Marke der Unterwäsche zu erfühlen versucht.

»Stay focused«, sagt Sue und schnippt mit den Fingern.

»Jaja, bin ich, bin ich.«

»Na dann, los!«

»Es ist nicht so«, sage ich, »dass ich Angst hätte, darüber zu reden. Es ist eine Lappalie. Ich möchte nicht darüber reden, weil es nichts ist.«

»Du wolltest es so«, sagt Sue und wiederholt, während sie mit ihrem Blick in mein Gehirn eindringt, abermals in nervtötend langsamem Tempo ihre ursprüngliche Frage.

»Schon gut, schon gut«, unterbreche ich sie. »Die Pille danach habe ich geschluckt. Bist du zufrieden?«

»Ach so«, sagt Sue, entspannt ihren Oberkörper und fügt hinzu: »Aber das ist ja weiter nicht schlimm.«

»Genau das sage ich doch!« Mit den Händen zeichne ich zwei Punkte in die Luft. Dann lasse ich sie auf meinen Oberschenkeln nieder. »Es ist nichts. Eigentlich nicht erwähnenswert. Marvin war einfach nur unfähig...«

»Stopp!«, sagt Sue. »Hier wird es interessant. Welcher Marvin? Doch nicht etwa Marvin Gangler, den du mir für die Galerie empfohlen hast?« Ohne meine Antwort abzuwarten, fährt Sue fort: »Die Grohlinger ist sehr angetan von seiner Malerei und ist mit ihm bereits in Kontakt. Er sei ein kompromissloser Maler, behauptet sie. Davon abgesehen, erzählte sie mir, fehle ihr noch jemand im Portfolio, der gegenständlich male. Ich denke also, es schaut gut aus, dass wir ihn unter Vertrag nehmen.«

»Beim Malen kompromisslos, privat ein Weichei. Was soll ich sagen? Ja, liebste Sue, gut geraten, das ist er«, sage ich. »Marvin Gangler. Ich habe mit ihm nicht geschlafen, weil er mich besonders geil gemacht hätte, sondern weil mein Vibrator am Tag zuvor den Geist aufgegeben hat.«

»Klingt nachvollziehbar«, meint Sue.

»Jedenfalls war Marvin anscheinend just an dem Tag krank, als sie in Bio geübt haben, wie man der Banane korrekt ein Kondom überzieht.«

»Spannend«, sagt sie.

»Überhaupt nicht«, sage ich. »Eher im Gegenteil. Es ist ermüdend und eine Frechheit, dass ich diese Pille überhaupt kaufen musste. Ich sollte diesem Wichser die Rechnung schicken.«

»Das meinte ich nicht«, sagt Sue. Diesmal ist sie es, die mit dem Kopf nach vorn deutet.

»Ah«, sage ich, »du hast recht, durchaus spannend.«

Wir lehnen uns beide zurück, stoßen an und fragen uns, wie weit das Pärchen noch zu gehen gedenkt, bevor es von einem Security-Äffchen ermahnt wird.

»Was ist mit Jen?«, frage ich.

»Wie bitte?«

»Was mit Jen los ist.«

»Du musst lauter sprechen«, sagt Sue und deutet auf die Lautsprecher.

»Du kannst jemand anderen verarschen«, sage ich. Sue lächelt.

»Alles gut«, sagt sie.

»Das ist alles? Mehr hast du nicht zu erzählen?«

»Was gibt es da noch zu erzählen?«, fragt Sue. »Du weißt wie es abgelaufen ist.« Das ist richtig. Ich weiß es, denn ich war dabei, als es passiert ist. »Du hättest mich aufhalten können«, sagt Sue. »Und jetzt muss ich ausbügeln, was du mir eingebrockt hast.« Ich habe ihr nichts eingebrockt. Ich habe nur nicht verhindert, dass etwas ins Rollen kommt. Darin liegt ein Unterschied.

»Jede ist für ihre eigenen Handlungen verantwortlich«, sage ich.

»Nicht, wenn frau betrunken ist«, sagt Sue, »dann sollte nämlich die beste Freundin präsent sein und bei Bedarf die Stopp-Taste drücken.«

Ich konnte aber nicht eingreifen. Die beiden waren zu süß anzusehen. Es ging nicht. Sue sollte ihren Spaß haben, ihr Abenteuer. Das war es, was sie brauchte: Drama. Wird das Leben zu ruhig und harmonisch, so läuft es Gefahr, in Bedeutungslosigkeit zu versinken. Jetzt hat sie wieder etwas zu tun, nun kann sie Tränen weinen, von Schuldgefühlen aufgefressen werden, sie kann Jen mit Geschenken überhäufen, sie lieben, sie befriedigen wie nie zuvor, ja, es kommt auch ihr zugute, dem vermeintlichen Opfer. Aber mal ehrlich: Was ist denn so schlimm daran? Ich meine, fremdzugehen. Eine Nacht mit jemandem intim zu sein. Wieso sollte man sich deshalb schlecht fühlen? Der Körper benötigt Abwechslung, damit der Geist nicht erschlafft.

»Es war nicht nur eine Nacht«, sagt Sue. »Und es könnte sogar sein …«, fügt sie hinzu. Und schweigt.

»Was könnte denn sein?«, frage ich mit der sanftesten Stimme, die ich aufbringen kann, da ich Angst habe, sie würde nicht weiterreden.

»Es könnte sogar sein, dass ich … dass ich ein kleines Bisschen, aber wirklich nur ein klitzekleines Bisschen in sie verknallt bin.«

»Du bist in ihren Körper verknallt«, präzisiere ich ihre Aussage.

»Natürlich«, bestätigt Sue rasch, »nur in ihren Körper. Er ist einfach …«

»Fresh«, sage ich. Sue nickt und macht große Augen.

»Aber es ist vorbei.«

»Klar.«

»Und es wird vorbei bleiben.«

»Keine Frage. Was hat eine Praktikantin denn sonst zu bieten?!«

»Meine Worte.«

Eine Weile lang sagen wir nichts. Wir starren geradeaus. Kann es sein, dass er ihr soeben den BH ausgezogen hat? Ja, hat er.

»Jen ist halt …«, fängt Sue an.

»Jen ist alt«, korrigiere ich ihre Aussage, indem ich einen Buchstaben weglasse.

»Ist sie nicht«, entgegnet Sue. »Sie ist so alt wie du.«

»Siehst du?«, sage ich.

»Haha«, macht Sue, »sehr lustig. Was ich sagen wollte: Jen ist smart, sie ist so unverschämt ehrlich und stark in allem, was sie ausmacht.«

»Wenn sie so stark ist«, frage ich, »warum hat sie es dann nicht verkraftet?«

»Ich weiß es nicht«, sagt Sue, »vielleicht, weil man in manchen Dingen stärker ist als in anderen.«

»Wenn du Jen so bewunderst, warum ziehst du dann die Praktikantin vor? Wie heißt sie nochmal? Leyla, nicht wahr? Vielleicht interessiert dich ja der Intellekt gar nicht so sehr, wie du es dir einredest? Es wäre nichts Verwerfliches daran.«

»Hör jetzt bitte auf, die Lässige zu spielen und fang an, meine Freundin zu sein!« Etwas sticht in meiner Brust. Ich schnappe nach Luft. Scheiße, verdammte. »Hat es dir die Sprache verschlagen?«, fragt Sue.

»So ähnlich«, sage ich. Es sticht abermals. Ich schließe die Augen, lege eine Hand auf den Brustkorb. Der Schmerz lässt nach. Ich öffne die Augen. »Ja, okay, ich bin jetzt deine Freundin.«

»Gut, dann erzähl mir, warum du Jen nicht magst.«

»Aber ich mag sie doch!«

»Leck mich.«

»Ungern.«

»Pass auf, Regina«, sagt Sue, lehnt sich vor und schaut mich mit starrem Blick an: »Wenn du heute nicht Geburtstag hättest, würde ich jetzt aufstehen und gehen. Verstanden?« Ich nicke. »Und jetzt sag mir, warum du sie nicht magst. Was hat sie dir getan?«

»Ach, Sue, ich weiß es nicht«, sage ich. »Vielleicht ist sie bei der falschen Partei, ist mir zu wirtschafts- und zu wenig linksliberal. Was weiß ich. Vielleicht ist sie mir moralisch zu korrekt in ihrem Auftreten und gleichzeitig zu besserwisserisch. Vielleicht ... vielleicht liebt sie dich zu sehr, sodass für mich nichts mehr übrigbleibt. Nein, das nehme ich zurück. So was Pathetisches gebe ich nicht von mir.«

»Du hast es gesagt.«

»Nein, habe ich nicht.«

»Doch«, sagt Sue, »hast du!« Ihre Gesichtszüge entspannen sich und sie lächelt, während zwei Tränen von ihren Mundwinkeln aufgenommen werden. »Es ist nicht leicht«, sagt sie. »Leyla arbeitet jetzt noch drei Monate in der Galerie. Ich kann meiner Chefin schlecht sagen, dass sie sie feuern soll, weil ich es mit Leyla kaum in einem Raum aushalte, ohne feucht zu werden.«

»Fuck it«, sage ich, »dann sei doch feucht! Genieße es, solange du noch feucht sein kannst.«

»Du willst es nicht kapieren«, sagt Sue und streicht mir über die Wange. »Aber wie solltest du auch. Du warst noch nie verheiratet. Du warst ja noch nicht mal verliebt. Du weißt nicht, wie das ist, wenn man einem Menschen versprochen hat, mit ihm sein Leben zu verbringen.«

Aha. Ich war also noch nie verliebt. War ich noch nie verliebt? Shit, Sue dürfte recht haben. Andererseits: Mir will auch kein Grund einfallen, warum es von Bedeutung sein sollte, sich zu verlieben.

»Bitte halt das kurz für mich«, sage ich und reiche Sue das Weinglas.

»Was hast du vor?«, fragt sie.

»Schau zu und lerne.«

Recht schnell nähere ich mich dem ineinander verkeilten, mittlerweile halbnackten Pärchen und greife beiden an den Hintern, während ich zeitgleich die Zunge rausstrecke und über ihre Mundwinkel schlecke, sodass sowohl ihre als auch seine Wange von meinem Speichel bedeckt ist.

Da liegen wir im struppigen Gras und kichern wie zwei Schulmädchen, die sich unerlaubt am Klo eine Zigarette angesteckt haben. Ein Security-Äffchen hat uns rausgeworfen. Wobei das Wort *werfen* hier nicht recht passen will. Er *hat uns gegangen*, müsste ich sagen. Dass wir morgen wiederkommen können, hat er uns zugeflüstert. Der Club sei schon mal besser besucht gewesen, sonst hätten wir freilich lebenslänglich bekommen. Mit antiquiertem Meidlinger L hat er das Wort lebenslänglich ausgesprochen. Als ich Sues Gesichtsausdruck bemerke, der wirkt, als müsste sie jeden Moment in tausend Einzelteile zerplatzen, pruste ich los. Wie es scheint, hat sich das sexy Pärchen beschwert und also keine besondere Lust auf einen flotten Dreier mit mir.

»Um James Murphy ist es jammerschade«, sagt Sue, als das Gelächter langsam abebbt. Ich spüre meine Bauchmuskeln. Sie sind tatsächlich spürbar. Überlastet sind sie und doch tut es ungemein gut, sie in dieser Intensität wahrzunehmen. Für die körperliche Betätigung reicht mir, neben dem gelegentlichen Totlachen mit Sue, der Boxsack. Und auch den brauche ich immer seltener. Denn wieso sollte ich meine Faust auf einen Boxsack loslassen, wenn ich sie auch in ein männliches Gesicht stempeln kann?

»Scheiß auf James Murphy«, rufe ich in die Nacht. »Scheiß auf ihn. Scheiß auf alle Männer!«

»Und auf alle Frauen«, fügt Sue leise hinzu.

Wir blicken in den Sternenhimmel. Vielleicht sollte ich sagen: Wir blicken in den Himmel. Sterne sind keine zu sehen. Ich denke an den Abend im August, als ich als Zwölfjährige, eingehüllt in einen Schlafsack, im Garten meines Elternhauses lag, und mich nicht traute zu blinzeln. Keine einzige Sternschnuppe wollte ich verpassen. Die Milchstraße vor meinen Augen aufgefächert wie ein abstraktes Gemälde aus Licht. Ich zählte achtundfünfzig Schweife, bevor mir die Augen zufielen. Später bemerkte ich im Halbschlaf, dass mich jemand vom Boden auflas und ins warme Hausinnere trug, die knarzende Stiege hinauf in den ersten Stock, hinein in mein Zimmer, mich sachte auf die weiche Matratze bettete, mich vorsichtig zudeckte, das Nachtlicht anmachte, auf das ich noch nicht verzichten wollte, und leise die Tür schloss. Nicht alles war schlecht in diesem Kaff. Nicht alles.

»Was wollen wir tun?«, frage ich. »In den Schuppen nebenan?« Ich richte mich auf, blicke hinüber zum heruntergekommenen Backsteingebäude, aus dem gedämpfte Basstöne dröhnen, die das Blech der Garage durch einen 4-to-the-floor-Beat zum Rattern bringen.

»Lass uns doch zu mir gehen«, sagt Sue nach kurzem

Überlegen. »Wie lange warst du nun schon nicht mehr bei uns?«

»Keine Ahnung.«

»Eben.«

»Ist Jen noch munter?«

»Woher soll ich das wissen«, sagt Sue. »Wir texten uns nicht zu. Das ist der Vorteil, wenn man mit jemandem zusammenlebt, der etwas älter ist.«

»Du sagst mir durch die Blume, dass Jen nicht mit einem Smartphone umgehen kann?«

»Haha«, macht Sue. »Sehr lustig. Sie kann damit umgehen, aber sie will nicht. Sie ist zu intelligent für diesen Scheiß.«

»Im Gegensatz zu deiner Praktikantin?«, frage ich.

»Leyla ist nicht *meine* Praktikantin«, sagt Sue. »Aber du hast recht. Die würde am liebsten ununterbrochen mit mir chatten. Es ist ermüdend. Kaum erwachsen und sie denken, sie wären lässig mit ihren eintausend-und-ein Apps und wir wären peinlich, weil wir das Telefon noch immer zum Telefonieren benutzen.«

»Und doch hat sie recht«, sage ich. »Junge Menschen haben immer recht. Deshalb mag ich sie nicht.«

Sue hebt die Hand und streckt ihren Zeigefinger in die Höhe, als wenn sie zuerst eine unsichtbare Lehrerin um Erlaubnis fragen müsste, um sprechen zu dürfen.

»Ja, bitte?«, sage ich. »Sprich!«

»Hast du Angst vor ihr?«

»Vor Leyla? Ich habe schon bessere Witze gehört.«

»Du hast Angst vor ihr«, sagt Sue. Sie sagt es und es klingt, als wäre es keine Frage.

»Wie bitte?«

»Nicht vor Leyla, Dummchen. Vor Jen. Du hast Angst vor Jen!«

»Ich habe vor niemandem Angst«, kommt es um eine Sekunde zu schnell aus meinem Mund herausgeschossen, als dass ich es selbst glauben könnte.

»Das ist ungesund«, sagt Sue wie ein Kleinkind, das noch nicht kapiert, was eine Lüge ist. Ach, wie liebe ich diese Eigenschaft an ihr! »Du solltest Angst haben«, fährt sie fort. »Zumindest vor einem Menschen solltest du Angst haben. Das hält dich wach.«

»Wo soll ich schlafen?«, frage ich. »Zwischen Jen und dir? Wäre bestimmt kuschelig.«

»Du schläfst dort, wo du immer schläfst.«, sagt Sue schmunzelnd.

»Also im Katzenzimmer«, sage ich. »Danke. Zum Glück habe ich keine Allergie.«

»Es ist unser Kinderzimmer«, korrigiert mich Sue.

»Das kannst du erst so nennen, wenn dort auch wirklich ein Kind lebt.«

Sue wendet sich mir zu. Ihre Augen, die gerade eben noch vom Lächeln schmaler waren als in ihrer ohnehin schmalen Ausprägung, wirken nun weit geöffnet, ernst und tief, als könnte man durch ihre Pupillen hindurchfallen in eine unbestimmte Tiefe, von deren Grund man niemals wieder hinauf ans Tageslicht gelänge. »Es tut mir leid«, sage ich und höre meinen Worten nach, die sich, nun, da die Stille an ihre Stelle getreten war, unheimlich fremd anfühlen. Wann habe ich mich das letzte Mal bei jemandem entschuldigt?

»Schon gut«, sagt sie. Aber es ist nicht gut. Nicht annähernd gut ist es. Das sehe ich. Das weiß ich doch. Mit dem Sperma eines Freundes wollte es einfach nicht klappen, mit drei anderen ebenso nicht. Die Wahrscheinlichkeit, dass alle vier Männer infertil sind, kann als eher gering eingeschätzt werden, zumal alle, bis auf einen, bereits Kinder in die Welt gesetzt haben. Weder Sue noch Jen wurden nach mehreren Anläufen schwanger. Deren Frauenärztin hat schließlich festgestellt, dass bei beiden nur noch wenige Eizellen reifen würden. Sie seien schließlich nicht mehr die Jüngsten. Nun warten Sue und Jen, nachdem sie die offizielle Genehmigung erhalten haben, bereits seit gut zwei Jahren auf ein Adoptivkind.

Ich frage mich: Wieso ist es so einfach, Menschen, die einem nahestehen, zu verletzen? Denn ich weiß, was Sue durchgemacht hat. Warum kann ich manchmal nicht einfach meinen Mund halten, meine *depperte Goschn*?

»Bald wird es so weit sein«, sage ich, ohne an das Gesagte zu glauben. »Du wirst schon sehen. Ihr werdet sicherlich in Kürze angerufen!« Ein Abspulen von Floskeln, die aus einer Telenovela entstammen könnten. Ich beiße mir auf die Lippen und lege eine Hand auf Sues Schulter. Sie fühlt sich überraschend kühl an. Während meine Hand glüht. Sie brennt sich in ihre Schulter, brennt sich durch ihre Haut, durchs Fleisch, legt sich um ihr dünnes Schlüsselbein und bleibt dort mit ihm verwachsen. Ich habe kein Problem damit, anderen Menschen wehzutun, doch diese Frau, die darf ich nicht verlieren, niemals. Meine Hand bleibt dort, wo sie ist. Sie. Bleibt. Dort.

»Sie liegt im Sterben«, sagt Sue. Ihre Stimme legt sich über das sanfte Blätterrauschen.

»Wer, bitte, liegt im Sterben?«, frage ich und ziehe die Hand weg.

»Na, Mieze, wer sonst.«

»Aha«, mache ich, denke an die fette Tigerkatze und gebe vor, betroffen zu sein.

»Sie wird wohl eine Lungenentzündung haben«, flüstert sie. »Die Tierärztin ist sich noch nicht hundertprozentig sicher. Sie will Mieze nochmal durchleuchten.«

»Vielleicht solltet ihr die Tierärztin wechseln?«, gebe ich zu bedenken.

»Vielleicht«, sagt Sue. »Wir geben ihr mehrere Medikamente, aber ihr Körper scheint nicht darauf anzusprechen. Sie ist alt. Seit einer Woche verweigert sie das Essen. Und das, obwohl ich ihr rohe Fleischstückchen ins Maul schiebe.«

Ich verziehe den Mund, bin mir nicht sicher, ob sie ihre Aussage ironisch gemeint hat und unterdrücke einen Lacher.

»Und ich soll im Ernst dort schlafen?«

»Ja. Sollst du. Unter Umständen hilft ihr deine Anwesenheit sogar beim Loslassen.«

Beim Loslassen? Sie meint es ironisch. Es muss ironisch gemeint sein. Um kein Risiko einzugehen, verkneife ich mir, ganz im Widerspruch zu meiner Gewohnheit – und dies ist eine besondere Herausforderung –, einen bissigen Kommentar.

Wir gehen nebeneinanderher. Wir gehen und halten uns an den Händen, wie zwei Schulmädchen, die, nachdem sie sich am Klo unerlaubt eine Zigarette angesteckt haben, mit einem geheimnisvollen Lächeln zurück zum Klassenzimmer schlendern.

4

Die Geräusche sind nicht zu verdrängen. Der Alkohol im Blut verschmiert die Klagelaute, macht sie, wie bei einem verzerrten Bild, unscharf, glättet die Konturen, aber das Bild an sich bleibt erhalten, das Jaulen dauert an, das Röcheln zwischendurch und das Fauchen und Scharren, als würde die sterbende Katze gegen einen unsichtbaren Gegner ankämpfen. Wahrscheinlich tut sie genau das. Führt ihren letzten Kampf gegen den Sensenmann, nein, gegen den Sensenkater. Warum ist der Tod männlich? Wo bleibt die Sensenfrau, die Sensenkatze, die Sensenkuh, die Sensensau? Lange starre ich, ausgestreckt am Rücken liegend, an die Zimmerdecke. Es gibt keinen Anhaltspunkt, an dem mein Blick sich festhalten könnte, keinen Riss, keinen dunklen Fleck, der einmal eine Motte gewesen ist. Ich fluche leise und drehe mich zur Seite, wünsche dem Tier den Tod. Aber er kommt nicht, der Gevatter Tod, auch nicht Gemutter Tod. Sind zu beschäftigt. Haben anderen Katzen die Gurgel umzudrehen, anderen Kühen die Kehle aufzuschlitzen, anderen Menschen das Herz aus dem Rhythmus zu bringen. Ich ziehe die Decke übers Gesicht, bekomme keine Luft, richte mich auf, überlege mir, ob ich mich übergeben soll, lege mich wieder hin.

Jen hat geschnarcht, als wir die Wohnung torkelnd betreten haben, und sie hat geschnarcht, als Sue sich später zu ihr gelegt hat, um sie mit ihrem Gekicher aufzuwecken und mit ihr zu schlafen. (Ich hätte die beiden lieber nicht gehört; den dünnen Wänden war mein

Wunsch freilich egal.) Zuvor hat Sue ihrem geliebten Haustier aber noch herzhaft eine Spritze ins Hinterteil geschoben und zwei Tabletten sowie ein in warmem Wasser angerührtes Pulver, das Mieze nicht so gerne schlucken mochte, verabreicht. Nach dem Prozedere hat mich Sue lange umarmt, mir abermals gratuliert und eine geruhsame Nacht gewünscht. Mit einem gedämpften Rülpser habe ich mich bedankt. Sue hat sich umgedreht und mir eine Kusshand zugeworfen.

Nun, da Sue diesen Raum verlassen hat, den sie nicht aufhört, sehnsuchtsvoll Kinderzimmer zu nennen, sehe ich es deutlich. Da ist kein Platz für ein Kind. Damit hier jemand leben kann, muss zuvor jemand sterben.

Ich schlage die Augen auf. Draußen ist es bereits hell. Etwas pocht hinter meiner Stirn. Seufzend werfe ich die Decke zurück, richte mich langsam auf. Das Katzending, die Mieze, sie lebt nach wie vor, wenn man den Zustand, in dem sie schwebt, überhaupt so bezeichnen kann. Durch halb geöffnete Lider sieht sie mich an. In den Winkeln zur Nase hin hat sich über Nacht eine braune Kruste gebildet. Vielleicht wächst ihr der Krebs aus den Nasenlöchern heraus, vom Gehirn kommend.

»Na, du kleines Monster? Gut geschlafen?«

Sie versucht, ihren Kopf zu heben. Es gelingt ihr nur bedingt. Der Schädel sackt nieder auf die weiche, bunte Decke. Sie schließt die Augen, dann reißt sie sie plötzlich weit auf und schnauft ihr Schnaufen und röchelt ihr Röcheln. Hat sich da etwas in ihrem Bauch bewegt? Kann sich ein Krebs bewegen? Verwundert über die plötzliche Fähigkeit, Mitleid zu empfinden, rutsche ich über die Bettkante und hocke mich im Schneidersitz direkt vors Miezchen.

»Du bist schwach«, sage ich und streichle sie sanft. »So ist das, wenn du alt wirst. Deshalb solltest du nicht alt werden. Du solltest sterben, wenn es am schönsten ist. Aber du stirbst nicht, weil du die Hoffnung nicht aufgeben möchtest, dass es morgen vielleicht um eine klitzekleine Spur schöner wird, um eine Spur besser, nicht wahr? Aber ab einem gewissen Alter, weißt du, ich könnte auch sagen: ab heute, da wird es nicht mehr besser. Nicht für dich.«

Mieze wendet den Blick ab. Sie scheint sich für meine Mitteilung nicht zu interessieren.

»Was willst du?«, frage ich und rüttle an ihrem halbtoten Leib, der meinen Bewegungen, ohne jeglichen Widerstand zu leisten, nachgibt. Da richtet sich Mieze, begleitet von leisem Gestöhne, auf und flüstert mir etwas mit vorgehaltener Pfote ins Ohr.

Wie gewünscht beuge ich mich über Mieze, klemme ihren kranken Körper zwischen den Knien ein und presse, damit sie sich nicht wehren kann, die Schenkel fest zusammen. Ob sie Behemoth kenne, frage ich. Keine Antwort. Der sprechende Kater aus *Meister und Marga*...? Nie gehört, unterbricht sie mich. Whatever, sage ich. Mit der linken Hand umklammere ich mit kräftigem Griff ihren dicklichen Hals, mit der rechten Handfläche bedecke ich ihre gesamte Schnauze und achte darauf, dass keine Luft hinein- oder hinausgelangt. Mieze zuckt. Sie zuckt und zuckt und hört nicht auf zu zucken. Noch einmal fahren ihre Krallen in meinen Oberschenkel. Dann fährt nichts mehr. Außer ihre Seele, die fährt, wenn man unbedingt daran glauben möchte, heraus aus ihrem Körper und hinauf in den Katzenhimmel oder hinab in die Katzenhölle oder schlicht gegen die Wand.

Ausgeatmet. Da liegt das Ding, das auf einmal ein Kadaver ist, vor mir. Unnütz.

Zaghaft steige ich von ihr runter, hebe ihren kleinen Kopf an und lasse ihn auf die Decke fallen. Ein dumpfes Geräusch ist zu hören, gefolgt von einer angenehmen Stille.

Ich schaue auf meine nackten Beine hinunter. An der Innenseite des linken Oberschenkels rinnt eine kleine Blutspur in Richtung Knie. Die Kratzer sind tiefer als erwartet. Sie werden mich lange begleiten. Nun kommt zum gewohnt wunderbaren Canaletto-Blick auf meine Vulva auch noch ein lässiger Lucio-Fontana-Schnitt hinzu. Ich wische mit der Hand über die Wunde, ich führe die blutverschmierten Finger dicht an die Nase, ich rieche daran. Da sticht es in meiner Brust. Fuck. Ich lasse mich rückwärts aufs Sofa fallen, schlage mehrmals mit geballter Faust gegen das Brustbein. Wann hört das endlich auf? Verflucht nochmal! Dann ist der Schmerz wieder fort. Welcher Schmerz? Und da höre ich ein anderes Geräusch. Mein Magen knurrt, als würde in seinem Inneren ein Lebewesen hocken und wie ein kleines Kind jammernd nach Nahrung verlangen. Omelette, denke ich. Nach getaner Arbeit ein feines Schinken-Käse-Omelette. Gut gemacht, Regina, sage ich mir. Du bist eine von den Guten.

Sue und Jen sitzen bereits in der Küche und schieben sich ekelerregend aussehenden Brei in die Münder, vielleicht nennt man es Porridge, vielleicht Haferschleim, vielleicht Polenta, Dinkelbrei oder Müsli, es macht keinen Unterschied.

»Wie hast du geschlafen?«, fragt Sue. Sie sieht furchtbar aus. Hat sie gekotzt?

»Morgen«, sagt Jen. Sie sieht auch furchtbar aus. Weil sie immer furchtbar aussieht? Das wäre gemein. Ich weiß. Doch die Wahrheit ist die Wahrheit. Meistens.

»Na?«, fragt Sue. »Wie sagt man als artiges Mädchen? Sollte man den Gastgeberinnen nicht einen guten Morgen wünschen?« Den Löffel hält sie, als wollte sie den Auftakt zu einer unbedeutenden Symphonie andirigieren.

»Eure Katze ist hin.«

»Hm?«, macht Jen mit vollem Mund.

»Eure Katze«, sage ich mit extra langgezogenen Vokalen, »sie ist gegangen. Sie ist gegangen worden.« Den letzten Satz denke ich mir.

»Wie bitte? Mieze ist ...«, fragt Sue. Der Löffel gleitet ihr aus der Hand, er fällt klirrend zu Boden.

»Ja«, sage ich, »äußerst bedauerlich.«

Sue und Jen springen vom Esstisch auf und stürmen ins Nebenzimmer, nein, ins Katzenzimmer, nein, ins Kinderzimmer. Lächerlich. Als wäre Miezes Ableben nach der Krankheit, die sie in den letzten Wochen hatte, nun eine große Überraschung. Als machte es irgendeinen Unterschied, den toten Körper zu betrachten, ihn zu streicheln. Als könnte man durchs Heulen noch etwas an ihrem Zustand ändern. Ich öffne den Kühlschrank. Was brauche ich? Butter, Eier, Käse, Schinken, Tomaten und – ja, warum nicht? – Champignons. So. Wo sind die Pfannen? Ah, hier. Herdplatte aufgedreht. Mahlzeit.

Es gebe seit ein paar Jahren einen Tierfriedhof. Dort würden sie Mieze gerne beisetzen. Mit schnellen Bewegungen schiebe ich mir das Omelette in den Mund und muss ein Lachen unterdrücken. Nur mit einem Ohr höre ich zu, ja, so könnte es funktionieren, mit einem Ohr zuhören, mit einem Mund essen, ein Auge zudrücken. Das geöffnete Auge wirft den Blick auf Sue. Ihre Tränensäcke sind geschwollen.

»Du traurig?«, frage ich mit künstlichem Akzent. »Katzentage. Nicht weinen, dass sie vorüber. Lächeln, dass sie gewesen.« Die beiden schauen mich an, als hätten sie einen Geist gesehen. Ein halber Champignon gleitet mir beim Sprechen über die Lippen nach draußen und fällt auf den Teller. »Konfuzius«, sage ich.

»Ich brauche jetzt bitte keine Kalendersprüche«, wirft Sue ein und verbirgt ihr Gesicht in den Handflächen.

»Du brauchst deine Trauer nicht zu verstecken«, säuselt Jen und legt behutsam eine Hand auf Sues Schulter.

»Und dein Verständnis brauche ich ebenso wenig.« Sue schiebt Jens Arm weg. Er baumelt nach unten, als wäre er ein lebloses Objekt. Jen fragt, was sie falsch gemacht habe.

»Ich will einfach mal traurig sein, okay? Oder enttäuscht. Oder wütend. Was weiß ich. Lasst mich in Ruhe!« Sue richtet sich auf und schiebt mit ihren Kniekehlen den Stuhl zurück. Ein unangenehmes Quietschen durchdringt die Küche. Jen berührt Sue an der Hüfte. »Jetzt nicht«, sagt sie und geht mit schnellen Schritten in Richtung Klo, schmeißt die Tür hinter sich zu, sperrt ab. Stille.

»Sag nichts«, meint Jen.

»Ich habe keine Zeit, etwas zu sagen. Ich esse.«

Es vergeht keine Minute, bis Jen mit ihren Fingern auf dem Tisch einen holprigen Rhythmus trommelt. Von Zeit zu Zeit streifen sich flüchtig unsere Blicke. Ich bin mir sicher, dass sie mich nach all den Jahren noch immer nicht einschätzen kann. Vielleicht beruht es auf Gegenseitigkeit. Mit Daumen und Zeigefinger wische ich mir über die Mundwinkel, trinke einen Schluck Kaffee und frage Jen, ob ich mir, zur Feier des Tages, eine Zigarette anzünden dürfe. Sie entgegnet, dass die Wohnung, wie ich wisse, rauchfrei sei. Dann steht sie auf, schleicht zur Klotür und fragt mit aufgesetzt sanfter Stimme, ob alles in Ordnung sei.

»Nichts ist in Ordnung«, tönt es aus der Toilette, »und jetzt lass mich bitte in Ruhe kacken, ja?«

»Lass sie doch bitte in Ruhe kacken«, sage ich, als Jen wieder am Küchentisch Platz nimmt.

Jen öffnet den Mund. Bevor sie zum Antworten kommt, werden wir von Sues gedämpfter Stimme ermahnt: »Es geht hier nicht um euch, verdammt! Es geht auch nicht um mich. Es geht darum, Abschied zu nehmen. Einmal einen Schritt zur Seite zu treten. Benehmt euch nicht wie Kinder.« Die Worte verhallen, ein leises Schluchzen setzt sein.

»Wie lange hatte sie die Katze noch mal?«, frage ich Jen.

»Fünfzehn Jahre vielleicht?«, überlegt sie.

Da wird mir bewusst, dass ich Sue nicht ohne Mieze kenne.

»Du kannst dir meinetwegen eine Zigarette anzünden«, sagt Jen nach einer kurzen Pause. »Aber geh zum Fenster.«

Nun läge es wohl an mir, zu antworten, dass es nicht unbedingt nötig sei (obwohl es, wie jede Raucherin weiß, unbedingt nötig ist).

»Na also«, sage ich und schlage mit den Handflächen auf den Tisch. »Geht doch.«

Jen sagt nichts, blinzelt. Ich zwinkere ihr zu und stehe auf, um meine Handtasche zu holen. Die blutigen

Feuchttücher schiebe ich rasch zur Seite und greife nach der Zigarettenpackung darunter.

Nachdem ich das Küchenfenster geöffnet habe und den Rauch in Richtung Innenhof blase, bemerke ich, dass Jen mich beobachtet. Was hält sie von mir? Kann sie nachvollziehen, warum ich mit Sue so eng befreundet bin, warum ich sie stets in Schutz nehme? Jen schaut aus wie die Tochter einer ABBA-Sängerin. Irgendwie brav. Irgendwie langweilig. Konform. Glatte Haut, hohe Stirn, blonde, schulterlange Haare. Alles gut. Musterschülerinnenlook. Nur die Augen passen nicht dazu. Dort drinnen sitzt noch etwas anderes, warum erkenne ich das erst jetzt? Und das wird es auch sein, womit sie Sue an sich bindet. Hineinkriechen möchte man in diesen Blick, fast unheimlich kommt er mir vor. Hineinkriechen und sich an der Schädelinnenseite abseilen, um nachzusehen, woher dieser Ausdruck kommt, dieses Dunkle inmitten all der freundlichen Helligkeit ihres Äußeren.

»Alles Gute zum Geburtstag übrigens«, sagt Jen.

»Ah, ja. Danke, sehr lieb.«

Ich warte, bis Jen wegsieht, schnippe den am Fensterbrett ausgedämpften Filter nach draußen, verfolge seine Flugbahn. Er schlägt direkt hinter einem Kleinkind auf, das verloren im Innenhof steht. Kurz überlege ich mir, ob ich die Eltern warnen soll, sehe aber niemanden. Ich zucke mit den Schultern, schließe das Küchenfenster und nehme wieder am Tisch Platz, um den letzten Schluck Kaffee zu genießen, der die Mundhöhle nach dem Rauchen hervorragend neutralisiert.

»Woran arbeitest du gerade?«, fragt Jen, nachdem es, da sich niemand von uns bewegt, so leise ist, dass ein gedämpftes Furzen aus dem Klo zu vernehmen ist.

»Ist es dir etwa peinlich, Sue zuzuhören?«, frage ich.

»Nein«, sagt sie, »nicht peinlich. Aber vermeidbar. Jeder Mensch hat ein Recht auf Privatsphäre.«

Ein Punkt für sie, denke ich und sage: »Die Vernissage von *money sells* steht kurz bevor. Es ist die erste von mir kuratierte Ausstellung in der Belvertina. Es ist eigentlich keine Ausstellung, nur kapiert das niemand, deshalb muss ich es so nennen. Befehl von der Direktorin. Und Befehle sind, wie du es bestimmt aus deinem behäbigen Parteiapparat kennst, zu befolgen. Manchmal komme ich mir vor wie eine Soldatin im sogenannten Kunstbetrieb. Anfang nächster Woche wird mit dem Abbau der laufenden Ausstellung begonnen. Die Displays in den Museen sind ja alle gleich. Vielleicht sollte ich sagen: gleich langweilig. Weiße, im Raum verteilte Rigips-Wände, auf denen die Gemälde brav aufgereiht hängen. Die müssen zuallererst weg. Dann geht es Schlag auf Schlag. Wobei nicht viel geschlagen werden wird. Eher geputzt. Alles soll rein sein, clean, vom Staub jeder vorherigen Ausstellung befreit.« Jen schaut mich an, hebt eine Augenbraue. Sie kapiert nichts. Ich rede weiter: »Ein Schreibtisch muss in Szene gesetzt werden. Die Beleuchtung ist der Hauptfaktor – und auch die Person, die dort Platz nimmt: Arcus. Ein Irrer. Ich mag ihn. Er hat einen Plan. Einen klaren Plan. Kann man nicht von vielen behaupten, die vor sich hin produzieren und hoffen, dass sie mit dem einen oder anderen Stipendium für ein paar Monate die Armutsgrenze überschreiten. Und dann wäre da noch die Arbeit am Katalog für *money sells*. Meinen Essay muss ich korrigieren. Und den von einer Kunsthistorikerin, die sich auf Interventionen im öffentlichen Raum spezialisiert hat, lektorieren lassen. Die Eröffnungsrede sollte verfasst werden. Alles in allem, wie du siehst, nichts Aufregendes.«

»Ich verstehe«, sagt Jen, langt nach einem verschrumpelten Apfel in der Tischmitte und beißt hinein.

Vielleicht, sage ich mir, kapiert Jen doch etwas mehr als von mir angenommen. Sie hat mich nicht unterbrochen. Sie stellt keine dummen Fragen.

»Ich verstehe, dass du aufgeregt bist«, fährt sie fort, nachdem sie den Bissen hinuntergeschluckt hat. »Dass du Angst hast, du könntest versagen mit diesem Konzept, das relativ neu zu sein scheint.«

»Relativ neu?«, lache ich. Lache mir den restlichen Inhalt des Gesagten weg, die Rede von der Aufregung, die Rede von der Angst, die Rede vom Versagen. Weil nichts davon existiert! Es gibt keine Angst. Und Versagen darf es nicht geben. Und Aufregung sollte es nicht geben. »Du kannst das Wort *relativ* streichen«, sage ich mit gepresstem Lächeln.

Am Tisch vor mir liegt ein scharfes Brotmesser. Mit Bedacht nehme ich es in die rechte Hand und umklammere den Griff so fest, dass die Knöchel weiß durch die Haut des Handrückens schimmern. Damit abstechen könnte ich sie. Wie ein nutzloses Tier abschlachten. Es ist nur ein flüchtiger Gedanke. Aber er ist da. Dass sie es wagt! Ich nehme eine Semmel aus dem Brotkorb, teile sie in zwei Hälften, lege sie aufgeklappt vor mich hin auf den Teller. Dann drehe ich die Klinge in Richtung meines eigenen Körpers und steche mir mit voller Wucht in den Hals, sodass der schwarze Griff aus hartem Kunststoff vorne den Kehlkopf berührt und hinten im Nacken, neben der Wirbelsäule, die blutrote Messerspitze zum Schränkchen über der Küchenspüle zeigt, aus dem ich gestern Nacht noch fröhlich beschwipst den Gin hervorgeholt habe. Ich ziehe das Messer mit einem Ruck wieder aus dem Hals heraus, streiche das Messer an der

Semmel sauber und kippe vornüber auf die Tischplatte. Jen ist in diesem Moment nicht bewusst, dass ihr Gesicht verschwenderisch mit meinem Blut besprenkelt ist; sie schreit wie eine Sau, wie eine verdammte Drecksau schreit sie. Da fährt der Griff der Klotür plötzlich mit einem lauten Knall in die Wand, sodass sich etwas Verputz löst und auf den Boden rieselt. Sue kommt auf mich zugerannt und hebt mit ihren heftig zitternden Händen meinen Kopf hoch. Ich erinnere mich an den Katzenschädel, den ich keine Stunde zuvor hochgehoben und wieder fallengelassen hatte. Da stirbt in Sues Blick etwas, das vorher lebendig war. Beinahe zärtlich legt sie meinen Kopf zurück. Aus der Halswunde rinnt großzügig Blut auf den Teller, füllt ihn so lange, bis es auf die Tischplatte ausweichen muss und auf den Boden tropft. Alles in allem eine furchtbare, fantastische Schweinerei! Happy Birthday, Regina!

Die Klotür öffnet sich. Sue nähert sich mit langsamen Schritten dem Esstisch und schaut mich mit einem Blick an, in den ein Fragezeichen gehüllt ist. Wäre es nicht endlich an der Zeit, sie einzuweihen? Ihr zu verraten, warum seit meiner Pubertät kaum ein Tag vergeht, an dem ich nicht daran denke?

»Nichts«, sage ich, als hätte man mich bei einer verbotenen Tat ertappt. Sue zieht die Augenbrauen in die Stirn.

»Es ist nichts«, sage ich.

»Wir haben uns nur gut unterhalten«, sagt Jen.

»Genau«, stimme ich mit ein, »nur gut unterhalten.«

»Das Wort *nur* macht mich stutzig«, sagt Sue.

»Hast du gut geschissen?«, frage ich, um das Thema zu wechseln. Das Weiß in Sues Augen, das die meiste Zeit ohnehin eher ein Gelb ist, ist inzwischen zu einem Rot geworden.

»Ich habe gut geweint«, sagt Sue.

»Am Klo«, frage ich, »stinkt es sehr?«

»Meine Scheiße stinkt nicht«, sagt Sue.

»Ach ja?«, sage ich und stehe auf. »Dann findet ihr mich am Lokus.«

»Vielen Dank für die wichtige Info«, sagt Jen und lächelt schief. »Gib Bescheid, wenn wir dir den Hintern abwischen sollen«, fügt sie leise flüsternd hinzu, und doch laut genug, damit es mir nicht entgeht.

Vielleicht mag ich Jen nicht, weil sie, zusätzlich zur Intelligenz, quasi als Glasur oder Topping, einen gewissen Schmäh besitzt. Sie ist Wienerin, zumindest in jungen Jahren mit ihren Eltern nach Wien gezogen. Ja, das muss es sein. Politikerinnen mit Schmäh gibt es ohnehin zu wenige. Witzbefreit sind sie allesamt. Als könnte man nur mit unerschütterlichem Ernst dieses Land regieren. Als würde einem sonst niemand Glauben schenken. Dabei verhält es sich genau umgekehrt. Wenn jemand falsch in die Kamera lächelt, das wird sofort erkannt. In diesem Bereich sind die menschlichen Detektoren gut geeicht. Ein kleiner Fauxpas genügt, und die Blicke graben sich in die mit Rissen durchfurchte Gesichtsmaske. Da hilft nicht einmal eine Tonne Schminke. In Gedanken versunken setze ich mich auf die vorgewärmte Klobrille, tue, was getan werden muss und befühle währenddessen die zerkratzte Innenseite des linken Oberschenkels. Autsch. Ich öffne die Hände, betrachte die Linien, wie sie sich an jenen Stellen verzweigen und an anderen Stellen wiedervereinen. Mit diesen Händen habe ich ein Lebewesen getötet, sage ich mir. Wie oft, frage ich mich, habe ich eine Spinne zertreten und nichts dabei gedacht? Und bei Mieze mache ich mir plötzlich Gedanken? Nur weil das Tier größer ist als eine Spinne, weil es schöner aussieht, intelligenter ist?

Ich wasche mir die Hände, lege die Hand auf die Klinke und halte inne.

»…könnte man meinen«, höre ich Jens gedämpfte Stimme durch die dünne Tür säuseln.

»Sie ist kein schlechter Mensch«, sagt Sue.

»Doch, ist sie. Du hingegen tust nur so.«

»Warum magst du sie nicht?«

»Es geht hier nicht ums Mögen. Es geht darum, dass sie mir zu sicher ist.«

»Sicher?«, fragt Sue. »Du meinst wohl eher: selbstbewusst.«

»Ich meine sicher«, sagt Jen. »Niemand ist sich so sicher, ohne etwas zu verbergen.«

Lass es nicht zu, dass es dich verletzt, sage ich mir. Wer sich verletzen lässt, ist schwach. Wer schwach ist, kommt nicht weit. Und wie weit möchte ich kommen? Eben! Einem unbeholfenen Museumsaufseher, der mir vor Kurzem in unschuldiger Niedlichkeit verpackt verraten hat, dass er in Wahrheit kein Aufseher, sondern ein angehender Restaurator sei, habe ich offenbart, dass ich in Wahrheit keine Kuratorin, sondern eine angehende Direktorin sei. Er hat gelacht. Ich habe ihm gesagt, dass es natürlich nur ein Schmäh gewesen sei. War es nur ein Schmäh? Wie ernst ist es mir tatsächlich? Ernst genug, um nicht auf kleine Sticheleien wie *schlechter Mensch* einzugehen. Sue und Jen könnten auch über eine andere Person gesprochen haben. Es wäre möglich. Meinen Namen habe ich nicht gehört. Und sie sind sicherlich nicht so dumm, über mich zu sprechen, während ich im Nebenraum sitze, nicht wahr? Andererseits: Es gibt auch keinen *guten Menschen,* den gibt es nicht. Jeder hat Dreck am Stecken, unter den Fingernägeln, im E-Mail-Postfach, im Chat-Verlauf, wo auch immer. Jeder stinkt. Irgendwo stinkt sogar Sue, wenn schon nicht am Hintern, dann hinter den Ohren, weiß der Teufel wo!

»... zu selten?«, fragt Jen. Ihr Lachen reißt meine Aufmerksamkeit zurück ins Gegenwärtige.

»Ja«, meint Sue. »Das meine ich ernst. Viel zu selten sagt man sich, dass man sich liebt.«

»Denkst du das wirklich oder hast du es in der *Brigitte* aufgeschnappt? Ich finde, wir sagen es viel zu oft. Viel zu selten hingegen zeigen wir es. Es einfach nur zu sagen ist doch für Anfänger.«

»Ich habe es ihr zu selten gesagt«, beharrt Sue.

Mir dämmert, dass sie nicht über die eigene Beziehung, sondern über jene mit Mieze sprechen. Erbärmlich. Mit einem Ruck reiße ich die Klotür auf und schreite mit großen Schritten auf die beiden zu, die mich seltsam überrascht ansehen. Ob sie mich schon vermissen, möchte ich wissen. Keine Antwort. Ich sage ihnen, dass ich sie liebe. Beide. Und dass ich jetzt, bei aller Gastfreundschaft, gehen müsse. Sue nickt unsicher. Die arme Sue. Na, komm her, du. Wir umarmen uns. Lange. Ich spüre, wie meine Schultern nass werden von ihren Tränen.

5

»Es ist nicht absehbar, was geschieht, bevor es geschieht. *money sells* wird geschehen, geschieht, ist geschehen. *money sells* wird geschehen worden sein. Diese – und das kann ich getrost ohne Übertreibung aussprechen – weltweit einzigartige Ausstellung referenziert in ihrer Grundgeste nicht nur – aber auch – das noch immer zu wenig diskutierte bedingungslose Grundeinkommen. Es kann darüber nachgedacht, darüber geforscht werden, es kann durchgerechnet und darüber debattiert werden, ob es nach Einführung den Staat finanziell in den Ruin treibt oder nach ein paar Jahren den Haushaltsüberschuss wegen eines unvorhersehbaren Erfolgs durch die Decke gehen lässt, niemand kann es wissen. Erst, wenn es getan ist, umgesetzt, eingeführt, erst dann wird sich das Ausmaß aller Veränderungen offenbaren. Aber wir stehen heute schon hier und werden Zeugen, nicht nur einer Ausstellung, einer Performance, einer sozialen Skulptur, einer Kunstaktion, eines Experiments oder der Umsetzung eines einzigartig klaren, einfachen und in seiner Einfachheit wunderbar ökonomischen Gedankens: Arcus. Der Name steht nicht nur für eine Person, für einen Künstler, er steht für eine kompromisslose, künstlerische Haltung. Arcus, könnte man sagen, steht aber auch fürs Sitzen. Arcus ist, wie er sich selbst gerne bezeichnet, ein Sitzenbleiber. Er bleibt hier einige Stunden am Tag an seinem Schreibtisch, der am Ende der Ausstellung entsorgt wird, sitzen. Nichts soll übrigbleiben. Er ist für die Dauer der Ausstellung der Prototyp eines Beamten. Er führt gewissenhaft seine Arbeit aus, ist unbestechlich, funktioniert, nimmt entgegen, stempelt ab, händigt aus. Er, und mit ihm diese Ausstellung, sollte bestenfalls wie ein Katalysator wirken. Es sollte etwas ausgelöst, etwas in Gang gebracht werden, eine ökonomische Umformung stattfinden im Zeitalter des Anthropozän. Ein Mensch kommt herein, betritt den Raum, und wenn er den Raum wieder verlässt, ist er mehr als zuvor, und nicht nur mehr, er ist auch besser, größer, leichter, klarer. Denn lassen Sie uns doch ehrlich zueinander sein, was macht uns Menschen zufriedener, was glücklicher – als Geld? Sie lachen. Und doch habe ich recht, Sie dürfen es sich ruhig eingestehen. Wir leben in einer Zeit, die ohne Konsum nicht nur nicht funktionieren würde, sondern geradezu todlangweilig wäre. Was hat das Leben noch für einen Sinn, wenn ich nicht stündlich meine Mails und Likes abfragen kann? Es lebe die freie Marktwirtschaft, es lebe der Profit. Sollte man meinen. Aus diesem Grund, und nicht nur aus diesem, verschenken wir Geld. Und mit wir meine ich Arcus, und mit Arcus meine ich Sie, liebe Besucherinnen und Besucher. Denn Sie bezahlen Steuern und sichern somit den Betrieb dieses staatlich finanzierten, zeitgenössischen Museums, Sie bezahlen mich, sie bezahlen Arcus, Sie bezahlen auch den Wein und den Sekt und die Brötchen. Sie schauen entgeistert? Ach, Sie dachten immer, der Sekt sei gratis? Nun, Kunst ist da, um Ihnen die Augen zu öffnen. Und nicht nur das. Wir gehen einen Schritt weiter. Wir möchten Ihnen Ihr hart verdientes Geld zurückgeben. Wir handeln, während andere reden: Wir. Verschenken. Geld. Warum? Weil es sein muss. Denn: *money sells*. Weil wir uns wünschen, dass über das Medium Geld nachgedacht wird. Nachgedacht über seine Verwendung, über seine Beschaffenheit, über die Gewalt, die es auf uns ausübt. Weil das Funktionieren des Geldes auf Basis von Schuldscheinen beruht. Geld zu besitzen bedeutet in Wahrheit, Schuldscheine zu besitzen. Jemand schuldet Ihnen etwas. Oder sind wir es, die den anderen etwas schulden? *money sells*. Geld verkauft sich. Es geht und es kommt wieder. Arcus' Idee kann nur hier stattfinden, in der Belvertina, weil dieser Raum dafür geschaffen wurde! Also konsumieren Sie nicht, denken Sie nach. Und dann tun Sie es einfach, nehmen Sie das Geld. Sie brauchen sich nicht zu schämen. Sie haben es sich verdient. Es ist Ihres. In den kommenden Tagen wird es sich in diesen musealen Räumlichkeiten völlig anders verhalten. Das verspreche ich Ihnen. Es werden jene kommen, die nichts eingezahlt haben, jene, die das Geld nicht verdienen, es werden vielmehr jene kommen, die es brauchen. Und wir werden da sein. Arcus wird da sein. Denn Kunst und Menschlichkeit schließen einander nicht aus. Schönen Abend.«

Die Tür an der Seitenwand wird von einem Security-Beauftragten geöffnet, Arcus schreitet in legerer Kleidung durch den Ausstellungsraum. Blitzlichtgewitter. Auf der Arbeitsplatte des aus massivem Wildeichenholz bestehenden Schreibtischs, hinter dem er Platz nimmt, befinden sich eine knallgelbe, abgesehen von der Farbe aber ordinäre Handkassa, ein relativ groß geratener Rundstempel aus Holz, den Arcus laut eigener Aussage von der Post gestohlen hat, des Weiteren ein dazugehöriges Stempelkissen, ein uraltes, großformatiges und beinahe zu dick geratenes Hauptbuch mit Soll- und

Haben-Zeilen, ein Glas Wasser, eine Packung Taschentücher, zwei Bleistifte mit den Härtegraden 4H und 6B, ein Spitzer sowie ein Stapel Papier im DIN-A5-Format. Manchen Besuchenden möchte Arcus besondere Nachrichten überreichen, anderen Zeichnungen. Ich habe ihn, als wir den genaueren Ablauf besprochen haben, gefragt, ob er mir ein paar Beispiele geben könne. Könne er nicht, war seine lapidare Antwort.

Zuerst bilden die Menschen vor Arcus' Schreibtisch eine Traube, dann, als hätte jemand einen stillen Befehl erteilt, eine solch beunruhigend exakte Schlange, wie sie vor der Pandemie nur in Großbritannien zu sehen gewesen wäre. Die Zeigefinger zucken über den Auslösern der Fotoapparate. Endlich findet die erste Geldausgabe statt. Es dürfte, von der Kleidung und der Frisur her zu urteilen, eine Kunststudentin sein. Ich stehe nahe genug, um zu hören, dass sie Arcus fragt, was sie tun müsse, um in den Genuss zu kommen. Es sei kein Genuss, antwortet Arcus, es sei ihr Recht als Bürgerin dieser Erde, Geld zu erhalten. Und es sei ihr Recht, nichts dafür tun zu müssen. Sie nickt nach einigem Zögern. Ob sie so etwas wie einen Ausweis dabeihabe? Aber ja. Hastiges Kramen in der Handtasche. Ob die Daten aufgenommen würden, fragt sie, als sie ihm den Führerschein reicht. Er habe ein fotografisches Gedächtnis, antwortet Arcus. Jedes Gesicht, das er sehe, merke er sich für immer. Er werde sie nie vergessen. Nicht, weil sie die erste in der Schlange sei, sondern weil sie einzigartig sei. Ein einzigartiger Mensch. Arcus sieht die junge Frau aufmerksam an. Irgendetwas scheinen seine Aussagen in ihr ausgelöst zu haben. Sie wirkt gerührt. Fotos werden geschossen. So gesehen, fährt Arcus fort, indem er vorgibt, ihre Veränderung nicht bemerkt zu haben, seien die Gesichter das Wichtigste. Er händigt ihr den Führerschein aus, greift nach dem Stempel, der auf dem Stempelkissen ruht, hebt ihn an und lässt ihn niedersausen, sodass es laut knallt und ein paar Münzen, die Arcus pro forma in die Kassa gelegt hat, kurz scheppern. All jene Besuchenden, die gerade nicht hingeschaut haben, weil sie sich über die peinlich toupierten Haare der Direktorin unterhielten oder ob sie schon ein Brötchen zu sich nehmen dürften, schauen nun hin. Ein weiteres Mal saust der Stempel nieder, diesmal ins Hauptbuch, das Arcus beiläufig auf der ersten Seite aufgeschlagen hat. Er kritzelt etwas in die Soll- dann in die Haben-Spalte, überprüft das Geschriebene und nickt. Beinahe andächtig öffnet Arcus die Handkassa und zieht einen Fünfzig-Euro-Schein heraus. *Fünfzig fucking Euro!* Wie ich für die Umsetzung gekämpft habe!

Die Studentin nimmt den Geldschein entgegen und bedankt sich. Was einem zustehe, meint Arcus, erhalte man nicht dankend, sondern *gefälligst*.

»Das ist kein Theater«, sagte Arcus, als wir uns das erste Mal zu einer Besprechung trafen. Mit versteinerter Miene und steifem, etwas zur Seite gedrehtem Oberkörper saß er da, als wollte er sich mir erst dann völlig zuwenden, wenn er auf Verständnis gestoßen wäre (und das wollte ich ihm nicht vorenthalten).

»Ich weiß«, sagte ich. »Ich weiß, dass es kein Theater ist.« Sanft lächelnd legte ich die Handflächen auf die graue Tischplatte. »Für ein Theater braucht man eine Bühne, nicht wahr? Man braucht Schauspielende. Eine Inszenierung. Einen Vorhang, der auf- und zugeht. Die vierte Wand. Man braucht die Regie. Proben. Einen Text. Musik oder Sounds. Man braucht ein Publikum, das klatscht.«

Arcus nickte heftig. »Exakt«, sagte er. »Es gibt nichts Peinlicheres, als wenn während oder nach einer Performance geklatscht wird. Vom Theater will ich erst gar nicht sprechen. Mit den Pfiffen und den Buhrufen und dem Verbeugen, dem lächerlichen, wiederholten Schnell-nach-vorne-Laufen und dem aufgesetzten Grinsen oder dem Ernst-Dreinschauen, dem Kopf zu Boden, Kopf zu Boden, Kopf zu Boden.«

»Es ist zum Kotzen«, warf ich ein.

Arcus schaute mich vielsagend an, wandte sich mir endlich ganz zu und sprach weiter: »So als ob man das tobende Publikum bräuchte, um zu wissen, dass man einen wichtigen künstlerischen Beitrag dargeboten hat. Die Musizierenden sind da nicht anders mit ihren inszenierten Zugaben. Ich stelle nichts dar, auch wenn ich nicht ich bin, sobald ich mich an den Schreibtisch setze.«

Von Arcus hatte ich zuallererst über einen mit ihm lose befreundeten Künstler gehört, der eines Abends nicht aufhören wollte, von ihm und seinen Arbeiten zu schwärmen. Wie ich erfuhr, weigerte er sich, im *brut* zu performen, da er keine Bühne betreten wollte, jedenfalls kein Haus, das über so etwas wie eine Bühne und so etwas wie eine Zuschauertribüne verfügte, über so etwas wie fernsteuerbare Lichter und Nebelmaschinen. Dann weigerte er sich, beim Impulstanz-Festival aufzutreten, da er seine Arbeit nicht mit dem Begriff *Tanz* verbunden wissen wollte. Er weigerte sich, für die Wiener Festwochen ein Programm auszuarbeiten, da seine Kunst vieles, sicherlich aber kein Fest sei, das punktuell und zu einer vorgeschriebenen Uhrzeit stattfände. Er weigerte sich sogar, mit dem Begriff Performance in Verbindung gebracht zu werden, da er für kein Event, für keine Eröffnung, für keine Pre-Opening-Party, für keine Vernissage, Midissage oder Finissage und sicherlich auch für keine Lecture-Performance zur Verfügung stünde. *Wissen Sie, was Sie mich können? Sie können mich am Arsch lecturen!* Dem Vernehmen nach soll er dies einmal zu einer Kollegin gesagt haben.

Arcus hat seine Geldausgabe beendet. Die Meute indes hat sich aufs Buffet gestürzt, nein, sie hat sich als amorphe Masse darübergestülpt. Eine Zombie-Horde, die sich an einem fein aufbereiteten Menschengehirn-Menü laben würde, hätte kaum weniger Manieren.

Endlich betritt die Band die Bühne. Da haben wir sie wieder, die verhasste Bühne, denke ich mir. Allesamt stecken sie in Ganzkörperlatexanzügen. Auf der linken Bühnenseite spielt jemand das Schlagzeug, das lediglich aus elektronischen Drum-Pads besteht, auf der rechten Seite versteckt sich jemand hinter einem ganzen Stapel aus verschiedensten Synthesizern, und in der Mitte glänzt eine Sängerin mit Bassgitarre.

»Warum sehen eigentlich Frauen mit Bassgitarren immer besonders sexy aus, Männer aber ganz normal?«, labert plötzlich eine Männerstimme in mein rechtes Ohr.

»Es wird an den Bewegungen liegen, an den Frequenzen, am Rhythmus, so was in der Art«, sagt eine Frauenstimme in mein linkes Ohr. »Ich finde aber Männer mit Bassgitarren schon auch sexy.«

Ich drehe mich um. »Es liegt natürlich am Latex«, sage ich zu Sophia, meiner Assistentin, und ihrem *geheimen*

Lover Walter, meinem nicht ganz so geheim verhassten Arbeitskollegen. Allein wie er dasteht. Eine verkrampfte Körperhaltung, vom Scheitel bis zu den Zehen, sofern ein Scheitel überhaupt verkrampft sein kann. Er wirkt, als hätte er den Staub der Kunstgeschichte gefrühstückt, als rieselte er ihm aus den behaarten Ohren. Was Sophia an ihm findet, frage ich mich, und richte den Blick auf die dunkle Stelle in ihrer Stirnmitte. Das Muttermal irritiert mich stets aufs Neue. Ihr drittes Auge, scherzt sie gerne, wenn sie darauf angesprochen wird. Damit könne sie relativ easy die Aura sehen. Mir wäre es recht, wenn sie relativ easy bis zu ihrem Bildschirm sehen könnte. Ihre Brille ist gefühlte zehn Zentimeter dick, sodass ihre Augen wie zwei kleine Kügelchen wirken, die aus einer weiten Ferne in die wundersame Welt hinausblicken. Hoffentlich wird sie mir bis zur nächsten Ausstellung nicht blind. Arbeit nimmt sie mir ab. Da möchte ich mich nicht beschweren. Sie ist umgänglich, macht keine Probleme und arbeitet zuverlässig. Sofern sie nicht gerade digitale Liebesbriefe an Walter verfasst. Ja, doch, es ist ein schönes Gefühl, von einem Geheimnis zu wissen, während die Geheimhaltenden davon ausgehen, dass es sonst niemand … Shit, wieder dieses Stechen in der Brust. Ich verziehe das Gesicht. Ob alles in Ordnung sei, fragt Sophia. Ja, ja, alles in bester Ordnung. Ich rede mich aufs schrille Feedback aus, das aus den Lautsprechern pfeift.

»Gelungene Ausstellung«, sagt Walter, der offenbar nichts von meinem Zusammenzucken mitbekommen hat. »Gratuliere«, fügt er hinzu.

»Gratulieren«, antworte ich, »kannst du mir, wenn ich Geburtstag habe. Und ob die Ausstellung gelungen ist, wird sich noch zeigen. Das heute«, ich nicke in Richtung

Ausstellungsraum, in dessen Mitte sich der nach wie vor beleuchtete Schreibtisch befindet, »war die Feuertaufe, mehr nicht. Nächste Woche werden wir sehen, ob der Plan aufgeht. Dann kannst du, wenn du möchtest, die Aussage wiederholen.«

Walter grinst hämisch. Vielleicht kann er das gar nicht, hämisch grinsen. Vielleicht bin ich es, die diesen Ausdruck aus seinen Gesichtszügen herausliest. Vielleicht grinst er gar nicht. Schaut nur. Schaut einfach nur blöd drein. Ich grinse hämisch und drehe mich, da die Band die ersten lauten Töne von sich gibt, zur Bühne.

Wien, oh Wien, oh oh oh oooohh, stöhnt die Sängerin, *willst du es mir besorgen, heut oder morgen? Soll ich dich lecken? Zuerst den braunen U6-Gürtel abstreifen, dann mit der Zunge über deinen Ring schlecken, immer im Kreis?* Die nächsten Worte gehen in Synthesizer-Klanglandschaften und dem Gepolter der Beats unter. Schließlich hebt die Sängerin erneut mit ihrem piepsenden Mickymaus-Stimmchen an: *Ich setz mich genau in deine Mitte, dort liegt doch dein Damm, nein, Dom. Ein Phallus genügt, heiliger Stephan, der uns belügt. Der gotische Turm, wie fein seine Noppen, wie fein sie doch an meinem – oh oh oooohh – er will mich poppen, mich kitzeln, bis die Pummerin meinen G-Punkt klingelt, oh ja, meinen Glocken-Punkt anhimmelt. Damit die Priester es nicht wagen. Mit den kleinen Buben in den kleinen Stuben. Oh oh ooooohhh. Damit sie es nicht wagen, diese Ficker, deren Schwänze aus den Kutten ragen. Oh ja, frohlocket, ihr Ficker. Frohlocket. Ihr seid doch allesamt Ficker.*

Das Lied endet so abrupt, dass ich den Eindruck habe, sie hätten nicht mehr weitergewusst und die Akkordfolgen vergessen. Ein Teil der Zuhörerschaft jubelt frenetisch. Manche stehen mit offenen Mündern da und klatschen geistesabwesend in die Hände. Als der Applaus abebbt, sind zwei Buhrufe zu hören.

»Na?«, brüllt sie ins Mikrofon, als würden wir sie andernfalls nicht verstehen. »Was schaut ihr so entgeistert? Habt ihr etwa perfekt gereimte Songtexte erwartet? Eine brave Tanzchoreografie für brave Katholikenschweine? Ich hab den *Fall* vom Haslinger gelesen. Die Missbrauchsopfer werden ausbezahlt. Aber was ist mit den Tätern, was ist mit den Priestern? Sie werden nicht zur Rechenschaft gezogen, werden von einer Kirche zur anderen versetzt, um nicht weiter aufzufallen. Gott hat andere Gesetze, nicht? Pädophilie zählt zu den erwünschten Tugenden, möchte man meinen. Die Täter sollten aus ihren Klosterzellen rausgeholt werden und verdammt nochmal in den Zellen weiterbeten, die sie verdient haben: in den Gefängniszellen. Und dort sollen sie langsam verrecken in ihrer Schuld!«

Das Publikum scheint für kurze Zeit den Atem angehalten zu haben. Die Sängerin schirmt mit der Hand die Augen gegen die Scheinwerfer und nimmt die Leute in der ersten Reihe ins Visier, schnauft laut ins Mikrofon. Kranke Scheiße sei das, sagt sie. Alles perverse Dreckschweine. Das dürfte ein Signalwort gewesen sein, denn wie aus dem Nichts hämmert der Trommler eine knackige Kick-Drum durch den Raum. Es dröhnt derart laut und tief aus den Lautsprechern, dass es in meinen Eingeweiden rüttelt, sie umrührt. Kurz habe ich das Gefühl, mich übergeben zu müssen. Als das Gefühl zur Gewissheit wird, beuge ich mich vor, gehe in die Knie und kotze auf die großen Steinplatten. Mit dem Unterarm wische ich mir über den Mund, stehe auf und tue so, als ob nichts geschehen wäre. Und es ist ja auch nichts geschehen. Man wird sich doch hoffentlich noch übergeben dürfen?! Da alle gebannt auf die Bühne starren – offenbar fegen die Texte des zweiten Songs ebenso unverblümt über die Köpfe hinweg –, scheint es niemand bemerkt zu haben. Da kommt Fabian, der sich durch die Menge gräbt, auf mich zu. Scheiße.

»Lieber Herr Junior-Kurator«, rufe ich, als er neben mir steht. »Alles klar unter der Vorhaut?«

»Alles klar«, sagt er. Dann kommt der Blick, den ich bereits erwartet und gefürchtet habe. Wie er mich begehrt, wie er mich am liebsten ausziehen würde, inmitten all dieser schwitzenden Menschen mit mir schlafen. Warum verliert etwas, das so offensichtlich ist, augenblicklich seinen Reiz? Ich spüre seine Hand, einen leichten Druck, als sie meinen Rücken berührt und dort eine sanft kreisende Bewegung zum Rhythmus der Musik ausführt, den oberen Ansatz meines Hinterns massiert. Ist das noch kollegiales Tanzen oder bereits sexuelle Belästigung? Definitiv Letzteres! Der Kotzgeruch steigt mir in die Nase. Fabian fragt, ob ich auch finde, dass es hier streng rieche. Es sei sein Schweiß, sage ich, er solle sich doch bitte öfter duschen. Fabian lächelt meine Beleidigung weg. Er kann sie nicht hören, denn in seinen Augen bin ich eine Heilige. Nachdem ich mir die Handlungsoptionen durch den Kopf habe gehen lassen, greife ich nach hinten, nehme seinen Arm am Handgelenk und drücke sehr fest zu.

»Hände weg«, sage ich und schleudere seinen Arm zurück zu seinem Körper.

Enttäuscht schaut er drein. Als wäre meine Reaktion auf seinen Übergriff eine große Überraschung, als hätte man ihn einer Handlung beschuldigt, die er nicht begangen hat, die ja nicht so gemeint gewesen ist.

Ganz nahe kommt er mit seinem Mund an mein rechtes Ohr heran und ruft, um die Musik zu übertönen: »Aber können wir nicht …«

Ich zucke zurück, schaue ihn an und schüttle ganz langsam den Kopf. »Nein«, rufe ich. »Wir können nicht. Wir werden definitiv nicht!«

Ich lasse Fabian stehen, drehe mich um, grinse Walter und Sophia an, frage mich, ob sie die Szene verfolgt haben. Doch ihre Blicke sind nicht nach vorne gerichtet. Sie haben nichts mitbekommen, nur einander gesehen. Mit meinen Händen bilde ich einen Pflug und schiebe das vermeintliche Pärchen auseinander, gehe zwischen ihnen hindurch nach hinten, geradewegs zu den Toiletten. Niemand da. Gut. Ich öffne die Kabine. Verriegele sie hinter mir. Klappe den Klodeckel hoch. Kotze.

6

Walter hat mir tatsächlich nochmals gratuliert. Extra aus seinem Urlaub ist er dafür ins Büro gekommen. Nein, ist er natürlich nicht. Der wahre Grund seines Kommens sitzt mit mir im Büro und kaut scheinheilig auf ihrem Kaugummi herum, den sie bereits seit den Morgenstunden oral malträtiert. Diesmal – es sind drei Wochen seit der Vernissage von *money sells* vergangen – habe ich seine Floskel mit müdem Grinsen angenommen. Dabei war mir klar, dass er es nicht aus ehrlicher Anerkennung gesagt hat. Der Neid ist ihm aus der Nase geronnen, mitsamt seinem Rotz, den er sich auch gleich mit einer Entschuldigung ins Taschentuch blies. Wahrscheinlich passt sie nicht in sein kleines Gehirn hinein, die Vorstellung, dass eine Frau mehr Erfolg haben kann als ein Mann, dass eine Frau über einen besseren Riecher für erfolgversprechende Manöver verfügen kann.

Nachdem Walter wie zufällig seinen Hintern auf Sophias Schreibtischecke gepflanzt hat, überkommt mich das Gefühl, im Büro – in dem zu allem Überdruss auch noch Fabian auf seine nächste Anbagger-Gelegenheit lauert – keine Luft mehr zu bekommen. Mit dem Lift fahre ich ins erste Kellergeschoß, hier gelangt man über einen unterirdischen Gang zum geräumigen Aufenthaltsraum samt kaum benutzter Küche sowie zu den Ausstellungsräumen. Am länglichen Holztisch hockt ein in sich zusammengekrümmter Sack, der bei näherer Betrachtung auch ein Mensch sein könnte. Er gehöre hier eigentlich nicht hin. Seine Worte. In Wirklichkeit … in wirklicher Wahrheit sei er nämlich Restaurator. Albert sein Name. Noch vor ein paar Monaten musste ich ihn ermahnen, den Gemälden nicht zu nahe zu kommen. Ein Amateur! Obwohl es dümmere Amateure gibt. Mittlerweile ist Albert im normalen Museums-Betriebsmodus angekommen, was für Aufseherinnen und Aufseher meist nichts anderes als den intellektuellen Standby-Betrieb bedeutet. Schläft er? Da fährt sein Kopf in die Höhe, als würde er aus einem Albtraum erwachen.

»Und, heute viel los?«, frage ich.

»Sie machen Scherze«, sagt Albert. Er atmet schwerfällig und reibt sich so fest die Augen, dass ein Schmatzen zu hören ist. »Wir zählen täglich mehr Besucher. Es ist kein Ende in Sicht.«

»Gut so«, sage ich.

»Für Sie vielleicht«, mault Albert. Sofort wird ihm klar, dass er mit mir nicht so sprechen kann. »Was ich sagen will«, fügt er kleinlaut hinzu, »ist, dass wir unterbesetzt sind. Noch immer.«

»Ich bin nicht die Personalchefin«, sage ich.

»Haben Sie die Situation denn beim Jour fixe angesprochen?«

»Dazu sind wir leider nicht gekommen«, lüge ich. Natürlich wurde es besprochen. Es ist offensichtlich, dass die Aufsicht überfordert ist, ebenso das Kassapersonal. Was soll ich tun? Die Direktorin hat gerade genug finanzielle Mittel zur Verfügung gestellt, damit die Ausstellung überhaupt realisierbar war. Mehr Geld wird nicht lockergemacht. Ich habe auch nicht darauf bestanden. Und doch war es mir wichtig, den Punkt kurz angesprochen zu haben, damit ich, sollten bei weiter anhaltendem Besucheransturm größere strukturelle Probleme auftreten, aus dem Schneider bin.

»Wir werden das Thema auf jeden Fall zeitnah behandeln«, versichere ich Albert. Er nickt. Psychisch gesund wirkt er nicht, so wie er mit zerknirschtem Gesicht dasitzt. »Liebeskummer?«, rate ich.

Albert schaut auf. Woher ich das wisse, fragt er.

»Steht in großen Neonbuchstaben auf Ihrer Stirn.«

»Wie es aussieht, werde ich mich scheiden lassen«, sagt er und vergräbt das Gesicht wieder in seinen Händen.

»Der Fehler war, überhaupt erst zu heiraten«, sage ich und lache. Albert stimmt nicht in mein Lachen ein.

»Mag sein«, murmelt er nur. »Mag sein.«

Seit der Eröffnung vor drei Wochen ist kein Stein auf dem anderen geblieben. Zumindest hier, innerhalb der musealen Wände. In der ersten Woche kamen unzählige Studierende, Kunstinteressierte, Künstlerinnen und Künstler sowie neugierige Nachbarn, die sonst jeglichen Input, der nichts mit amerikanischen Serien zu tun hat, verwünschen. Ab der zweiten Woche war ein Shift zu verspüren, der sich Tag für Tag verstärkte: Obdachlose hatten von *money sells* erfahren. Über welche Kanäle, kann ich nur mutmaßen. Ich tippe auf die Gratiszeitungen, die das Thema *bedingungsloses Grundeinkommen* belächelt und die Ausstellung durch den Dreck gezogen haben. Dass sie insgeheim Werbung für uns machten, freute mich sehr. Ein Blick auf die Schlagzeilen dürfte genügt haben. Dumm sind sie ja nicht, die Aussteiger, die sogenannten sozialen Absteiger. Ganz im Gegenteil. Vor ein paar Jahren, als ich mich zum Gallery Weekend Berlin aufmachte, traf ich am Bahnhof – ich war gerade dabei, Geld abzuheben – einen alten Bekannten. Fast hätte ich ihn nicht erkannt. Und doch konnte ich seinen Blick durch eine zentimeterdicke Dreckschicht hindurch erfassen. Er war zuvor, sofern ich mich richtig erinnere, auf bestem Wege gewesen, sich im deutschsprachigen Raum als Kunstagent zu etablieren, als ich von einem Tag auf den anderen keine Mails mehr von ihm erhielt, keine Memos, keine News zu brandheißen *Artists,* die von mir aber wirklich unbedingt im Auge zu behalten wären. Ich kann mich erinnern, dass ich noch ein- oder zweimal an ihn dachte, seine Existenz sich aber, da er sich auch in den sozialen Foren nicht mehr gezeigt hatte, bald in eine dunkle Ecke meines Gehirns zurückzog.

Da kroch er nun wieder heraus in mein Bewusstsein, aus einer dunklen Ecke des Berliner Hauptbahnhofs, und starrte mich an, verzog das Gesicht zu einem Grinsen, winkte mich mit fahrigen Armbewegungen zu sich. Ich steckte, nachdem ich mir ein paar Handlungsmöglichkeiten hatte durch den Kopf gehen lassen, die abgehobenen Geldscheine ins Portemonnaie, ging vorsichtig auf ihn zu und hockte mich neben ihn auf den Boden, penibel darauf achtend, dass mein Hintern die Steinplatten nicht berührte. Was er da zur Hölle nochmal mache?, fragte ich ihn. Seine Augen waren blutunterlaufen und dennoch erstaunlich wach. Er habe genug gehabt, kam es aus ihm herausgeschossen. Durch das Aussprechen der letzten beiden Buchstaben von *gehabt* bildete sich eine Speicheltröpfchenwolke vor seinem Mund und rieselte zwischen seinen ausgestreckten Beinen langsam zu Boden. Mir ekelte vor dem Anblick. Ich schluckte. Genug von allem habe er gehabt. Von der ganzen Kunstscheiße. Vom Konsum. Vom ständigen Online- und Erreichbar-

Sein. Vom Druck, etwas Außergewöhnliches schaffen zu müssen. Den anderen immer einen Schritt voraus sein zu müssen, und am besten auch sich selbst. Genug habe er gehabt von der Kurzatmigkeit, von diesen Unzulänglichkeiten der Selbstständigen- und Start-up-Welt, von der Unmöglichkeit, die Ziele zu erreichen, ohne sich dabei Tag und Nacht selbst auszubeuten. Genug auch davon, andauernd irgendwelchen Schönheitsidealen nachzurennen, irgendjemandem gefallen zu müssen. Genug von Beziehungen. Genug davon, Kompromisse eingehen zu müssen. Ob er nicht auch mit seinem neuen Lebensstil Kompromisse eingehen müsse?, fragte ich. Viel weniger als sonst, gab er grummelnd zu verstehen. Eigentlich kaum der Rede wert. Es fühle sich fast so an wie frei zu sein. Frei? Warum fast?, wollte ich wissen. Nur ein Milliardär, meinte er nach einigem Zögern, nur jemand, der fürs Vermögen niemals schuften musste, also so etwas wie ein Milliardärs-Erbe, sei womöglich freier. Er solle schön brav weiterträumen, sagte ich, während ich mich erhob. Er schaute mich überrascht an. Er habe die falsche Entscheidung getroffen. Was er als Freiheit ansehe, sei eine Illusion. Er sei, und es tue mir sicherlich nicht leid, dies sagen zu müssen, ein gewaltiger Volltrottel. Die Hand zum Gruß hebend, durchmaß ich mit großen Schritten die gläserne Halle und ließ dieses Häufchen Schmutz konsterniert zurück. Freilich, insgeheim bewunderte ich ihn für seinen Mut, die Reißleine gezogen zu haben. Er hat, im Gegensatz zu vielen anderen Männern, wenigstens Eier, auch wenn seine reichlich stinken mögen.

Die Obdachlosen bezahlten also nach einigem Hin und Her mit reichlich Geraunze den Eintritt, wohl wissend, dass sie nach dem Besuch trotz allem positiv bilanzieren würden. Nicht wenige Obdachlose stanken nach kaltem Schweiß, Urin, nach Talg und Fett, nach reichlich Alkohol und nach Dingen, für die man erst einen Namen erfinden müsste. Es war herrlich! Und immerhin steht nirgends, dass man stinkend und ungewaschen keine Ausstellung besuchen darf. Das Kassateam übergab sich abwechselnd im Innenhof. Der Hausmeister ordnete an, alle Fenster und Türen zu öffnen, von denen es leider nicht viele gab. Das half kaum. Die Klimaanlage war für die Regulierung der Temperatur geschaffen, nicht aber für die Geruchsneutralisierung. Man fing sogar an, von Zeit zu Zeit ein billiges Parfum im Foyer zu versprühen. Es war ein entzückendes Desaster.

Keine Woche später dürften, über welche Wege oder Umwege auch immer, alle in Wien lebenden Flüchtlinge und Asylwerbenden sowie Migrantinnen und Migranten gleichzeitig von der Ausstellung erfahren haben. Es wirkte, als hätten sie sich abgesprochen und wären auf die Idee gekommen, alle am selben Tag zu erscheinen. Die Menschenschlange reichte bis zum einige hundert Meter entfernten Supermarkt, teilweise darüber hinaus. Ob es hier etwas gratis gebe, fragte ein steinalter Mann, als ich an diesem Tag an der Schlange vorbei in Richtung Belvertina lief. Ja, sagte ich im Vorbeigehen, allerdings. Aha, rief er mir nach, und was denn dort bitteschön stattfinde? Darauf ich, den Kopf nach hinten wendend: die Zukunft, Baby.

Bald war klar, dass das Museum für solch einen Ansturm nicht ausgelegt war. Die Garderoben waren derart überfüllt, dass sich im Gang, der zu den Toiletten führte, Jacken und Taschen stapelten, samt allerlei undefinierbarem Zeug, was laut Hausmeister feuerpolizeilich zu großen Problemen führen würde. Natürlich waren auch die Leute an der Kassa und die Security-Beauftragten heillos überfordert; sie wussten nicht, wie sie den Leuten klarmachen sollten, wie die Rucksäcke auf korrekte Weise am Körper zu tragen seien, nämlich *nicht* am Rücken. Echt jetzt? Was hätten sie denn umstoßen können mit ihren Rucksäcken in der Ausstellung? Eine tragende Wand? Einen Stahlpfeiler? Den Schreibtisch? Arcus? Die alten Vorschriften waren alle für den Arsch.

Arcus berichtete mir wenige Tage nach der Eröffnung, dass manche Leute versuchten, mehrmals am Tag Geld abzuholen. Kaum hätten sie den Geldschein in Händen, würden sie sich wieder hinten in der Schlange einreihen, derweil mit ihren Verwandten in Syrien, Afghanistan oder der Ukraine whatsappen und, ohne ein neues Ticket kaufen zu müssen, auf die nächste Ausschüttung warten. Nur haben sie nicht mit Arcus gerechnet. Mit seiner Gabe, sich ein Gesicht einzuprägen, als handele es sich bei ihm um die erste große Liebe. Er enttarnte sie alle und schickte sie wieder nach draußen. Manche ließen sich das nicht gefallen und begannen, lauthals zu schreien, sodass ein Aufseher sich motzend vom zu klein geratenen schwarzen Klappstuhl erheben und ermahnend einschreiten musste. Ich überlegte, ob ich ein Schild auf Deutsch, Englisch und Arabisch beim Eingang anbringen sollte mit der Info, dass man nur einmal am Tag das Geld erhalten könne, befand dann aber, dass das Schauspiel – die Enttäuschung der Wartenden, das Murren der Aufsicht, der ausgestreckte Zeigefinger von Arcus –, zu wertvoll war, um von vornherein unterbunden zu werden. Mit der Zeit würde es sich schon herumsprechen.

Ein besonderer Hit waren natürlich auch die Besuche der Schulklassen. Als die Kinder von der Volksschule um die Ecke die Geldscheine entgegennahmen, als wären es heilige Hostien, und nicht recht wussten, wie ihnen geschah, und dann staunten, so extrem leicht an fünfzig Euro gekommen zu sein. Im Gegensatz dazu schenkte ein Mädchen einer Schulklasse aus dem privilegierten neunzehnten Wiener Gemeindebezirk einer alten Obdachlosen im Foyer ihren Fünfziger und sagte der zu Tränen gerührten Frau, die sich für das Opfer mit einem heiseren *I donk da schee* bedankte: »Es ist kein Opfer. Nicht für mich. Ich bekomme fünfhundert Euro Taschengeld im Monat. Wenn ich gute Noten nach Hause bringe, sogar noch mehr. Mein Papa hat gesagt, das nennt man Boni und es steht mir zu.« Als ein fromm wirkender Bub aus derselben Klasse das Mädchen nachahmte und zu einem verhärmten Obdachlosen hinging, um ihm das Geld zu schenken, und dieser ihm den Schein mit den Worten aus der Hand riss: »Na endlich!« Als die Kinder mit jungen Asylwerbern ins Gespräch kamen und das Lehrpersonal später fragten, warum fast ausschließlich Männer zu sehen waren. Als ein paar Afghanen in ultraengen Jeans, während die Lehrenden sich noch brav in der Schlange anstellten, die mittlerweile, wie beim Eintritt ins Disneyland, mit Kordelständern in mehrere Spuren gelenkt wurde, den interessierten Kids die im Moment angesagtesten Pokémon-Apps näherbrachten. Als ich mich darüber freute, dass das soziale Experiment bereits ihre Früchte zeigte! Und als schließlich auch die Lehrerinnen und Lehrer das Geld entgegennahmen.

»Sie brauchen sich nicht zu schämen«, sagte Arcus, der bei manchen eine sanfte Schamesröte bemerkte. »Schämen sollten sich der Staat und die Länder und Gemeinden, die den Unterrichtenden keine bessere, der Wichtigkeit ihrer Tätigkeit adäquate Bezahlung zugestehen.«

Dass wir allesamt unterbezahlt sind, ist die andere Sache, dachte ich mir, als ich Arcus' Worte zufällig aufschnappte. Was mich auch zum Gespräch mit der Direktorin bringt. Ich sagte ihr mit ernster Miene, ich würde alles hinschmeißen und in ein anderes Museum wechseln, wenn ich nicht mindestens den gleichen Lohn bekäme wie Walter. Ich bluffte gut. Ich bekomme den gleichen Lohn. Und noch ein paar Zulagen obendrauf. Samt ihrem Respekt und dem Angebot des Du-Worts. Einmal mehr die Bestätigung: ohne Druckausübung kein Gewinn. Ob sie bereits ahnt, dass ihr Posten wackelt? Wohl kaum, sie ist sich zu sicher, zu sehr der alten Schule verhaftet, in der man sich Treue schwört und wo die Untergebenen den Herrschenden die dreckigen Ärsche säubern. Ich bin niemandem treu, manchmal nicht einmal mir selbst. Das ist mein Geheimnis, meine Waffe.

7

»Hmm«, macht sie, nachdem sie etwas in meine Scheide eingeführt hat. Ich richte meine Aufmerksamkeit für einen Augenblick auf meine hellroten, üppig nachgewachsenen Schamhaare. Sie hätten es verdient, gestutzt zu werden. Ich denke an die Thujen, denen mein Vater früher einmal im Jahr mit der Heckenschere auf den Leib gerückt ist. Die Frauenärztin runzelt die Stirn und macht noch einmal kaum hörbar: »Hmm.«

Ich denke mir nichts dabei. Oder doch: Krebs, denke ich mir. Einen Krebs wird sie entdeckt haben. Einen beschissenen Gebärmutterkrebs. Es gibt Schlimmeres.

»Ich werde nun einen vaginalen Ultraschall durchführen«, sagt sie mit ungewohnt ernster Miene.

»Ich weiß«, sage ich. »Die Zyste. Tun Sie nur. Schauen Sie nach, ob das Ding gewachsen ist.« Die Frauenärztin sieht mich an, als wäre ich ein bemitleidenswertes Kind. Glaubt sie, ich komme nicht zurecht mit einer Krebsdiagnose? Dabei kennt sie mich seit beinahe zwanzig Jahren und müsste wissen, dass ich …

»Gratuliere«, sagt sie, meine Gedanken unterbrechend.

»Kein Krebs?«, frage ich überrascht.

»Wie bitte?«

»Die Zyste«, sage ich, »sie ist nicht gewachsen, wuchert nicht?«

»Wuchern?«, fragt sie mit der Andeutung eines Lächelns. Nein, nein, deshalb gratuliere sie nicht.

»Aha«, mache ich. »Weshalb gratulieren Sie mir? Oder habe ich irgendeine Pointe verpasst?«

Die Frauenärztin lässt pfeifend Luft durch ihre gespitzten Lippen entweichen, dreht den Bildschirm in meine Richtung. »Sehen sie das hier?«, fragt sie.

»Ja«, sage ich, »was soll damit sein? Sieht jedenfalls nicht so aus, als wäre die Zyste kleiner geworden.«

»Was Sie hier sehen«, sagt sie mit einem beinahe enttäuschten Gesichtsausdruck, der mich an meine verhasste Bio-Lehrerin erinnert, die mich stets genauso anzusehen pflegte, wenn ich eine falsche Antwort auf eine einfache Frage gegeben habe, »das hier ist nicht ihre Zyste. Es ist, nochmals herzliche Gratulation, ein Embryo… Ja, Sie sind schwanger.« Sie hält kurz inne, schaut mich mit großen Augen an. Ich zeige keine Reaktion. »Dort, zum Beispiel«, fährt sie fort, »können Sie deutlich den Herzschlag erkennen. Sehen Sie die rhythmische Bewegung? Warten Sie, ich zoome etwas rein. Hier! Sie müssen sich keine Sorgen machen, dass es zu schnell schlägt, denn im Gegensatz zu einem Erwachsenen…«

Sie spricht. Spricht unaufhörlich weiter, erwähnt etwas von Risikoschwangerschaft, sagt etwas von Berechnung des voraussichtlichen Geburtstermins, schwafelt etwas vom ersten Tag der letzten Regelblutung, und dass ich mich, nach der Größe des Embryos zu urteilen, bereits in der elften Schwangerschaftswoche befände, streift routiniert ihre Gummihandschuhe ab, sodass es klatscht und wirft sie, nachdem sie mit der Fußspitze einen schwarzen Hebel betätigt hat, der den Deckel öffnet, in den schmalen Mülleimer. Sie stellt Fragen. Ich höre jemanden für mich antworten. Blutprobe wäre zu machen. Und Urinprobe. Wo bin ich? Und wer nochmal? Welcher Tag ist heute? Welches Jahr? Ich könne mich nun wieder anziehen. Sie werde inzwischen alles vorbereiten. Die Ärztin geht um die Ecke, wuchtet sich auf den Drehstuhl, der durch die Belastung quietscht und ächzt, und tippt etwas in ihren Computer.

Ich richte mich auf, steige vom gynäkologischen Stuhl herab und öffne wahllos ein paar Regale, in denen die Ärztin ihr Werkzeug griffbereit gelagert hat: Handschuhe, Kondome, Spritzen – ah, da bist du ja! Das Ding in die Hand genommen, zurück auf den Stuhl geklettert, Beine gespreizt, Bauch frei gemacht. Ich könne mir ruhig Zeit lassen, ruft die Ärztin mir vom Schreibtisch aus zu. Die scharfe Klinge des Skalpells setze ich einige Zentimeter links unterhalb meines Nabels an, dann drücke ich sie beherzt in die Haut hinein. Ein kurzer, heftiger Stich. Ein Blutstropfen erscheint an der metallenen Spitze. Ruhig Zeit lassen, sage ich mir. Ruhig Zeit lassen. Ich atme tief ein und halte die Luft an. Dann schneide ich mir die Bauchdecke zügig der Länge nach auf. Es wundert mich, dass es genauso aussieht wie in den amerikanischen Arztserien. Und ja, selbstverständlich tut es höllisch weh! Aber gibt es denn eine Alternative? Ich beiße die Zähne zusammen. Sie knirschen. Dann ein Stöhnen. Ob alles in Ordnung sei, fragt die Ärztin. Mit der linken Hand spreize ich die Haut auseinander, die dicker ist, als ich es angenommen habe, indem ich Daumen und Zeigefinger ein klein wenig in den Bauch einführe. Mit der zitternden Klinge des Skalpells, das sich noch immer in meiner verkrampften rechten Hand befindet, fahre ich ins Innere meines Körpers hinein und schneide schließlich die Gebärmutter auf (dabei hoffend, nicht die Blase erwischt zu haben), dann werfe ich das Messer vor lauter Schmerzen zu Boden und beginne zu hyperventilieren. Ich höre das Klirren des Metalls, dann das Quietschen und Ächzen des Drehstuhls der Ärztin. Sie muss aufgestanden sein. Gleich wird sie mich sehen. Nun gilt es, schnell zu handeln. Mit der rechten Hand fahre ich tief hinein in mein Körperinneres, schabe mit den Fingerspitzen wie wild, und als würde mich dort drinnen etwas furchtbar jucken, an der Innenseite der Gebärmutter entlang, greife zu, als ich glaube, einen kleinen Knödel, eine winzige Wulst erspürt zu haben und ziehe, begleitet von lautem Geheul, das Ding heraus aus meinem Leib. Die Frauenärztin rauscht um die Ecke, und als sie sieht, was sie sieht, greift sie sich an den Kopf, steht dort wie paralysiert, schwankt. Ich starre auf das blutige Würmchen, das ich mit Daumen und Zeigefinger im Abstand von wenigen Zentimetern vor mein Gesicht halte. Schon irgendwie faszinierend, dieses kleine, scheußliche Drecksding.

»Musste das sein?«, fragt der Embryo.

»Ja«, sage ich. »Musste. Und nun ist es für dich leider an der Zeit, zu sterben. Oder vielleicht sollte ich sagen: zum Glück.«

»Ich weiß«, sagt der Embryo und fügt mit schwacher Piepsstimme hinzu: »Für dich aber auch.« Und da lacht er sein letztes Lachen und ich schreie meinen letzten Schrei. Dann ist alles still.

Die Frauenärztin schielt um die Ecke.

»Sie sind noch immer nicht bekleidet?«, fragt sie.

»Ach«, sage ich, »hätte ich mich anziehen sollen?«

»In der Tat«, sagt sie und räuspert sich. »Bitte ankleiden, und dann bekommen Sie von mir den Mutter-Kind-

Pass mit allen weiteren Informationen zu den Schwangerschafts-Vorsorgeuntersuchungen ausgehändigt.«

Mir wird übel. Ich schmecke Kotze in meiner Mundhöhle, schlucke sie wieder hinunter, stehe auf, ziehe mich geistesabwesend an, setze mich geistesabwesend an den Schreibtisch… und dort, endlich, dort lasse ich den Mageninhalt raus. Er platscht auf die saubere, weiße Tischplatte und breitet sich ellipsenförmig aus, weicht einige Zettelchen auf, tropft auf den Boden. Schade um das gute Croissant von heute Morgen. Die Frauenärztin flucht leise. Ich sehe keinen Grund, um Verzeihung zu bitten, murmle etwas von *Schwangerschaftsübelkeit*, und blinzle unschuldig. Als die herbeigerufene Sekretärin die Sauerei aufgewischt hat, frage ich die Frauenärztin, warum die Pille danach nicht gewirkt hat. Ob ich wisse, sagt sie mit unverblümt angewidertem Gesichtsausdruck, dass diese Pille nicht wirke, wenn der Eisprung bereits stattgefunden habe? *Bam!* Wusste ich nicht. Der Apotheker, dieser alte Sack, hätte mich ruhig informieren können. Und dann gebe es ja noch so etwas wie einen Beipackzettel, sagt sie. Ja, den habe ich nicht gelesen. Beipackzettel, denke ich mir, lesen nur Loser, die Angst vor Nebenwirkungen haben.

»Ich glaube, mich zu erinnern, dass Sie mich bei der letzten Untersuchung aufgeklärt haben, dass ich im Moment keine Eisprünge bekommen könne«, bemerke ich mit bewusst vorwurfsvollem Ton. Die Ärztin schaut mich an, als verstünde sie mich nicht. Wie eine Bulldogge schaut sie aus. Ihre Wangen hängen beinahe über die Unterkieferknochen frei nach unten. Beizeiten sollte sie sich Fett absaugen oder meinetwegen Botox spritzen lassen. Die Falten auf der Stirn würden sich jedenfalls über die eine oder andere Behandlung freuen. Unfassbar, dass ich mit solch einem Menschen überhaupt ein Gespräch führen muss. »Sie wissen schon«, sage ich, um ihr auf die Sprünge zu helfen, »wegen der ausbleibenden Regel.«

»Ohne Eisprung keine Regel, das stimmt«, sagt sie, als spulte sie eine einstudierte Phrase ab. »Wie es scheint, hatten Sie jedoch Glück, und somit ...«

»Oder Pech«, unterbreche ich sie.

Sie schaut mich eine Weile an, ohne etwas zu sagen. Die Andeutung einer senkrechten Falte zwischen ihren Augenbrauen wölbt sich, wird plötzlich zu einer tiefen Schlucht. Das wird wahrscheinlich bedeuten, dass ich meinen Mund halten sollte. Ich will ihr den Wunsch vorerst gewähren. Sie spricht weiter: »Wie es scheint, haben Sie just in diesem Monat, also kurz vor der Befruchtung, wieder einen Eisprung gehabt. Anders kann es nicht sein. Amenorrhoe, liebe Frau Steinbruch, kommt und geht.«

»Perfektes Timing also«, sage ich.

»Sie sind zynisch«, bemerkt die Frauenärztin und fügt hinzu: »Überlegen Sie sich, ob diese Haltung, gerade in Bezug auf ein Menschenleben, angebracht ist.« Oh ja, sie würde eine perfekte, christlich indoktrinierte Lehrerin abgeben!

»Da brauche ich nicht lange zu überlegen«, entgegne ich.

Die Frauenärztin sagt nichts mehr. Och, ist sie etwa beleidigt, weil mir ihr moralisches Getue am Arsch vorbeigeht? Sie drückt ein paar Stempel in den Mutter-Kind-Pass, schreibt Zahlen hinein, fetzt Unterschriften hin und macht hier und da ein paar Kreuze, als würde sie wahllos draufloskritzeln. Dann schließt sie das gelbe Büchlein und schiebt es mir mit einem beinahe andächtigen Gesichtsausdruck über die Tischplatte zu. Ich nehme es, lasse es in die Handtasche fallen. Ich werde keinen Blick hineinwerfen. Das werde ich nicht tun. Niemals. Das alles ist falsch. Völlig falsch. Und es ist bieder. Kinder zu bekommen ist bieder. Das ist nicht mein Leben: Es ist das Skript für eine Andere.

»Bei der Sekretärin machen Sie bitte die Termine für die Vorsorgeuntersuchungen aus. Außerdem benötigen wir, wie erwähnt, eine Urinprobe. Um die Entnahme der Blutprobe kümmert sich meine Assistentin. Alles Gute wünsche ich Ihnen.« Nur mit Mühe bedeckt ihr verzogenes Grinsen die Lüge. Ich stehe auf, gehe zur Tür, nehme den Knauf in die Hand, drehe mich aber nochmals um und frage sie, welches Geschlecht es haben werde (nicht, dass ich es unbedingt wissen wolle). Hundertprozentig, meint sie, sei das zu diesem Zeitpunkt noch nicht feststellbar, aber vom Grad der Protuberanz nach zu urteilen vermutlich männlich.

»Protuberanz«, sage ich, nicke und verlasse den Raum.

Noch während die Sekretärin mir ein paar mögliche Termine vorschlägt (und ich so tue, als würde ich in meinem Handy-Kalender nach freien Tagen suchen), informiere ich mich online über die rechtliche Lage von Abtreibungen, wie und wo, aber vor allem: bis wann! Und wie wäre es, frage ich mich, wenn ich fürs Prozedere wieder nach Klagenfurt fahre? Ob es die Abtreibungsklinik, in die ich damals, freilich ohne meine Eltern zu informieren, mit meinem ganzen Ersparten gegangen bin, überhaupt noch gibt? Wie viele Jahre ist das nun her? Zweiundzwanzig? Scheiße, ich bin alt geworden! Und warum übernimmt das noch immer nicht die Kasse? Ah, die Assistentin. Es wäre wegen der Urinprobe. Ja, ja, ich pisse sehr gerne in den Becher, ich liebes es, in Becher zu pissen. Mein Blut könnt ihr auch haben. Großartig. Bitte, danke. Ich scheine Glück zu haben. Elfte Woche, das heißt, ich habe noch ein bisschen Zeit. Dafür werde ich keine Wochen benötigen. Eher Tage. Wenn es nach mir ginge: Stunden.

Ich verlasse die Ordination, gehe ein paar Schritte und lasse mich auf die nächstgelegene Parkbank fallen. Die langen Holzlatten, deren Anstrich hier und dort abblättert, geben ächzend nach. Ob ich bereits zugenommen habe? Fuck, schon wieder schwanger. Ich wiederhole das Wort so oft, bis es seine Bedeutung verliert: schwanger schwanger schwanger schwanger … Eine Frau mit Baby im Tragetuch geht knapp an mir vorüber; sie bemerkt, dass ich meine Lippen bewege und etwas vor mich hinmurmele, wie eine Verrückte etwas repetiere.

»Komm«, sagt sie, wohl mehr zu sich selbst als zum wenige Monate alten Baby, »gehen wir weiter.«

»Ja, genau«, rufe ich ihr nach. »Gehen Sie nur weiter. Es gibt hier nichts zu sehen!«

Die Frau beschleunigt ihren Schritt. In gewissem Sinne ist man als Schwangere ja auch verrückt, sage ich mir. Denn nicht ich habe mich unter Kontrolle, die Hormone haben mich unter Kontrolle. Bin ich bereits fremdgesteuert? Von der eigenen Biologie zu einer Geburtsmaschine umfunktioniert, die unbedingt zu funktionieren hat? Weil die Menschheit sich fortzupflanzen hat? Alles muss wie geschmiert ablaufen. Keine Fehler sollten im Code vorhanden sein. Der Code, die Gene, sie scheißen auf die Gleichstellung der Frau! Ja, wir hören plötzlich auf, Frauen zu sein, fangen an, Schwangere zu sein, später Mütter, was wir bis zum Ende unseres Lebens bleiben. Lebenslänglich, denke ich. Welch bitteres Wort. Nur die wenigsten von uns schaffen den Sprung von der Mutter zurück zur Frau.

So, nun endlich die verdiente Zigarette. Mit Genuss inhaliere ich, spüre, wie das Nikotin in meinen Körper schießt, mich beruhigt. Ob das Gift dem Embryo schadet? Ich hoffe doch. Und mehr noch: Krepieren soll es daran! Ich mache extra tiefe Lungenzüge, spreize die Arme und lege sie links und rechts auf die oberste Holzlatte. Herrlich ist das. Einfach herrlich. So herrlich, dass ich am liebsten obendrein den Filter fressen würde.

Ich schnipse den an der Parkbank ausgedämpften Zigarettenstummel in Richtung Gully, wo er sich zwischen breiten Metallstreben in den Dickdarm der Stadt verkrümelt. Online erfahre ich, dass ich das Alien in mir nicht mehr medikamentös abtreiben lassen kann, da ich die sogenannte *kleinere Schwangerschaft* mit meinen elf Wochen bereits um vierzehn Tage überschritten habe. Die *größere Schwangerschaft* benötigt einen chirurgischen Abbruch, entweder unter Kurznarkose oder örtlicher Betäubung. Schön, dann wähle ich Letzteres, um bewusst mitzubekommen, wie der Arzt das Ding heraussaugt, herausschabt, tötet. Ich denke Arzt, nicht Ärztin. Warum? Weil eine Ärztin zu solch einer grauenvollen Tat nicht fähig wäre? Haha, *grauenvoll*, sehr lustig. Ich verabreiche mir eine kräftige Ohrfeige. Eine Frau kann alles, was ein Mann auch kann, sage ich mir. Und mehr noch. Zum Beispiel Kinder kriegen. Auf einmal muss ich laut auflachen. Zwei ältere Passanten blicken in meine Richtung, schütteln den Kopf. Ich lache weiter, immer weiter, schrill und penetrant, sodass mein Gelächter sich an der gegenüberliegenden Hauswand bricht und der Schall in sich überlagernden Kaskaden auf mich zurückgeworfen wird, bis ich mich selbst auszulachen scheine. Warum habe ich mich nicht schon längst sterilisieren lassen? Eileiter veröden, mit einem Clip verschließen oder gleich durchtrennen. Basta.

Aber eins nach dem anderen. Zuerst die Abtreibung. Dann der Rest. Ich lese: Etwa eine Stunde nach dem operativen Eingriff, der offenbar nur drei bis fünf Minuten dauert, kann ich nach Hause gehen. Ein medikamentöser Abbruch wie damals wäre mir zwar lieber gewesen, aber gut, dann ist so weit alles geklärt. In der Handtasche finde ich einen Schokoriegel, beiße ein großes Stück davon ab und kaue umständlich daran herum. Also: Privatklinik, sage ich mir beschwingt. Der Einfachheit halber diesmal ausnahmsweise nicht in Kärnten. Anruf tätigen und auf zur Terminvereinbarung, auf in die Freiheit! Ein Nussstück löst sich vom Schokoklumpen in meinem Mund, kullert über die Zunge in den Rachen, gelangt irgendwie in meine Luftröhre. Ich huste, glaube bald, keine Luft mehr zu bekommen, schlage mit der Faust gegen mein Brustbein. Tränen schießen mir aus den Augen. Immer kräftiger schlage ich, den Kopf vornübergebeugt, gegen das Brustbein. Ich huste. Ich schlage. Und huste. Und schlage. Und höre nicht auf, zu husten. Und höre nicht auf, zu schlagen, auch nicht, als ich längst wieder Luft bekomme.

8

Ich solle mit dem Rauchen aufhören, sagt Jen. Auf jeden Fall mit dem Rauchen aufhören, wiederholt Sue, und wenn ich schon dabei sei: mit allem anderen auch. Ich runzle die Stirn. Bitte keinen Wein mehr, wirft Jen ein, und – eh klar – auch sonst nichts Alkoholisches. Keine Drogen, sagt Sue. Sowieso, meint Jen, und wenn möglich kein Fast Food und dafür mehr Bio. Stimmt, bekräftigt Sue, wirft einen kurzen Blick auf Jen und ergreift ihre Hand. Gerade auf gesunde Ernährung solle ich in den nächsten Monaten achten. Gesunde Gedanken hegen, bemerkt Jen, und es mit der Arbeit nicht übertreiben. Generell sei Stress unbedingt zu vermeiden. Die beiden reden weiter, grinsen immer wieder bis über beide Ohren, da sie ihr Glück kaum fassen können, die frohe Botschaft noch nicht vollkommen aufgenommen haben, dann schauen sie wieder ernst, wenn der nächste Punkt kommt, der von mir zu berücksichtigen sei, wenn die nächste Vorschrift ausgesprochen wird, die ich zu beachten, oder besser gesagt, zu befolgen hätte. Haha. Ich muss lachen. Hahaha. Sind sie nicht lieb, die beiden?

Auf der Couch sitzen sie mir gegenüber. Links hinter ihnen baumelt der Boxsack, der zwischendurch ohne zu murren meine Schläge aufgenommen hat. Es ist verrückt. Dass mir dieser Gedanke überhaupt gekommen ist. Als wäre er mir eingeimpft worden. Kurz bevor ich meine Wohnung verließ, um das Ding abtreiben zu lassen, muss ich beiläufig an Sue gedacht haben. Dass ich sie noch gar nicht angerufen hatte. Nicht, dass ich mich in einer moralisch vertrackten Situation befunden und unbedingt Rat benötigt hätte. Für mich war die Sachlage klar. Da gab es nichts zu diskutieren. Und doch: War es nicht äußerst ungewöhnlich, dass ich Sue die Schwangerschaft vorenthalten hatte? Konnte es gar sein, dass hier Scham im Spiel war? Ich denke nicht. Wofür sollte ich mich schämen? Dass ich es nicht auf die Reihe gebracht hatte, die Packungsbeilage zu lesen oder mich von diesem alten Sack von Apotheker gebührend informieren zu lassen? Zugegeben, das wäre durchaus etwas, wofür sich ein erwachsener Mensch schämen könnte.

Ich öffnete also beschwingt und voller Vorfreude die Wohnungstür, dachte an Sue… und da kam mir diese verrückte Idee. Ich hielt kurz inne, schüttelte den Kopf und schloss die Tür ab, betrat den Aufzug, fuhr ins Erdgeschoß und schritt hinaus ins Freie. Der Herbstwind wirbelte mir Blätter ins Gesicht. Eines blieb in meinen Haaren hängen. Ich zog es heraus, betrachtete das braune, tote Blatt und dachte noch mal an die Idee von vorhin. Nein, das kam nicht infrage. Niemals, sagte ich mir. Niemals! Ein Taxi herbeigewunken. Eingestiegen. Fünfzehn Minuten Fahrzeit. Bezahlt. Ausgestiegen. Die paar Meter zur Abtreibungsklinik gegangen.

Während des Klingelns plötzlich wieder Sues Gesicht vor mir. Ich schob das Bild von ihr weg, wischte es weg wie ein peinliches Selfie auf Tinder. Nur funktionierte es nicht. Sue blieb, als hätte sich ein Programmierfehler eingeschlichen, als gedanklicher Bildschirmschoner in meinem Sehnerv haften. Verärgert öffnete ich die Tür, ließ mich vom Aufzug ins Dachgeschoß bringen, klingelte abermals, trat ein und meldete meine Ankunft. Eine lebende Barbiepuppe bat mich, kurz im Warteraum Platz zu nehmen.

Das Handy vibrierte in der Manteltasche. Ich sollte ihn aufhängen, dachte ich. Den Mantel aufhängen, ohne nachzuschauen, wer mich anruft. Sollte? Scheiß auf sollte! Ich wusste, wer mich angerufen hatte. Das wusste ich. Nachdem ich die Augen kurz geschlossen hatte, war sie wieder präsent: Sue. Das Handy hörte schließlich auf zu vibrieren. Doch bereits nach einer halben Minute fing es wieder an. Ach, scheiß drauf, dachte ich mir und zog das Handy aus der Manteltasche. Überrascht stellte ich fest, dass es nicht Sue, sondern Marvin war, der mich sprechen wollte. Sollte ich ihn informieren, dass ich kurz davor war, seinen Nachwuchs zu töten? (Ich hätte auch das Wort *entfernen* verwenden können. Das klingt so samten, so weich, beinahe friedlich. Der Embryo wird nicht getötet. Er wird bloß entfernt. Schönrederei war mir immer schon suspekt. Es ist, was es ist: Etwas, das lebt, stirbt, ein Ding, dessen Herz schlägt, hört auf zu schlagen. Gut so!) Die Barbiepuppe kam mit einem einladenden Lächeln auf mich zu. Es wäre wegen des Aufklärungsgesprächs. Man sei nun so weit. Ich ließ sie wissen, dass ich nur noch ein kurzes Telefonat führen müsse, hob ab und ging in die mehr oder weniger räumlich getrennte Garderobe, die sich zur linken Seite des Flurs befand.

»Was willst du«, zischte ich in den Hörer. »Ich bin beschäftigt.«

»Immer noch böse?«, fragte Marvin. Ich dachte nach. Böse? Vielleicht sollte ich ihm heute noch die Rechnung der Abtreibungsklinik zukommen lassen. Obwohl, er würde sie nicht bezahlen können. Traurige Gestalt. Das sind sie fast alle, unsere geschätzten (und von manchen verhassten) Künstlerinnen und Künstler. Können kaum die Miete stemmen oder die laufenden Rechnungen begleichen. »Weil«, stammelte er, »ich wollte mich eigentlich nur für den Ankauf bedanken. Das hast bestimmt du eingefädelt, oder?« Ich sagte nichts. Was sind Männer doch für privilegierte Schweine. Haben einen Penis, den sie beim Pissen im Stehen einfach rausholen können, haben keine monatliche Blutungen, keine Hormonschwankungen, brauchen – im doppelten Wortsinn – keine Abstriche zu machen, müssen sich, sofern die Partnerin die Pille schluckt oder eine Spirale eingesetzt bekommen hat, nicht um die Verhütung kümmern, brauchen sich nicht zu fürchten, dass es bei einer Schwangerschaft zu Komplikationen kommen könnte, dass eine Geburt auch ohne Komplikationen äußerst beschwerlich, ja, so oder so eine Extremerfahrung ist, haben keine Wehen, keine Geburtsschmerzen, kein Wochenbett, keine Verantwortung, wenn sie keine wollen. Ob ich noch da sei, fragte Marvin.

»Noch«, sagte ich.

»Jedenfalls danke«, kam aus dem Handy. »Hast du eine Ahnung, wie viel mir das bedeutet? Du hast dich für mich beim Ankauf eingesetzt, nicht wahr? Das macht einen Unterschied, weißt du? Du machst einen Unterschied. Was du getan hast. Was du tust. Das betrifft meine Existenz. Und zwar sehr direkt. Auch, dass du mich an die Galerie Grohlinger weiterempfohlen hast… Ja, und dass ich dich damals Arschloch genannt habe, das habe ich halt im Affekt gesagt, weil du mich… Egal, ich will dich auch nicht weiter stören. Du brauchst nichts zu sagen. Alles, was ich dir mitteilen wollte, ist: Danke.« Im Schneidersitz ließ ich mich auf dem Parkettboden nieder, atmete ins Handy und ärgerte mich, als ich spürte, dass meine Augen feucht wurden. »Was machst du gerade?«, fragte Marvin. »Wie auch immer, ich lege dann mal auf, okay? Bis bald. Vielleicht? Ciao.«

Der erste Anruf war tatsächlich von Sue gewesen. Sieht ganz danach aus, als müsste ich mich entscheiden, sagte ich zu mir selbst. Dabei wusste ich schon, dass ich mich in dem Moment entschieden hatte, als Marvin sein Danke in den Hörer gehaucht hatte. Nein, vorher noch, beim Öffnen der Wohnungstür, da war es passiert, als sich Sues Gesicht in meine Gedanken eingemischt hatte.

»Für dich, Sue«, sprach ich vor mich hin. Und dann bestand ich nur noch aus Schluchzen und Zucken. »Nicht fürs Baby mache ich das. Ich scheiß auf sein Leben«, jammerte ich. »Das mache ich für dich! Für dein Leben! Für dich, für dich, für dich …« Wie aus dem Nichts befand sich die Barbie-Puppe direkt neben mir, kniete sich hin, berührte mich an der Schulter und flüsterte mir förmlich ins Ohr, ja, fragte mich mit mitleidvollem Blick, wie sie mir helfen könne. Da hörte ich auf zu weinen, zu schluchzen, zu plärren, zu zucken, zu zittern und sagte: »Ob.«

»Wie bitte?«

»Bevor Sie mich fragen, *wie* Sie mir helfen können, sollten Sie mich fragen, *ob* Sie mir helfen, *ob* Sie mich berühren dürfen.«

Die Frau blinzelte. Hinter ihrer glatten Stirn ratterte etwas, das schon lange nicht mehr in Gebrauch gewesen war.

»Nun nehmen Sie gefälligst ihre verschwitzten Hände von meiner Schulter, richten Sie dem Arzt aus, dass ich seine Dienste gewiss ein andermal in Anspruch nehmen werde, und ihre Hilfe, liebe Frau Empfangsdame, die können Sie sich einstweilen herzhaft in Ihren Anus schieben!«

Und nun sitzen die beiden also da. Sue und Jen. Verliebt wie am ersten Tag. Dass sie dank mir doch tatsächlich Mami und Mama werden! Ihr hysterisches Grinsen verrät mir, dass sie es nicht fassen können. Es, ihr Glück. Es, mein Pech. Es, meinen Fluch, mein ultimatives Opfer. Wäre ich knapp bei Kasse, könnte ich als Quasi-Leihmutter glatt auf einer finanziellen Entschädigung bestehen. Als wäre dieser Schaden jemals durch Geld aufzuwiegen! Es wird mich wohl ein paar Jährchen meiner Lebenszeit kosten. An die entgangene Arbeitszeit will ich gar nicht erst denken. Letzte Nacht war ich mir beinah sicher, ein graues Haar gefunden zu haben. Es geht bergab.

»Wer… wer…«, stammelt Jen und lässt den Mund offen. »Das kommt mir erst jetzt, aber wer ist denn bitte überhaupt der Vater?«

»Wen interessiert das schon«, sage ich. »Die Männer sollen froh sein, wenn wir sie in Zukunft als Spender in Betracht ziehen.«

»Trotzdem«, meint Sue. »Jen würde es gerne wissen.«

»Du etwa nicht?«, fragt Jen überrascht.

»Ich bin mir ziemlich sicher, dass ich es schon weiß«, bemerkt Sue, wofür sie von Jen einen überraschten Blick erntet und von mir einen Daumen hoch. »Wir nehmen ihn bei der Galerie unter Vertrag. Marvin Gangler heißt er.«

»Also ein Künstler?«, fragt Jen vorsichtig und greift nach einer Kekspackung auf dem Tisch.

»Ist das ein Problem?«, frage ich. »Sind dir die Gene von Künstlern zu freaky?«

»Ich habe doch gar nichts gesagt«, meint Jen. Sie nimmt sich ungefragt einen Schokokeks und beißt ab, dass es knackt.

»Sie hat doch gar nichts gesagt«, meint Sue.

»Etwas trocken«, bemerkt Jen und sieht sich den angebissenen Keks genauer an.

»Schon gut, schon gut«, sage ich. »Ich verrate euch, was ich weiß. Und das ist, ich sage es gleich, nicht viel. Liebe Sue, du kannst dann gerne die Lücken mit deinem Wissen füllen.«

Ich erzähle von Marvin und merke, dass es nicht viel über ihn zu sagen gibt, ich ihn eigentlich kaum kenne. Nicht unerwähnt lasse ich, dass er schwul ist und mit mir aus Gefälligkeit geschlafen hat. Das eine oder andere Detail spare ich aber aus. Damit sie sich keine Sorgen machen, falls es tatsächlich ein Bub werden sollte. »Ich denke, er ist ein bisschen vorsichtig, feige, ein braves Schwiegersöhnchen, introvertiert, womöglich sogar depressiv, aber Letzteres gehört bei Künstlern ja mittlerweile zum guten Ton. Vom Typ her generell eher das Gegenteil von Jonathan Meese, wenn ihr versteht, was ich meine.«

»Aber siehst du das nicht alles durch deine Regina-Brille?«, fragt mich Jen, macht bei meinem Namen mit ihren Fingern Anführungszeichen in die Luft und schaut mich mit ihren glasklaren Augen an. »Ich meine, jemand anders könnte ihn anders wahrnehmen, oder?«

»Woher soll ich bitte wissen, wie eine andere Person eine andere Person wahrnimmt?«, frage ich.

»Was ich damit meine«, fährt Jen fort, »unter Umständen ist er nicht unbedingt feige, sondern du nimmst ihn bloß so wahr. In Wahrheit ist er vielleicht einfach nur ...«

»... nett?«, beendet Sue den Satz ihrer Partnerin.

»Oder freundlich?«, fragt Jen.

»Nein«, sage ich. »Er ist so, wie ich es gesagt habe. Ein Weichei. Ach ja, die Kekse bitte nicht essen, die sind seit einem Jahr abgelaufen.« Ich stehe auf, gehe in die Küche, um einen Kaffee aufzustellen und sehe gerade noch aus den Augenwinkeln, wie Jen die Kekspackung in die Hand nimmt, um das Ablaufdatum zu überprüfen.

»Ich hätte gerne einen Sekt!«, sagt Sue mit sichtlicher Vorfreude.

»Schschsch«, macht Jen und flüstert Sue etwas ins Ohr.

»Wir können gerne auch Sekt trinken«, rufe ich aus der Küche.

»Nein, danke«, ruft Jen zurück. »War eine blöde Idee.«

»Eine blöde Idee?«, frage ich, mache einen Schritt zur Seite und schaue durch die Tür ins Wohnzimmer.

»Na, du solltest ja eigentlich nichts ...«, sagt Sue, bringt es aber nicht übers Herz, den Satz zu beenden.

»Du sollst nichts trinken«, sagt Jen. »Du darfst nichts trinken, schon gar keinen Sekt«, präzisiert sie und fügt hinzu, dass ich, wenn es unbedingt sein müsse, übrigens gerne einen Espresso am Tag trinken dürfe.

Da wird mir bewusst, dass ich bis zur Geburt unter einem autoritären Regime zu leben habe. Ich schließe meine Augen, versuche es zu realisieren und die Tatsache, dass ich – in doppeltem Sinne – unfrei bin, hinunterzuschlucken, aber es gelingt mir nicht. Sue und

Jen tuscheln nebenan. Sie sind lieb. Sie sind aber auch nervig. Vor allem, wenn sie gemeinsam auftreten. Auf einem Tablett trage ich die Tassen ins Wohnzimmer, die Milch, den Zucker. Mit einem Mal fühle ich mich erzkonservativ. Wie eine klischeebehaftete Figur aus einer amerikanischen Werbung der Fünfzigerjahre. Fehlt nur noch eine karierte Kochschürze, eine Perücke mit blondem, gewelltem Haar und ein aufgesetztes Musical-Darstellerinnen-Lächeln.

Ich knalle das Tablett auf die Tischplatte. Die beiden zucken zusammen, ich schaue sie an: »Ihr dürft auch nichts trinken!«

»Wie meinst du das?«, fragt Jen.

»Genau genommen bin nicht ich die Mutter. Auch ungenau genommen. Ich. Bin. Nicht. Die. Fucking. Mutter! Versteht ihr?«

Jen nickt. Sue schüttelt den Kopf.

»Ihr seid die Mütter«, fauche ich. »Also habt ihr genauso Verantwortung zu übernehmen. Mehr noch als ich. Und zwar ab jetzt. Alles, was für mich gilt, soll auch für euch gelten. Mindestens.« Ich setze mich und spreche weiter: »Wenn ich zu den Vorsorgeuntersuchungen gehe, geht ihr mit mir. Wenn ich in aller Satansfrühe zum Zuckertest muss, um nüchtern ein Drecks-Gesöff zu schlucken, schluckt ihr es mit mir. Wenn ich das Organscreening mache, steht ihr neben mir und schaut auf diesen scheiß Bildschirm, denn meine Augen werden geschlossen sein. Wenn ich etwas Spezielles zum Essen brauche, besorgt ihr mir das. Wenn mir die Füße wehtun, massiert ihr sie mir. Wenn ich kotze, hält mir hinten jemand dir Haare zusammen. Ist das klar?«

»Das klingt …«, sagt Sue.

»… vernünftig«, meint Jen.

»Sprecht ihr seit Neuestem als Kollektiv?«, frage ich. »Habt ihr einen Chor gegründet oder seid ihr noch zwei verschiedene Personen?«

Sue lacht. »Es ist einfach …« Sie überlegt. Jen macht Anstalten, etwas zu sagen. Sue hält ihr mit einer Handfläche den Mund zu. »Es ist einfach solch eine unglaublich erfreuliche Nachricht, dass mir die Sprache abhandenkommt. Uns beiden, denke ich.« Jen nickt. Sue nimmt die Hand von ihrem Mund. »Da müssen wir uns teilweise unter die Arme greifen.«

Die Sprache kommt abhanden. Ich denke an die nächste Ausstellung, die sich seit einigen Wochen konkretisiert. Auch sie wird den Verlust von Sprache verhandeln. Bei der Eröffnung Anfang nächsten Jahres werde ich aller Voraussicht nach hochschwanger sein und nicht mehr arbeiten dürfen. Ich werde etliche Kilos zugenommen haben, die Brüste werden angeschwollen sein, ich werde mich nur noch mühsam bewegen können, kaum schlafen; die Schuhe werden mir wegen des eingelagerten Wassers nicht mehr passen, ich werde wegen der Hormonschübe grundlos heulen, grundlos auflachen, werde die Tage und Stunden gezählt haben und insgeheim auf eine sehr frühe Frühgeburt hoffen, sodass das Baby gerade noch, ohne Schaden zu nehmen, überlebt. Soll es doch in den Brutkasten! Auch dort wird es zum Menschen. Gerade dort. Vielleicht mehr noch als in meinem Bauch …

»Ich würde ihn gerne kennenlernen«, sagt Jen.

»Wen, Marvin?«

»Ich muss nicht«, sagt Sue.

»Endlich!«, rufe ich erleichtert aus. »Endlich eine Meinungsverschiedenheit! Ihr seid also doch zwei getrennte Persönlichkeiten.«

»Haha«, macht Sue und dreht ihre Tasse unschlüssig in der Hand. »Ich muss ihn nicht kennenlernen, weil ich ihn ja schon kenne.« An Jen gerichtet erklärt sie, dass er wirklich nett sei und höflich wirke, sie mit ihm aber kaum mehr als drei Sätze gesprochen habe, da die Grohlinger ihn stets rasch in ihr Büro geschoben habe.

»Umso mehr ein Grund, ihn besser kennenzulernen, nicht?«

»Marvin Gangler«, seufze ich. »Dass eine Hälfte von ihm nun von mir Besitz ergreift, meinen Körper malträtiert. Eine Zumutung.«

»Ich möchte, dass wir ihn persönlich kennenlernen«, sagt Jen, ohne auf meine Jammerei einzugehen. »Ich meine, er ist immerhin der leibliche Vater!«

»Er ist immerhin ein Volltrottel«, sage ich.

»Warum sagst du das?«, fragt Jen. Ihre Stimme wirkt rau.

»Das meint sie doch nicht so«, lacht Sue. »Das sagt Regina, weil sie Regina ist. Sie spielt sich selbst: Regina Steinbruch. Es ist ein Schmäh, nicht wahr?«

»Wie du meinst«, sage ich und zucke mit den Schultern.

»Wenn Jen das unbedingt möchte«, sagt Sue, »dann können wir doch sicherlich ein Treffen mit Marvin arrangieren, oder?«

Ich sage nichts, stehe auf, gehe zur Kommode, nehme mir eine Zigarette aus dem Päckchen, stecke sie zwischen die Lippen, ziehe die Boxhandschuhe an, boxe, ziehe die Boxhandschuhe aus, setze mich hin, und tue so, als ob ich genüsslich eine Zigarette rauchen würde, klopfe von Zeit zu Zeit fiktive Asche in den Aschenbecher, so wie ich es als Kind mit den Kaugummizigaretten getan habe, die es damals noch in jedem Supermarkt zu kaufen gab.

»Wir könnten ihn zu uns einladen«, spricht Sue weiter, als wäre seit ihrem letzten Satz keine Zeit vergangen. »Ein legeres Abendessen. Du schreibst Marvin einfach, dass du noch eine Begleitung brauchst. Du könntest es, wenn du möchtest, sogar als Arbeitsessen tarnen. Sag ihm, dass er mich ja bereits flüchtig in der Galerie kennengelernt habe und ich von der Grohlinger den Auftrag bekommen hätte, mich in meiner Funktion als Chief Assistant über seine nächsten Projekte am Laufenden zu halten. So was in der Art. Er wird schon anbeißen.«

»Weiß er überhaupt schon von seinem väterlichen Unglück?«, fragt Jen.

Ich schüttle den Kopf.

»Sehr gut«, meint Sue, hebt die Tasse, die, wie ich nun bemerke, noch immer randvoll mit Kaffee ist, an ihre Lippen und tut so, als ob sie trinken würde.

»Du brauchst es gar nicht erst zu versuchen«, sage ich. »Es gibt keinen Sekt. Kein Bier. Keinen Wein. Wenn du etwas zur Beruhigung brauchst, dort liegen die Boxhandschuhe. Und denke ja nicht, dass du dich dann zu Hause niederschütten kannst. Ich rufe Annika Kromayr an und leihe mir von ihr eine Drohne, filme euch vom Innenhof durchs Fenster.«

»Wer ist Annika Kromayr?«, fragt Jen, die, wie es scheint, nicht viel mit unseren Witzeleien anfangen kann.

»Hat sie nicht voriges Jahr den *exceptional artist award* erhalten?«, fragt Sue, und fügt hinzu: »Was für eine bescheuerte Bezeichnung für einen Preis.«

»Ja, und ja«, sage ich an Sue gerichtet – und an Jen: »Ich werde mit ihr die nächste Ausstellung machen.«

»Wenn das so ist«, meint Jen, »soll ich mich eingeschüchtert fühlen?« Ich antworte nicht. Sie fügt hinzu, dass sie das bedrohliche Gesumme der Drohnen nicht unbedingt sympathisch finde.

»Aber du musst schon zugeben, dass die Kromayr ziemlich spooky ist«, sagt Sue, wohl um meine Aufmerksamkeit von Jen abzulenken.

»Ist mir scheißegal, wie jemand aussieht oder auf mich wirkt. Sie muss gute Kunst machen.«

»Tell me something new«, sagt Sue.

»Wir kommen vom Thema ab«, meint Jen. »Marvin. Wie heißt er nochmal mit Nachnamen?«

»Gangler. Marvin boring Gangler.«

»Du lädst ihn also ein«, hält Jen fest. »Und dann schauen wir, wie er so drauf ist. Und dann schauen wir …«

»… ob wir es ihm gleich verraten können oder besser erst nach der Geburt«, ergänze ich.

»Es geht nicht ums Können«, sagt Sue, legt ihre Fingerspitzen aufeinander und blickt auf sie hinab. »Es geht ums Wollen, ums Sollen.«

Wie sie das meine, frage ich. Und ob sie das mit ihren Fingern bitte sein lassen könne. Sie sei immerhin keine Priesterin. Sue lächelt nicht. Das heißt schon mal was, denke ich. Nun darf nicht mehr blöd herumgewitzelt werden, nun wird es ernst. Sie informiert mich, dass, wenn wir es Marvin erzählen würden, egal wann, er genau genommen das Recht besäße, sich gegen die Adoption auszusprechen.

»Er ist immerhin der leibliche Vater, right? Er könnte das Kind selbst versorgen.«

Ich mache: »Haha. Er bringt es ja kaum auf die Reihe, sich selbst hinreichend zu ernähren.«

»Er könnte es aber auch seinen Eltern geben«, spricht Sue weiter, ohne sich von mir aus dem Konzept bringen zu lassen. »Oder seiner Schwester, sofern er eine hat. Hat er eine?« Ich zucke mit den Schultern. »Und auch, wenn er der Adoption zustimmt«, fährt Sue fort, »kann er von seinem Besuchsrecht Gebrauch machen, gleich von Geburt an oder erst später. Stell dir das bitte mal vor?!«

Mir persönlich geht das alles in Wahrheit ziemlich weit am Arsch vorbei. Bloß Sue findet es offensichtlich nicht so cool. Und was für Sue schlecht ist, habe ich gelernt, ist für mich wahrscheinlich auch schlecht. Andererseits: Was wäre so schlimm daran? Wenn Marvin hin und wieder auf Besuch käme? Ich überlege, ob ich die Frage laut aussprechen sollte, lasse es aber fürs Erste bleiben. »Jedenfalls … jedenfalls …«, Sue schnappt nach Luft.

»Alles easy«, sage ich.

»Jedenfalls«, meint Sue, nachdem sie durchgeatmet hat, »sollte er es irgendwann herausfinden, wäre die Adoption unter Umständen, also wenn er uns klagt, dann wäre die Adoption, sie wäre vielleicht sogar ungültig. Ganz sicher sogar. Dann müsste alles völlig neu aufgerollt werden. Das sind nur ein paar Gedanken, die ich mir gemacht habe. Irgendjemand muss hier ja das Denken übernehmen.«

Jen schweigt. Vielleicht denkt sie ein bisschen. Vielleicht schweigt sie aber auch nur. Schwer zu sagen bei lebensechten Wachsfiguren. Sue und ich sehen ihr beim Wachsfigursein zu; ich stelle mir vor, wie es hinter ihrer Stirn leuchtet, wie die Neuronen feuern und in ihren Bahnen umherflitzen, zu einer Erkenntnis kommen wollen, es aber nicht bis zum Ziel schaffen.

»Wir sollten es ihm trotzdem sagen«, meint Jen nach einiger Zeit, und dann direkt zu Sue: »Wir haben schon darüber gesprochen und ich finde immer noch, dass es moralisch …«

»Scheiß auf die Moral«, fährt es aus Sue heraus. »Scheiß drauf! Es ist *unser* Kind. Es wird unser Kind sein. Wir werden es uns nicht wegnehmen lassen. Sicherlich nicht!«

Bestimmt schaut sie zu Jen, die ihren Blick mit einem verständnisvollen Lächeln erwidert. Hach, muss Liebe schön sein! Schlecht wird mir, wenn ich es noch länger mitansehen muss. Mittlerweile leben die beiden lange genug zusammen (und sind seit zwei Jahren verheiratet, nicht nur, aber auch, weil es die Chancen auf eine Adoption erhöht), sodass sie die rosa Brillen abgesetzt haben, sich nicht mehr anlächeln wie zwei auf Drogen tanzende Girls. Dennoch blitzt ab und zu dieser alte Funke, dieser Kitsch in ihren Gesichtszügen durchs Zimmer; da heißt es für mich, in Deckung zu gehen. Etwas viel Schlimmeres, als in einer Beziehung zu leben und Kompromisse eingehen zu müssen, kann ich mir kaum vorstellen. Gut, ein Baby. Ein Baby ist noch schlimmer.

»Darüber muss ich schlafen«, gibt Jen schließlich zur Antwort. »Immerhin würden wir das Gesetz brechen.«

»Oh, wie süß!«, sage ich und äffe Jen mit verstellter Stimme nach: »Immerhin würden wir das Gesetz brechen.«

Jen schleudert mir mit den Augen ein Kilo Bitterkeit ins Gesicht. Sue sieht mich an und sagt: »Not cool.«

»Tsss«, entfährt es meinen Lippen. Soll sie sauer sein, die liebe Jen. Ich frage: »Was ist eigentlich mit dem Kind? Früher oder später wird es wissen wollen, wer die Mutter ist und der …«

»Wir sind die Mütter«, unterbricht mich Jen. Ich sehe sie an, blinzle überrascht, da mich etwas an ihrer Aussage berührt, unter Umständen sogar verletzt hat.

»Wer die leiblichen Eltern sind«, ergänze ich mit so ruhiger Stimme, dass es mich selbst überrascht. »Wollt ihr dem Kind verschweigen, wer sie sind? Wird ihm nicht schaden, wenn das in einem nebulösen Graubereich bleibt. Ihr könnt einfach behaupten, es sei ein anonymer Spender gewesen. Und ich bin halt die Tante Regina. Nicht, dass es mich was anginge.«

»Es geht dich in der Tat nichts an«, sagt Jen mit leicht vorgeschobenem, angespanntem Unterkiefer. Soll das eine Drohgebärde sein? Ich überlege mir, ob ich schmunzeln soll. Ich schmunzle.

»So weit sind wir noch nicht«, meint Sue beschwichtigend. Zum Glück sei das Baby morgen noch nicht da. Sie klatscht zweimal laut in die Hände, wie um die in der Luft liegende Gereiztheit zu neutralisieren, und ruft mit feierlicher Miene: »Well then, let's do this. Wir schlafen drüber, halten aber am Plan fest, Marvin zum Essen einzuladen, okay? Das schadet doch vorerst niemandem, egal wie wir uns später entscheiden.«

»Ich habe noch nicht eingewilligt, ihn zur Fake-Dinnerparty einzuladen«, sage ich.

»Doch, doch«, sagt Sue. »Hast du.«

Ich nehme die Zigarette aus meinem Mundwinkel. Der Filter ist durchnässt und trägt vom Lippenstift rote Abdrücke. Eine Zeit lang halte ich den Tabakstängel unter meine Nase. Gerade als ich spüre, wie mich der Geruch beruhigt, sticht es in meiner Brust. Ich zucke zusammen. Sue springt hoch, berührt mich an Schulter und Oberschenkel. Es sei nichts, sage ich, als ich wieder Luft holen kann. Sie brauche sich nicht beunruhigt fühlen.

»Oder geht es dir gar nicht um mich, sondern ums ungeborene Baby?«

»Sei doch nicht blöd«, sagt Sue mit sorgenvollem Blick und verpasst mir einen Klaps auf den Oberschenkel.

»Gibt es in deiner Familie Herzprobleme?«, fragt Jen, indem sie mit einem großen Schluck ihre Kaffeetasse leert, dabei zu Boden sieht und so tut, als hätte sie gar kein ernsthaftes Interesse an der Beantwortung ihrer Frage.

»Siehst du?«, sage ich zu Sue. »Natürlich geht es ums Baby.« Und an Jen gerichtet füge ich hinzu: »Soweit ich weiß, hat meine Familie keine Herzprobleme. Meine beiden Onkel sind an Hoden- und Prostatakrebs gestorben und mein Bruder ist schwer behindert, falls dich das beruhigt!«

Eine halbe Stunde später schließe ich hinter den beiden die Tür, schlendere zurück ins Wohnzimmer, entkleide mich, ziehe den Bademantel an, setze mich auf die Couch. Meine rechte Hand macht kreisende Bewegungen auf dem Bauch. Ich bilde mir ein, bereits eine kleine Wölbung zu erkennen. Furchtbar werde ich aussehen. Auf der Straße werden mich fremde Frauen, die ebenfalls eine Kugel vor sich herschieben, grüßen, so wie sich Buslenkerinnen oder Straßenbahnführer grüßen, wenn sich ihre Wege kreuzen. Es wird sich befremdlich anfühlen. Das tut es jetzt schon. Ich greife nach meinem Handy und schreibe an Jen: Überleg dir bitte genau, was du lieber brichst: das Gesetz oder das Rückgrat deiner Beziehung mit Sue!? Ich drücke auf Senden. Jen ist zu korrekt für diese Welt. Wählerinnen wollen kein Kreuz neben korrekten Menschen machen, sie wollen jemanden wählen, der menschelt. Echte Menschen sind nicht korrekt. Echte Menschen machen Fehler, dehnen das Gesetz, wo es angebracht ist. Dankbar soll sie mir sein. Ein Geheimnis wie dieses wird ihr gut stehen. Es wird sich in ihrem Blick bemerkbar machen. Die Leute spüren so etwas durch die Fernsehbildschirme, durch die Ablichtungen auf den Plakaten hindurch. Sie ist dann eine von ihnen und keine Heilige, sie ist dann ein Mensch aus Fleisch und Blut, jemand, den sie angreifen können, von dem sie berührt werden können, nicht länger unerreichbar.

Meine Gedanken gleiten zur vor zwei Tagen geöffneten Rotweinflasche, die sich nach wie vor in der Kühlschranktür befindet. Wenige Minuten später steht ein gefülltes Weinglas auf der Anrichte. Ich fixiere es mit meinen Blicken, sage: »Scheiß drauf!«, führe es zum Mund, nehme einen kräftigen Schluck. Fühlt es sich gut an? Geht es mir besser? Ich kann die Fragen nicht mit einem eindeutigen Ja beantworten, fluche leise vor mich hin. Vielleicht nach einem zweiten Schluck? Nach einem dritten? Ich leere das Glas, nehme abermals die Flasche in die Hand ... und schütte den restlichen Inhalt in die Spüle. Und da schwappt auch schon eine Welle des Selbstmitleids über mich. Wie ich diese Schwäche verachte! Habe ich mir als Jugendliche, an dem Tag, als es passiert ist, nicht geschworen, kein Opfer mehr sein zu wollen, nie wieder? Ich schlage mir mit der Handfläche ins Gesicht. Da kommt eine weitere Welle der Traurigkeit herangerollt. Ich schlage mir mit der Faust seitlich an den Schädel. Schon besser. Ich schlage nochmals zu. Mir schwindelt. Im oberen Sichtfeld glitzert es für kurze Zeit. Gut. Ich schlage zu. Alles ist gut.

9

Mutter hat am 11.11. Geburtstag, ein Faschingsscherz, und Vater am 12.11. Meist versuche ich am Abend des Elften anzurufen, da sind es nur noch ein paar Stunden bis zum Zwölften und somit zwei Fliegen auf einen Schlag erledigt. Die Gäste sind dann schon gegangen, in diesem Alter feiern die meisten ohnehin nur noch mit Kaffee und Kuchen. Bloß Vater nicht, der sich gerne von Bier und Bier ernährt. Außer, wenn er es mal wieder übertrieben und von Mutter eine Standpauke erhalten hat. Dann trinkt er zur Abwechslung, bevor er verdurstet, das billigste Mineralwasser.

Wie es meinem Bruder gehe, frage ich. Es ist immer die erste Frage, die ich stelle, nicht, weil ich mich an eine Regel, an ein Schema halte, sondern weil mir die Beantwortung der Frage wichtiger erscheint als alles andere, was ich von meinen Eltern erfahren könnte. Gustav gehe es gut, sagt Mutter. Den Umständen entsprechend gut. Was das genau heiße, möchte ich wissen. Na ja, das Übliche halt. Manchmal krampfe er den halben Tag, schreie und jaule vor sich hin, schlafe schlecht. Dann sei er wieder tagelang abwesend, reagiere kaum, wenn man ihn anspreche. Wie gesagt, das Übliche. Ihre Stimme klingt monoton. Diese Stimmlage kenne ich bei ihr nur zu gut, sie korreliert mit ihrem psychischen Zustand. Variiert die Tonhöhe beim Sprechen stark, so weiß ich, dass es ihr besser geht, ist sie gleichbleibend und macht höchstens einen Halbtonschritt nach oben oder unten, kann ich davon ausgehen, dass sie sich in ihr schwarzes Loch, in ihre finsteren Gehirnwindungen zurückgezogen hat. Es ist ja auch leicht, nach unten zu flüchten, sich zu verstecken, sich einzuigeln und zu bemitleiden. Wie es mir gehe, fragt Mutter. Wie es mir gehe? Ob Vater auch zuhöre, frage ich. Er sei im Wohnzimmer, aber sie könne zu ihm rübergehen und auf Lautsprecher schalten. Ich bitte sie darum.

»Hört ihr mich?«, frage ich in einer Lautstärke, die aufs Hörvermögen meiner Eltern abgestimmt ist.

»Ja«, sagt Vater, »wir können dich hören. Hallo Regina. Bist du fleißig beim Arbeiten?«

Was ist das für eine Frage? Vater hat sich noch nie dafür interessiert, wie es mir geht, er interessiert sich auch nicht dafür, wie es Mutter geht, er interessiert sich nicht einmal dafür, wie es ihm selbst geht. Hauptsache, es wird hurtig gearbeitet. Manchmal frage ich mich, wie viel ich von ihm übernommen habe, ob meine Arbeitswut eigentlich seine Arbeitswut ist, ob ich, wäre ich nicht seine Tochter, den lieben langen Tag auf der Couch liegen und wie die Jugendlichen am Handy irgendeinen sinnbefreiten Dreck spielen würde. Mutter hat mir vor einigen Monaten erzählt, dass er, seitdem er im Ruhestand ist, nicht mehr recht wisse, was er mit sich anfangen solle. Dass er manchmal bereits am Vormittag zur Flasche greife. Sie sei aber trotz allem froh, dass er kein Interesse an härteren Getränken habe. Manchmal verschwinde er für ein paar Stunden in der Garage, säge und hämmere herum. Wenn sie dann das Garagentor öffne, um ihm zu sagen, dass das Essen fertig sei, sitze er nicht selten in einer Ecke, den Hobel in der Hand, oder einen Schraubenzieher. Objekte, die er gebaut haben könnte, sehe sie keine. Es wirke, als wenn er einfach ein paar

Nägel in die Hobelbank schlagen und sich vormachen würde, es gäbe etwas zu arbeiten. Er tue ihr ja irgendwie schon ein bisschen leid. Aber es sei ihr weitaus lieber, er sitze mit gebeugtem Rücken in der Garage, als erhobenen Hauptes im Wirtshaus, wo er, wenn es ihm zu langweilig sei, von Freitag bis Sonntag gerne seine Zeit verbringe und ihr Angespartes verbrauche, indem er es sich zur Angewohnheit gemacht habe, wöchentlich mindestens eine Lokalrunde zu schmeißen, weil irgendein Nachbar einen verdammt lustigen Witz erzählt hatte.

»Ich bin doch immer fleißig beim Arbeiten«, sage ich. »Ohne Arbeit sehe ich keinen Sinn im Leben.« Ich wollte den Satz ironisch rüberkommen lassen, um Vater indirekt zu kritisieren und ihm, der seit ein paar Jahren nichts mehr zu tun hat, einen Stich zu versetzen, bemerke nun aber, dass die Aussage tatsächlich der Wahrheit, meiner Wahrheit entspricht.

»Sehe ich genauso«, meint Vater. »Sehe ich genauso.« Er lallt nicht. Und das sogar am Vorabend seines Geburtstags? Mutters letzte Abreibung dürfte noch nicht lange zurückliegen. Wie viele Tage noch, bis er wieder zur Flasche greift?

»Ich verdiene nun um ein Drittel mehr als Walter«, sage ich und weiß nicht, warum ich es sage.

»Wer ist Walter?«, fragt Mutter. Nicht, dass ich es nicht bereits mehrmals erwähnt hätte.

»Mein Arbeitskollege«, sage ich, »ebenfalls ein Kurator. Wisst ihr, die Ausstellung, von der ich euch erzählt habe, ist ein ziemlich großer Erfolg. Die Leute stehen Schlange vor dem Haus. Vor ein paar Wochen ist uns jedoch das Geld ausgegangen.«

»Wie kann einem Bundesmuseum das Geld ausgehen?«, fragt Mutter.

»Habe ich es euch nicht erzählt?«, sage ich, beginne mich zu ärgern und stecke mir eine Zigarette in den Mund, tue so, als ob meine Hand ein Feuerzeug wäre, mein Daumen eine Flamme.

»Ich kann mich erinnern, da verschenkt jemand Geld«, brummt Vater und fügt hinzu: »So ein Blödsinn.«

»Als wenn du dich da auskennen würdest«, meint Mutter, und ich bin ihr dankbar dafür. Längst schon hatte ich aufgehört, mit ihm darüber zu diskutieren, was Kunst sei und was nicht. Obwohl er nicht die geringste Ahnung hat, mischt er sich ein, gibt mir absurde Tipps, die er am Stammtisch im Wirtshaus aufgeschnappt haben dürfte.

»Erzähl uns doch bitte mehr davon«, sagt Mutter und flüstert Vater etwas zu.

»Das Geld ist ausgegangen«, stammle ich und weiß eigentlich gar nicht, warum ich weiterrede. »Arcus, so heißt der Künstler, er verschenkt Fünfzig-Euro-Scheine, und die sind ihm ausgegangen.«

»Ist das ein reicher Künstler? Woher hat er so viel Geld?«, fragt Vater.

»*Ihm* ist es nicht ausgegangen«, sage ich und muss schmunzeln. »Er besitzt das Geld nicht, er schenkt es weiter, mehr nicht. Obwohl er extrem viel erben wird. Aber egal. Für kurze Zeit hat es so ausgesehen, als müsste die Ausstellung vorzeitig enden. Aber die Direktorin kennt einige Wohlhabende, Industrielle mit Kunstsinn.«

»Toll«, meint Vater.

Ich greife mir an die Stirn. »Das ist nicht toll«, sage ich. »Das ist Teil ihres Jobs. Leute kennen, die Geld haben. Das steht zwar nicht in der Stellenausschreibung für die Direktion, wird aber stillschweigend vorausgesetzt. Der Großindustrielle Hafelpfeiner hat also ...«

»Warte!«, wirft Mutter ein. »Den kenne ich doch.« Ich sehe förmlich, wie sie mit ihren Händen herumfuchtelt, um den zu ihm passenden Firmennamen aus der Luft zu fischen. »Ist das nicht der … der«, stammelt sie, »… von … von.«

»Ja«, sage ich gelangweilt, »genau der ist das. Der Direktorin hat er ohne zu zögern seine Einwilligung gegeben, die Ausstellung finanziell zu unterstützen. Er pumpt ein paar Millionen rein und siehe da, seitdem kann Arcus sogar Hundert-Euro-Scheine verschenken!«

Mir wird bewusst, was für ein unverschämt breites Grinsen mein Gesicht ziert. Ich höre Vaters Schnaufen, Mutters nervösen Husten. Was hatte ich erwartet? Grölenden Jubel? Tosenden Applaus? Da höre ich endlich auf, blöd zu grinsen, schlage mir, um wieder zur Räson zu kommen, mit der flachen Hand kräftig gegen die Wange. Und noch einmal. Was gerade so laut geklatscht habe, will Mutter wissen. Eine Kleidermotte, sage ich, ich hätte bloß eine Kleidermotte erledigt. Da wird mir bewusst, dass ich nach wie vor die Tochter meiner Eltern bin und nicht aufhören werde, es zu sein, nicht einmal nach deren Ableben. Eine Gefangene auf Lebenszeit. Wo stecke ich hier fest? Stolz sollen sie auf mich sein. Das ist es doch, was ich mir insgeheim wünsche, nicht wahr? Das ist der Grund, warum ich ihnen erzählt habe, dass ich um ein Drittel mehr verdiene als Walter und wie souverän ich mit meiner Vorgesetzten verhandelt habe. Da kämpfe ich jahrelang um meine Freiheit, um meine Unabhängigkeit, und bin am Ende des Tages nichts anderes als das kleine Mädchen, die liebe, süße Regina, die alles tut, um von Vater am Hinterkopf gestreichelt zu werden und ein *gut gemacht* zu hören.

»Ich bin übrigens schwanger«, sage ich in die Stille hinein.

Lange höre ich nichts. Ich sehe die offenen Münder meiner Eltern beinahe plastisch vor meinem Gesicht erscheinen. Wie die Botschaft sich durch ihre Gehörgänge ins Gehirn kämpfen muss, um dort verarbeitet zu werden. Wie immer wieder *Error, Error, Error* vor ihrem inneren Auge als Warnung erscheint.

»Aber …«, stammelt Mutter. »Hast du nicht gesagt, dass du …«

Ich habe meinen Eltern vor sehr langer Zeit, es war am Anfang meines Kunstgeschichtestudiums, erzählt, dass ich auf Frauen stehe. Es war der erste April. Ich war zufällig übers Wochenende zu Hause. Ihre Beschränktheit hat mich wieder einmal angekotzt. Ich wollte sie reinlegen, herausfordern, ihre stocksteife Haltung erschüttern, sie hervorlocken aus ihrem konservativ eingerichteten Gedankennest. Alles, was sie nach meiner damaligen Offenbarung sahen, waren die Nachbarn, wie sie über uns tuscheln würden, sollte ich irgendwann eine Freundin mit nach Hause bringen, wie sie über die frisch geschnittenen Thujen lugen würden, die Neugierigen mit ihren Vorstadtstielaugen, wie sie meine Eltern befragen würden, wer denn das sei, warum die so oft zu uns komme, diese Frau, diese Freundin ihrer Tochter, die mit ihrem asymmetrischen Haarschnitt und der eigenwilligen Bekleidung beinahe aussehe wie ein Bub, was es damit eigentlich auf sich habe?

»Bist du nicht … Bist du nicht schwul?«, fragt Vater.

»Ich glaube, es heißt lesbisch«, korrigiert ihn Mutter.

»Was ich bin«, sage ich nach einigen Sekunden, »geht euch nichts an. Außer ihr wollt mir auch von eurem Sexualleben erzählen, hm? Wie läuft es denn so im Moment bei euch im Bett?«

»Also wirklich!«, sagt Vater. »Das müssen wir uns nicht gefallen lassen.«

»Du … du bist also wirklich schwanger?«, fragt Mutter, um schnell das Thema zu wechseln. »Du kannst dir nicht vorstellen, wie sehr ich mich für dich freue.« Ihre Worte klingen hohl, als würde sie eine vorgefertigte Antwort geben, einen Spruch von ihrem Blumenbouquet-Kalender ablesen, ihn mir ins Ohr gießen.

Vater räuspert sich. Oho, er will etwas Wichtiges sagen, uns etwas ganz, ganz Wichtiges mitteilen. Alle bitte aufgepasst. »Bist du nicht …«, räusper, räusper. »Bist du nicht schon etwas zu alt dafür?«, fragt er.

»Sag das nicht«, flüstert Mutter Vater zu, in der Hoffnung, ich hätte es nicht gehört.

Eigentlich hatte ich vor, Ihnen von der Adoption zu erzählen. Sie kennen Sue. Einmal habe ich mich tatsächlich getraut, sie mit nach Kärnten zu nehmen. Ich habe sie als meine Partnerin ausgegeben. Meine Eltern zu verarschen hat großen Spaß gemacht. Nun frage ich mich, ob ich nicht bei den Lügen bleiben sollte, warum ich ihnen überhaupt noch irgendetwas erzählen sollte, was der Wahrheit nahekommt. Was verraten sie mir? Wie das Wetter gestern im Villacher Becken gewesen ist? Heiter mit Aussicht auf Kasnudeln? Ich sollte meinen Plan ändern. Ich ändere ihn.

Ich sage: »Man hat festgestellt, dass es geistig behindert sein wird.«

Da schnappt Mutter nach Luft und gibt einen Laut von sich, als hätte sie plötzlich sehr starke Schmerzen. Mutter. Die arme Mutter. Niemand weiß besser, was es bedeutet, ein behindertes Kind zur Welt zu bringen, es zu pflegen.

»Du solltest es abtreiben lassen«, sagt Vater kurzatmig. Er weiß nichts über Kinder. Überhaupt nichts. Er tut nur so. Wie alle Männer. Sie geben vor, etwas zu wissen, über alles Bescheid zu wissen, damit sie sich erhöhen können, vor anderen gut dastehen und stets die Oberhand behalten, um ihr winziges Selbstbewusstsein damit aufzupäppeln. Und deshalb ist er es, der nun spricht, nicht Mutter, deshalb ist er es, der glaubt, mir sagen zu müssen, mir sagen zu dürfen, was in solch einem ungemein tragischen Fall unbedingt zu tun sei.

»Spinnst du?«, brüllt Mutter, so laut, dass der kleine Lautsprecher meines Handys knistert. »Hätte ich Gustav etwa abtreiben lassen sollen?« Schaut sie ihm in die Augen? Traut sie sich? Aber ja doch. Wann, wenn nicht jetzt? Ich wünschte, ich hätte sie per Video-Telefonie angerufen, um Zeugin von Mutters Blick sein zu können. Und Vaters Gesichtsausdruck, der in diesem Moment mit Sicherheit mit all seiner unter der faltigen Haut versteckten Mimik *JA* sagt, *ja, ja, ja! Natürlich hätte er abgetrieben gehört! Wozu ist er denn nutze? Kann er auf dem Bau hackeln? Nein. Kann er Bier trinken? Nein. Kann er ihm ein Enkerl schenken? Nein. Gustav hätte gar nie auf die Welt kommen sollen. Nicht dürfen!*

Wie kann ich nur so ein verlogenes Arschloch zum Vater haben. Schön, dass ich Mutter aus der Reserve locken konnte, dass ich es mit meiner Lüge geschafft habe, einen Teil ihres verschütteten, alten Ichs, das sie einmal gewesen sein dürfte, zu aktivieren. Wenn auch nur für einen kurzen Moment.

Was das eigentlich mit Gustav zu tun habe, meint Vater.

Ob er sich nicht daran erinnert? Ob er sich nicht erinnern will? Dass Mutter von Gustavs Geburt an das Gefühl hatte, etwas stimme nicht mit ihm. Dass sie sich nicht sicher war, ob sie ihn ins Krankenhaus bringen solle. Weil er nicht trank, wie ein Baby trinken soll. Weil er nicht schaute, wie ein Baby in seinem Alter schauen soll, sich nicht drehte und aufrichtete, wie sich ein Baby drehen und aufrichten soll, nicht lächelte, wie ein Baby in seinem Alter lächeln soll. Mit den vorgeburtlichen Untersuchungen hatte man es damals noch nicht so ernst genommen, jedenfalls war keine Anomalie entdeckt worden, demnach hätte er nicht anormal sein dürfen. Und doch. Er war anders, sie wusste es, Mutter wusste es, Vater musste es durch seinen Alkoholspiegel hindurch ebenfalls bemerkt haben. Gustav war anders, ja, aber er *war*. Er war lebendig. Da gab es einen Blick. Es gab Interaktion. Er antwortete. Auf seine Art. Langsamer. Behutsamer. Als wäre zwischen ihm und der Welt ein zart gewobener Seidenschal, den er nicht beiseiteschieben konnte. Es war sein Leben, sein Bemühen, das Äußere zu sehen, es gebrochen in sich hineinzulassen. Und dann kam das Fieber. Und das zweite kurz darauf. Nach langem Hin und Her, nach Mutters Tränen und Vaters Geschrei: im Krankenhaus abgegeben. Nach sechs sorgenvollen Tagen und ebenso vielen schlaflosen Nächten mit bis zur Haut abgebissenen Nägeln in die Stadt gefahren. Da war Gustav schon nicht mehr im Krankenhaus. Da war er bereits in der Psychiatrie. Warum hatte man sie nicht informiert? Ein schlaffes

Etwas legte man Mutter, nachdem sie darum gekämpft hatte, es mit nach Hause nehmen zu dürfen, in die Hände. Es war Gustav, ihr Gustav. Und er war es nicht. Weil er anders war, anders als zuvor, anders als anders. Als hätte man seine Seele um drei Zentimeter zur Seite gedrückt, als wäre sie nicht mehr in seiner Mitte verankert. An diesen Satz kann ich mich noch gut erinnern. Mutter hat ihn einige Male wiederholt, als ich alt genug war, um sie nach Gustavs Lebensweg zu fragen, und Mutter alt genug war, um darüber mit jemandem sprechen zu können, ohne von einem Heulkrampf gebeutelt zu werden. Seine Seele zur Seite gedrückt. Mit dem Bus ist sie damals nach Hause gefahren, eigenes Auto besaßen sie noch keines. Alle Körperspannung des Kindes schien sich in Luft aufgelöst zu haben. Abgesaugt hat man sie ihm, heruntergedimmt das Flämmchen in seinen Augen, weggepustet die Regungen seiner Arme und Beine. Das Lächeln, auch wenn es zuvor niemand sonst erkannt haben mag, es war da gewesen. Wo war es hin? Und Gustavs ungelenke Bewegungen waren ihr zutiefst vertraut gewesen. Warum hat man sie ihm genommen? An deren Stelle traten nun neue Verhaltensmuster: ein unkontrolliertes Zucken, ein Schaukeln, die offensichtlich schmerzhaften Krämpfe. Was genau in dieser knappen Woche mit ihm passiert war, was man ihm angetan haben könnte, das weiß Mutter bis heute nicht. Sie unterstellte den Ärzten keine böswilligen Taten, sie wussten es wohl nicht besser. Nein, es war andersherum. Sie hasste sie, die Ärzte, seitdem hörte sie nicht auf, sie zu hassen. Es war halt eine andere Zeit, nicht wahr?, könnte Vater beschwichtigend einwenden, Vater, der es stets schafft, zur falschen Seite zu halten, anstatt seiner Frau Halt zu geben, der es stets schafft, im falschen Moment das Falsche zu sagen. Sie hätte Gustav niemals dorthin bringen dürfen, sagt Mutter. Niemals. Nein. Niemals, auf gar keinen Fall! Diese eine Entscheidung, diesen grob fahrlässigen Fehler, sie werde ihn sich nie verzeihen können. Nie, nie, nie! Sie trage Mitschuld, wenn nicht die ganze. Gustavs Seidenschal, der zwischen ihm und der äußeren Welt lag, war in den Tagen, in denen er nicht bei seiner Mama sein durfte, dicker geworden. Er ist womöglich gar kein Seidenschal mehr, eher ein Schal aus Baumwolle, zentimeterdick, kaum zu durchdringen. Und doch. Die Liebe, sagt Mutter, die Liebe gelangt hindurch. Von ihr zu ihm. Von ihm zu ihr. Als wäre da keine Trennung. Nichts, das sie aufhält. Als würde sie von ihr zu ihm und von ihm zu ihr finden, ohne Worte, ohne Blicke, ohne Umwege, direkt.

Was das eigentlich mit Gustav zu tun habe, meint Vater.

Mutter hustet, sagt nichts. Vater hat keine Antwort verdient. Arschlöcher verdienen keine Antworten. So fröhlich wie möglich rufe ich: »April, April!«, und lege auf, ohne ihnen alles Gute zum Geburtstag gewünscht zu haben.

Ich dürfte nichts trinken, ichweißichweißichweiß, aber ein Gläschen, kein Achterl, nein, ein Sechzehnterl, wird der Frucht meines verfluchten Leibes nicht schaden. Bestimmt nicht. Ich öffne eine Flasche Rotwein – meine Lieblingssorte aus dem Kamptal –, schenke mir ein, zugegeben, es ist etwas mehr als ein Sechzehnterl, wohl eher ein Achterl, egal, ich nehme einen kleinen Schluck. Fuck, darauf soll ich bis zur Geburt verzichten? Es gibt

Momente, in denen ich gerne in der Zeit zurückreisen würde, durch Mutters Geburtskanal in die Gebärmutter zurückgleiten, kleiner, immer kleiner werden, zu einem Embryo zusammenschrumpfen, um schließlich als Spermium durch den Penis zurück in die Hoden zu schwimmen und dort drinnen, in Vaters Hodensack, geräuschlos zu explodieren, ihn von innen heraus mit Wucht zu zerfetzen. Hätte er mich nur geschlagen, als ich ein Kind war, dann könnte ich die Wut zielsicher auf die erlittene körperliche Gewaltausübung zurückführen, das Trauma nähren. Aber er hat mich nicht geschlagen, da konnte er noch so besoffen in mein Kinderzimmer torkeln, um mir ein Gutenachtküsschen zu geben. Rieche ich Bier, rieche ich seinen warmen Atem. Immer noch. Vaters verfickter Biergeruch, ich kann ihn nicht ausstehen, konnte ich nie. Der Kaffeegeruch von Mama hingegen war mir stets sehr vertraut. Ich greife nach dem Weinglas, überlege, halte das Glas über das Spülbecken und kippe das kostbare Rot in den Abfluss. Hinzusehen bereitet mir beinahe physische Schmerzen. Wie oft habe ich diesen Vorgang schon wiederholt in den letzten Wochen? Ich greife nach dem Handy. Ich wähle die Nummer von Marvin und überlege mir, während es tutet, wie ich es am besten angehe, ihm reichlich Honig ums Maul zu schmieren.

10

Ich habe Marvin das Abendessen als Business-Meeting verkauft. Es ist ihm nicht entgangen, dass ich es war, die ihn an die Galerie Grohlinger empfohlen hat, und dass er somit tief in meiner Schuld steht. Was er nicht weiß, ist, dass Sue und ich beste Freundinnen sind. Was er nicht weiß, ist, dass seine Gene in meinem Körper Wildwuchs betreiben. Was er nicht weiß, ist, dass er mit ziemlicher Wahrscheinlichkeit ein Volltrottel ist. Gut, das weiß er vielleicht sogar.

Mit müdem Gesichtsausdruck erscheint er an der angegebenen Adresse. Kann er auch anders dreinschauen? Ich bin mir nicht sicher. Aber das ist der heutige Ausdruck der Twens. Meine Generation schaute noch grantig drein, aufwieglerisch, herausfordernd. Nun wirken die Gesichter desinteressiert, gelangweilt, dahinter liegt freilich eine hohle Sexyness verborgen. Unter einem weiten Hoodie muss sie versteckt sein, auf keinen Fall darf sie offen zur Schau getragen werden. Je desinteressierter, umso interessanter? Es wird wohl etwas mit dem global wütenden Sicherheitsgedanken zu tun haben. Hauptsache *safe*, hier, wo wir sind; sollen die anderen, die irgendwo anders sind, sollen sie krepieren, sollen sie, während wir gute Höhenluft schnuppern, doch endlich ersaufen!

»Na, so pünktlich?«, rufe ich Marvin entgegen. »Kommen Künstler nicht immer zu spät?«

»Nur die, die nichts draufhaben«, ruft Marvin zurück und lächelt verhalten, da er sich, wie mir scheint, nicht sicher ist, ob er den Mund nicht zu voll genommen hat. Die Straßenlaterne stützt seinen Oberkörper an der linken Schulter, als könne er ohne ihre Hilfe nicht aufrecht stehen, als bräuchte er ihren Halt, ihre Härte, um die kühne Behauptung aussprechen zu können.

»Du musst es wissen«, meine ich, trete auf ihn zu und zupfe an seinem schiefen Kragen, wie es eine Mutter täte. Als es mir bewusst wird, ziehe ich rasch die Hand zurück. Er streckt mir zögerlich seine Rechte entgegen, ich schiebe sie beiseite und gebe ihm links und rechts ein Küsschen. Nun, wo er der Erzeuger von Sues und Jens Kind ist, der *Ghostfather*, wie ich ihn gern zu nennen pflege, habe ich nichts gegen eine gewisse Nähe.

»Kaum unter Vertrag und schon so selbstsicher?«, frage ich. Er zuckt mit den Schultern. Seine Augen leuchten merkwürdig kontrastarm, während das Licht der Laterne seine dunkle Haut fahl erscheinen lässt.

»Was ich künstlerisch mache, habe ich noch nie infrage gestellt«, meint Marvin. Diese Aussage will nicht recht mit seinem Erscheinungsbild harmonieren. Schon möglich, sage ich mir, dass er als Mensch, als Privatperson eine verdeckte Unsicherheit ausstrahlt und diese künstlerisch zum Ausdruck bringt. Wie viele Menschen gibt es, die ähnlich fühlen? Viele. Sehr, sehr viele. Beinahe alle. Die Kunstinteressierten unter ihnen werden sich in Marvins Werken wiedererkennen und sich bei jeder Betrachtung ein klein wenig wundern, dass sie wegen der eigenen Unvollkommenheit, und obwohl sie so wahnsinnig viel verdienen, nicht aufhören können, Scham zu empfinden.

»Lass uns reingehen«, sage ich, gehe aufs dunkelrote Haustor zu und drücke auf den schwarzen Knopf, der sich neben der Nummer sieben befindet.

Sue fällt Marvin um den Hals. Zu überschwänglich, wie ich finde. Hinter seinem Rücken runzle ich die Stirn und schüttle vehement den Kopf. Sue sieht es nicht, da sie die Augen geschlossen hat. Warum zur Hölle hat sie die Augen geschlossen? Dafür scheint Jen, die sich hinter Sue befindet, meine Zeichen erkannt und richtig gedeutet zu haben. Als Sue endlich von Marvin ablässt, reicht Jen dem sichtlich verwirrten Bürschchen die Hand und schüttelt sie zackig. Gut möglich, dass sie es in die entgegengesetzte Richtung übertrieben hat. Ein Roboter hätte mehr Menschlichkeit zur Schau gestellt. Sie wird aufgeregt sein. Ja. Dieses starre Genick, als könne sie ihren Kopf nicht unabhängig vom Oberkörper zur Seite neigen. Lieb ist sie. Muss ich leider zugeben. Alle beide sind sie lieb. Eigentlich alle drei. Und ich? Da wäre es angebracht, nach anderen Adjektiven zu suchen.

Wie die Zeit vergeht und ich es nicht bemerke. Wie ich nicht recht anwesend bin, an meinen Bruder denke und an die Arbeit, die zu erledigen ist, bevor ich wegen der Geburt ans Bett gefesselt sein werde. Wie ich Essen in mich hineinstopfe, dessen Geschmack mir nichts sagt. Wie ich ankomme, ganz langsam ankomme im Wohnzimmer meiner besten Freundin. Wie mein Blick zu einem Raster wird. Wie Jens Blicke alle drei Sekunden Marvins Gesicht abtasten und Sues Hand bei einem besonders lustigen Witz wie beiläufig über Marvins Unterarm fährt, die Härchen an seiner braunen Haut streift.

Ob er in Wien geboren sei?, fragt sie Marvin, nachdem sie mit Jen die leergeputzten Teller – wir hatten Sushi, Maki und Pho Bo Hanoi gegessen – in die Küche gebracht hat. Ja, er sei ein *echter* Wiener, scherzt er. Seine Mutter komme aus Brasilien, sein Vater aus England.

Beide hätten Physik studiert und sich in Wien bei einem Auslandssemester kennengelernt. Seitdem hätten sie sich nicht aus den Augen verloren und seien zu weiteren Forschungszwecken hierher zurückgekehrt.

»Es dauerte nicht allzu lange, da bin ich auf die Welt gekommen. Bloß hatten sie nicht viel Zeit für mich. Ein Forschungsprojekt war kurz vor dem Abschluss. Und bald darauf das nächste. Sie standen quasi Tag und Nacht im Labor oder unterrichteten auf der Uni. Ich musste sie mir herbeidenken.«

Mein Rasterblick gleitet über die Gesichter von Jen und Sue. Beide sitzen sie da, als hörten sie die Worte eines Gurus. Volle Aufmerksamkeit, Dauerlächeln. Und doch bilde ich mir ein, Sues Angstschweiß riechen zu können.

»Mit meiner Mutter, ich meine, mit meiner Tagesmutter«, plappert Marvin, als handle es sich um ein Bewerbungsgespräch, bei dem vor allem die Redseligkeit unter die Lupe genommen würde, »sie hieß Rosalia, aber alle nannten sie Rosie, hatte ich Glück. Ihre große Leidenschaft war – und das ist kein Scherz – zufälligerweise Malerei. Sie war ein Riesenfan von Bob Ross. Ihr lacht, aber ich …«

»Ich lache nicht«, sage ich.

»Ah, okay«, sagt Marvin, schaut kurz zu Sue, um von ihr ein beruhigendes Kopfnicken abzuholen und redet weiter, während ich von ihr einen Stoß ans Schienbein erhalte: »Wenn mir langweilig wurde, oder wohl eher Rosie mit mir, drückte sie mir Malstifte in die Hand und legte einen Zeichenblock vor mich hin. Sie malte derweil Kopien von Bob-Ross-Landschaften. Dass es wirklich schlechte Kopien waren, habe ich freilich erst sehr viel später bemerkt. Zu Beginn ahmte ich sie nach, bald aber habe ich versucht, Mama und Papa zu zeichnen, die anfangs wohl eher Monstern glichen. Vielleicht male ich heute immer noch Monster«, sinniert Marvin und tippt mit den Fingerspitzen auf die Tischplatte.

Sue wirft Jen einen bedeutungsschweren Blick zu, als hätte Marvin soeben eine noch nie ausformulierte, mystische Weisheit ausgesprochen.

»Als ich keine Betreuung mehr brauchte, fing ich an, Rosie zu vermissen. Ich begann, ihr Gesicht zu malen, ihre behäbigen Gesten«, fährt Marvin fort, greift nach seinem Glas Wasser, nimmt einen großen Schluck. »Als ich sie eines Tages zufällig wiedersah, erschrak ich, denn sie hatte stark abgenommen. Ich habe sie geradeheraus gefragt, ob sie sterben werde. Ja, hat sie gesagt und hinzugefügt, dass alle sterben würden, wirklich alle. Dann haben wir ein wenig über Bob Ross geplaudert, da mir ihre apokalyptische Antwort für den sonnigen Tag zu düster und zugleich allzu wahr erschien. Zum Abschied hat sie mir die Hand gereicht. Sie war faltig, knochig, kalt…« Marvin greift wieder zu seinem Glas, überlegt es sich anders, zieht die Hand zurück zum Körper und faltet sie im Schoß.

»So gesprächig heute?«, sage ich. »Eine reizende Geschichte.«

Sue lässt mich ihren kritischen Blick spüren, der sich in meine Augen ätzt und mir sagt, ich solle gefälligst meinen Mund halten, damit Marvin mehr von seinem Leben preisgeben könne. Jedes Wort sei von Bedeutung, jedes ausgesprochene Geheimnis eine Bereicherung. Backstory für den Erben, wenn man so will.

»Ich möchte nicht unhöflich sein«, sagt Marvin, »aber gibt es irgendeinen besonderen Grund, warum es nur Wasser zu trinken gibt?«

Jen schaut Sue an, Sue schaut mich an, ich schaue Marvin an.

Ich sage: »Gestern abgesoffen.«

»Genau!«, führt Jen, als wäre der Roboter in ihr plötzlich wieder zum Leben erweckt worden, mit monotoner Stimme aus. »Wir haben gestern lange gefeiert. Kann passieren, nicht?«

»Zu tief in die Flasche geschaut«, meint Sue, fügt hinzu, dass es auf ausdrücklichen Wunsch hin auch naturtrüben Apfelsaft gebe und lacht dabei so laut auf, dass sich etwas in meiner Brust zusammenzieht. Dieses Etwas zieht sich weiter zusammen, und weiter. Bis es beginnt, wehzutun. Ich richte mich auf, lege eine Hand aufs Brustbein, schleiche mit einer leisen Entschuldigung ins Bad, stelle mich vor den Spiegel und zwinge mich dazu, langsam und tief ein- und auszuatmen. Am Waschbecken klammere ich mich fest. Das ganz arge Stechen bleibt diesmal aus. Gut möglich, dass die Schwangerschaft einen positiven Einfluss auf meine körperliche Konstitution ausübt. Die Hormone schwächen die Spitzen ab, schleifen die Gipfel, ebnen die schroffen Berge zu angenehm aushaltbaren Almen ein. Der Druck in der Brust lässt nach. Es geht wieder. Es geht. Ich knipse das Licht im Spiegelschrank an, schiebe mein Gesicht nach vorne. Kann es sein, dass meine Wangen bereits etwas dicker geworden sind? Ein unangenehmes Ziehen schießt mir in die Wirbelsäule. Ich stelle mich aufrecht hin, greife nach hinten und berühre meinen Rücken. Ob der in Kürze prall gefüllte Bauch zu starken Schmerzen führen wird? Morgen muss ich wieder zur Frauenärztin. Scheiß Verpflichtungen. Aber was ärgere ich mich über Dinge, die sich nicht ändern lassen. Den Klodeckel klappe ich nach unten, setze mich darauf. Ist das nicht die Aufgabe von alten Leuten? Sich darüber zu mokieren, dass der Zustand der Gesellschaft stets schlecht sei, jedenfalls im Begriffe, Tag für Tag schlechter zu werden? Da gehöre ich nicht dazu. Werde ich nie dazugehören. Wenn es irgendwann so weit sein sollte, dass ich Schläuche brauche, die mir Flüssigkeiten in die Blutbahnen und Sauerstoff in die Lungen pumpen, dann bin ich raus. Der Hippokratische Eid kann mich herzlich am Arsch lecken. Sollen sie mich im Krankenbett verrecken lassen! Wenn ich mich nicht mehr einbringen kann, wozu dann die Qual?

Mit einiger Anstrengung erhebe ich mich vom geschlossenen Klodeckel, öffne ihn und übergebe mich so leise wie möglich. Ich betätige die Spülung, trinke einen Schluck Wasser und kehre zurück zur fröhlich plappernden Runde, die ich mit einem zugedrückten Auge – why not? – durchaus meine Familie nennen könnte.

Kurz nach der Türschwelle zum Wohnzimmer, über die ich bei vergangenen Besuchen schon mehr als einmal gestolpert bin, trete ich mit dem rechten Fuß auf etwas Weiches, das augenblicklich zu rutschen beginnt; meine Ferse gleitet nach vorne hin weg, während mein linker Fuß auf die Schnelle nirgendwo Halt findet. Ich verliere den Kontakt zum Boden, den Kontakt zu allem, zur Welt. Für kurze Zeit schwebt mein Körper, er schwebt vom Leben hinüber zum Tod. Welch dünnes Bändchen diese beiden Enden zusammenhält. Ich sehe gerade noch das Gemälde, das Sue beim letzten Rundgang von einer Studierenden der Akademie erworben hat – ihr Name will mir während des Flugs partout nicht einfallen –, Baumwollfäden, mit einer Nadel durch die unbehandelte Leinwand gezogen, sehr minimalistisch, gleichzeitig plastisch, klar; da spüre ich – mein Hinterkopf muss gegen die Kante der Türschwelle gekracht sein –, einen furchtbaren Stich im Nacken, und kurz darauf, wie etwas Warmes aus meinem Schädel quillt. Mein letzter Blick fällt auf Miezes zerbissenes Stofftier. Es hat mich hinübergerissen. Ein kleines Etwas aus Stoff. Lächerlich! Zumal ich es nicht verdient habe, zu sterben. Noch nicht. Im Gegensatz zu vielen anderen, zu all den Idioten da draußen, die leben und leben und leben, obwohl sie doch besser krepieren sollten! Ich höre Sues und Jens Schreie nicht, dafür Marvins Schweigen. Vielleicht ist das von der anderen Seite aus möglich. Alles Stumme und Leise wird laut, extrem laut und alle Schreie verpuffen in bedrückender Stille. Alles Helle wird dunkel und alles Schwarze schwirrt grell durch die Luft. Ich sterbe, hinterlasse ein Museum, das lange noch nicht erwachsen ist, wie andere Sterbende ihre heranwachsenden Kinder hinterlassen. Ich sollte nicht sterben. Darf nicht. Muss. Fürs Schließen der Augen bleibt mir leider keine Zeit.

Ich lasse meinen Hintern auf den gepolsterten Stuhl fallen und frage Marvin, ohne hinzuhören, worum es im Gespräch gerade geht, warum er, wenn er schon solch eine klassische Darstellung von Körpern und Gesichtern bei seiner Malerei bevorzuge, nicht wenigstens über die Leinwand hinausmale, wie zum Beispiel Elke Krystufek.

»Wieso sollte ich etwas tun, das bereits jemand gemacht hat?«, fragt er.

»Falsche Antwort«, sage ich. »Alles, was du tust, hat bereits jemand vor dir gemacht. Oder bist du der Erste, der Körper malt?«

»Seine Malerei ist eigenständig genug«, mischt sich plötzlich Sue ein.

»Ah!«, mache ich. »Du musst ihn natürlich verteidigen.«

Sue hebt den rechten Daumen.

»Ich male die Menschen, darunter mich selbst, wie ich sie sehe«, gibt Marvin zu verstehen. »Ich. Niemand hat jemals einen Menschen gemalt, wie ich ihn sehe. Es gibt nur einen, der das kann.«

»Gerhard Richter?«, werfe ich ein. »Kann der nicht alles?«

»Haha«, macht Marvin. »Im Ernst jetzt: Niemand sieht mich selbst, wie ich mich sehe. Niemand sieht andere, wie ich sie sehe. Niemand kann das so in Malerei umwandeln, dass es aussieht, wie meine Werke aussehen. Ich möchte nicht hochmütig sein, da geht es um reine Fakten, um Logik. Maria Lassnig hätte mich verstanden, aber dem Verständnis einer Kuratorin sind eben Grenzen gesetzt.«

Zugegeben: Dieser Stich hat gesessen. Drecksau.

»Vielleicht«, sagt Jen, »malt er einfach nur deshalb nicht an der Wand, weil man sie nicht verkaufen kann?«

»Meine liebe Jen«, sage ich, »von Banksy hast du noch nichts gehört? Dass seine sogenannte Kunst, die er an Hauswänden hinterlässt wie ein an die Mauer pissender, an Inkontinenz leidender Hund, um Millionen über den Ladentisch geht?«

Jen blinzelt, nickt.

»Banksys Arbeiten«, führe ich weiter aus, »sind im Grunde vorhersehbar, das heißt langweilig. Sie sind handwerklich gut gemacht, keine Frage, und die Ideen sind an sich catchy, auch wenn er die Stencil-Technik nicht erfunden hat, und doch wirken seine Sachen, wenn man länger als eine Sekunde darüber nachdenkt, wie Möchtegern-Kunstwerke einer Londoner

Werbeagentur. Sie sind substanzlos, zum Teil kitschig und klischeebehaftet.«

»Warum genau?«, fragt Jen, lehnt ihren Oberkörper nach vorne und stützt ihn mit den Unterarmen auf der Tischplatte ab, als würde ihr Kopf ohne deren Hilfe nach vorne auf den Teller klatschen.

Ich lehne mich zurück, um Jens Antipodin zu spielen. »Wenn man seine Werke sieht«, antworte ich, »sind alle Fragen beantwortet. Da ist, sobald ich hinsehe, alles augenblicklich klar. Das ist Kunst, die auf Instagram schnell geliked werden kann. Nicht viel mehr als ein PR-Gag. Gut gemachte Kunst soll aber nicht augenblicklich klar sein. Gar nichts soll klar sein, wenn wir uns vor einem Kunstwerk befinden. Oder mittendrin. Ich erinnere mich an die documenta13, wo im Fridericianum nichts anderes als ein Luftzug zu spüren war. Es gab nichts zu sehen, was jemand hätte kaufen können. Ein leerer Raum, gefüllt mit Wind. Banksys Landsmann Ryan Gander hat kapiert, worum es geht. Kunst sollte Fragen aufwerfen, keine Antworten liefern. So sehr ich Banksys politische Haltung schätze, so sehr graut mir vor seinen inszenierten Schablonengraffiti-Pisseflecken, die er quer über die Welt verteilt. Ich kann diese scheiß Kinder mit ihren roten Ballon-Herzchen nicht mehr sehen, seine Drecks-Ratten mitsamt all seinen billigen Kalendersprüchen!«

»Wenn es denn überhaupt ein *Er* ist«, meint Marvin, »es könnte genauso gut eine Frau sein oder ein Kollektiv.«

»Das ändert nichts an den Werken an sich«, sagt Sue.

»Danke, dass du mich unterstützt.«

»Gern geschehen.«

»Also ich mag seine Sachen«, sagt Jen leise. Alle

schauen sie an. Sie langt in die Mitte des Tisches und greift nach einer auf einem silbernen Tablett liegenden Praline, öffnet ihre Lippen weiter als nötig, legt das geile Schokoding auf ihre Zunge, schließt den Mund, zuckt mit den Schultern.

»Und du?«, fragt Sue Marvin. »Siehst du Banksys Arbeiten ebenfalls kritisch?«

»Es geht nicht darum, seine Sachen gut oder schlecht zu finden«, antwortet er nach gefühlten zehn Minuten – ich war mir schon fast sicher, dass er mit offenen Augen eingeschlafen ist. »Es ist wie in der Musik. Ist Popmusik per se gut oder schlecht? Kann man sie erst im Vergleich zu Klassik oder Jazz abwerten? Ich finde, Musik sollte vor allem gut gemacht und in sich schlüssig sein. Banksy macht meiner Meinung nach genau das. Sein Schaffen reicht, wenn wir beim Pop bleiben wollen, freilich nicht an die Genialität der Beatles ran. Und doch gibt es Dinge, die, wenn man sie sieht, mehr wehtun als seine Werke.«

»Vielen Dank Marvin, dass du uns aufklärst«, sage ich, »aber mir fallen ehrlich gesagt nicht viele Dinge ein, die, wenn ich sie sehe, mehr wehtun. Da hat mir *Puber* noch besser gefallen mit seiner krankhaften Manie, sein *Tag* an allen Hauswänden Wiens zu hinterlassen. Aber den kennst du gar nicht mehr, dafür bist du zu jung. Und Sue hat dich nicht um eine hübsche Analogie gebeten. Sie hat dich gefragt, ob du seine Sachen kritisch siehst.«

»Ist das hier eine Prüfung?«, fragt er.

Aus meinem Mund kommt ein Ja, aus Sues Mund ein Nein.

»Du willst also wissen, ob ich auf Popmusik stehe?«, sagt er.

»Ja, verdammt!« Mit der Faust schlage ich auf den Tisch. Gläser klirren. Eine Praline fällt von der Glasplatte.

Jens Augen weiten sich. Ihre Hände krallen sich an der Stuhllehne fest. Bestimmt denkt sie sich, dass ich nicht wütend werden darf, damit der Fötus nicht ebenfalls wütend wird, wütend auf die Welt kommt, wütend in die Welt blickt. Screw you! Marvin hingegen bleibt ruhig. Er hat ja auch schon andere, heftigere Schläge von mir bekommen. Ach, am liebsten würde ich ihm nochmal ins Gesicht schlagen. Nur einmal noch. Bitte, bitte, darf ich? So brav, wie er aussieht. Blinzelt. So unschuldig. Unverbraucht. Er hat einen Fausthieb verdient. »Sag schon«, schreie ich ihn an, klammere die rechte Hand ans Glas, damit sie mir nicht ausrutscht und in seine schön geformte Nase gleitet. »Stehst du nun auf Schlager?«

»Aber klar doch!«, sagt Marvin, lehnt sich zurück, grinst uns an und fügt hinzu: »An manchen Tagen. An anderen höre ich lieber Klassik oder Jazz.«

»Fair enough«, sagt Sue. »Und nun beruhigen wir uns wieder, ja?«

»Schmarrn«, sage ich und schaue Marvin an. »Gib doch zu, dass du einfach nicht den Mumm hast, dich festzulegen.«

»Es ist, wie ich gesagt habe«, meint er ruhig und ohne mit der Wimper zu zucken. Er muss ihn erwarten, den Fausthieb, er weiß es, er weiß ganz genau, dass ich kurz davor bin, ihm seine Nase zu brechen. Woher kommt diese Wut auf ihn? Hat er mich denn nicht überglücklich gemacht, indem er mich geschwängert hat? Das ist doch der Frauentraum schlechthin! Oh ja, die Empfängnis war wunderbar. Ich habe das Kind empfangen. Zu einer Empfangsdame hat er mich gemacht. Andere dürfen nicht, können nicht, da sollte ich doch gefälligst froh sein, meinen biologischen Zweck erfüllen zu dürfen!?

»Ein geborener Politiker. Lässt sich nicht festnageln«, meint Jen und reißt mich aus meinen Gedanken. »Wenn es mit der Kunst nicht klappen sollte, melde dich bitte bei mir.«

»Sag niemals einem Künstler, dass er es nicht schaffen könnte«, meint Sue.

»Genau«, sage ich. »Lasst uns so tun, als wenn mehr als ein Prozent aller Künstlerinnen und Künstler den Durchbruch vor ihrem Tod erleben. Macht sicherlich ungemein Spaß.«

Ich lache über meinen eigenen Schenkelklopfer, drehe den Oberkörper etwas nach links, um Marvins Schulter zu berühren. Warum ist sie so hart? Trainiert ist er nicht, es muss eine üble Verspannung sein. Und warum bewegt er sich nicht? Bilde ich es mir nur ein oder ist Marvin in eine Art Schockstarre verfallen? Leicht gerötete Wangen. Den Blick auf den eigenen Schoß gerichtet. Schämt er sich? Wieviel verdient er? Kann er überhaupt seine Miete bezahlen? Das eine oder andere Bild habe er bisher auf der einen oder anderen Gruppenausstellung in der einen oder anderen Offspace-Galerie verkauft. So hat er es mir erzählt. Inklusive Wortwiederholungen. Aber sonst? Hat er einen Brotjob, von dem ich nichts weiß? Lebt er prekär? Hat er sich deshalb am Telefon so überschwänglich für den Ankauf bedankt? Weil er ohne das Kleingeld – denn mehr ist es ja nicht –, das ich für ihn rausgeholt habe, Strom und Gas nicht bezahlen könnte? Hat er deshalb immer dieselbe weinrote Hose an, dasselbe dottergelbe T-Shirt? Hat er überhaupt eine Wohnung oder lebt er, was nicht selten in Künstlerkreisen vorkommt, in einem schlecht isolierten, heruntergekommenen Raum, den man übereingekommen ist, Atelier zu nennen?

»Die Sachen von Robin Rhode finde ich nicht uninteressant«, sagt Sue, um die peinliche Stille zu durchbrechen.

»Der geht Streetart etwas subtiler an«, pflichte ich ihr bei. Ich überlege mir, ob ich Marvins Schulter etwas kneten sollte. »Deshalb wurde er ja auch zur Biennale eingeladen, im Gegensatz zu Banksy.«

Sue und ich lachen. Marvin versucht zu lächeln und verzieht dabei, als würde er unter starken Schmerzen leiden, den Mund. Ich lasse seine Schulter los. Er wirkt erleichtert. Jen sagt: »Ein Abend mit Leuten aus dem Kunstbereich ist unglaublich langweilig.«

»Das sagst du nur, weil du dich nicht auskennst«, meint Sue mit einem liebevollen Lächeln, streicht Jen über den Oberarm und fügt hinzu: »Wir könnten auch politisieren.«

»Könnten wir«, sagt Jen und legt ihre Hand auf Sues Hand. »Es wäre jedenfalls unterhaltsamer.«

»Dann würden wir uns aber streiten«, sage ich. »Und das wollen wir doch nicht, oder wollen wir das? Nein, wollen wir nicht.«

»Warum streiten?«, fragt Jen mit einem Anflug von Trotz. »Wir sind doch auf eurer Seite.« Sie nimmt einen Schluck Wasser, ihr rechtes Augenlid zuckt zweimal.

»Eure Partei … haha.« Ich unterbreche mich. Huste. »Eure Partei ist sicherlich nicht auf *unserer* Seite. Sie ist auf der Seite des Erfolgs. Auf der Seite von erfolgreichen Start-ups. Erfolgreich muss man sein, Hauptsache jung, gesund und erfolgreich.«

»Was ist denn schlecht am Erfolg?«, fragt Jen. Ihr Augenlid zuckt abermals. Stellt sie sich dumm? Wie durch Zauberei kommt hinter oder unter ihrem Erwachsenengesicht ein sehr naiv dreinblickendes Mädchengesicht zum Vorschein, das es überlagert. Sie ist in Kaisermühlen aufgewachsen, also quasi in einem kleinen Dorf. Da kann es schon mal vorkommen, dass man die Naivität mit der Muttermilch einsaugt und nie wieder loswird.

»Nichts«, sage ich. »Nichts ist schlecht am Erfolg. Aber vielleicht will jemand ausnahmsweise einfach nur arbeiten, ohne erfolgreich zu sein, ohne es sein zu müssen. Ohne sich diesem ungeschriebenen Scheißgesetz zu unterwerfen, das uns der Konsum und die Ökonomie vorschreiben und aufoktroyieren. Aber das versteht dein parteibuchgeeichtes Gehirn nicht. Künstlerisch produktiv zu sein, ohne den ganzen Mist drum herum, mit dem Sue und ich täglich zu tun haben. Stetig an seinen Werken zu arbeiten ohne lästige, erniedrigende Klinkenputzerei. Darum geht es den meisten, die Kunst machen. Sie wollen einfach nur in Ruhe arbeiten. Wie soll denn bitte Kunst jemals frei sein, wenn sie gleichzeitig erfolgreich sein muss, sich verkaufen, kannst du mir das bitte verraten? Siehst du? Kannst du nicht. Aber Marvin kann davon bestimmt ein Liedchen singen, nicht wahr, mein Lieber?«

Jen will etwas entgegnen, da räuspert sich Marvin. Wir drehen ihm die Köpfe zu. Er räuspert sich nochmals. Und da sehen wir es: Gerötete, wässrige Augen, hängende Schultern. Marvin hat sich noch nicht gefangen, könnte sich, wie er nun auf mich wirkt, jederzeit in einem Heulkrampf auflösen. Zuerst ein aufgeblasener Drei-Meter-Riese, der den Kunst-Macho gibt, dann ein Wurmfortsatz, ein Einzeller.

Als hätte ihm jemand eine Chili-Schote herzhaft in den Arsch geschoben, fährt er plötzlich hoch und brüllt so laut, dass ihm sein Stimmchen tonal entgleitet: Wir hätten ja keine Ahnung, was es bedeute, sich dafür zu entscheiden, Künstler zu sein, sich zu diesem Beruf nach jahrelangem Zweifeln durchzuringen und dann finanziell auch noch auf eigenen Beinen stehen zu wollen. Gehungert habe er. Außer Reis habe er wochenlang nur noch Reis gefressen! Und den Stolz immer wieder begraben, damit sein Ego klein genug geblieben sei. Denn das Selbstbewusstsein müsse mit tiefen Rissen durchsetzt sein, um die Energie aufzubringen, mindestens einmal im Quartal die Eltern und Freunde anzuschnorren. Es sei beschämend gewesen.

»Ist es nach wie vor«, jault er. »Bis zur ersten Einzelausstellung in der Galerie vergeht noch ein Jahr. Und auch dann ist es nicht in Stein gemeißelt, dass sich die Gemälde verkaufen.«

»Das werden sie«, murmelt Sue und klopft mit den Knöcheln leise auf den Tisch. »Mit absoluter Gewissheit.«

Marvin überhört das Gesagte und jammert weiter: Der Winter stehe bevor. Die erhöhten Heizkosten. Mit welchen Ängsten er zu kämpfen habe, tagein, tagaus. Und gleichzeitig solle man bei den Vernissagen groß erscheinen, generell großspurig behaupten, vor allem großformatig malen, denn größere Formate verkauften sich schließlich besser, jedenfalls erzielten sie einen höheren Verkaufswert. Voller Ekel fällt sein Blick auf Sue, die heute Abend – stellvertretend für alle Galerien – für den Konsumwahn ihrer nach Kunstwerken süchtigen, neureichen Klientel herhalten muss. Sie hält seinem Blick stand. Zu lange ist sie schon im Geschäft, um bei solch einem kleinen Fürzchen zu schwanken. Und natürlich weiß sie Bescheid, dass ihre Chefin großformatige Werke bevorzugt.

Marvin keucht. Schweißperlen bilden sich auf seiner flachen Stirn. Er redet, nein, er schreit noch ein bisschen weiter.

»Schnauze!«, rufe ich, als ich es nicht mehr aushalte. »Maul halten!«

Da hält er inne. Wird sich womöglich bewusst, dass er seinen Zorn lieber hätte schlucken sollen. Brav weiter den lässigen, reflektierten Künstler spielen und erst zuhause, oder falls er keines hat, meinetwegen auf der Straße losheulen.

»Niemand hat dich gezwungen, Künstler zu sein«, sage ich. »Und hey, du solltest definitiv zu *money sells* gehen! Dort gibt es Geld ohne jegliche Bedingung. Wusstest du das nicht? Arcus wird dir ein grünes Scheinchen überreichen. Er macht keinen Unterschied zwischen den Menschen. Ich würde mich nicht wundern, wenn er einem Schimpansen einen Hundert-Euro-Schein in die Hand drückt. Am besten, du gehst gleich morgen Vormittag hin. Kleiner Tipp: Mindestens eine Stunde vor dem Aufsperren, sonst musst du sehr lange warten. Und wenn du Arcus ganz lieb bittest, bekommst du noch einen weisen Spruch oder eine Zeichnung als Draufgabe. Die ist bestimmt auch was wert, kannst du online verkaufen.«

Marvin sagt lange nichts, bleibt wie angewurzelt stehen, dann durchzuckt es ihn, als hätte jemand an seinem kleinen Zeh Strom angelegt, er murmelt etwas von *schon so spät,* verabschiedet sich mit heiserer Stimme und überaus höflich bei uns allen, schlurft in den Flur, zieht sich bemerkenswert lange an und verlässt, darauf achtend, dass die Tür so leise wie möglich ins Schloss fällt, die Wohnung.

»So ähnlich hat er sich beim letzten Mal auch verabschiedet«, sage ich. »Wäre Marvin älter, ich hätte auf Midlife-Crisis getippt. So schätze ich: beginnende Depression, vielleicht bereits fortgeschrittene.«

Sue und Jen meinen daraufhin, ich hätte nicht so hart mit ihm ins Gericht gehen sollen. Sympathisch sei er. Empathisch. Gutaussehend. Ja, doch, sehr sogar. Authentisch. Doch, doch. Gerade in seiner Opferhaltung und Bedürftigkeit! Ein ganz Lieber.

»Ein Trottel«, sage ich. »Ein netter Trottel«, präzisiere ich.

Zuvorkommend sei er, meint Jen. Eindeutig depressiv, sage ich. Zurückhaltend, ergänzt Sue. Naiv, sage ich.

»Perfekt«, sagen beide im Chor. Ja, er sei perfekt.

TEIL ZWEI

Manche Dinge besitzen wir nur so lange,
wie sie verloren bleiben …

Rebecca Solnit

11

Darauf bedacht, keine allzu ruckartigen Bewegungen zu machen, damit der prall gefüllte Bauch bei niemandem anstößt, watschle ich durch den ebenso prall gefüllten Ausstellungsbauch. Ohne zu übertreiben: Ich watschle. Seit sechs Wochen befinde ich mich im Mutterschutz. Nicht einmal die Eröffnungsrede durfte ich halten. Die Personalchefin ließ sich nicht erweichen. Man müsse sich an die Gesetze halten. Da dürfe sie keine Ausnahmen machen. Scheiß Gesetze! Fabian durfte endlich im Rampenlicht stehen und so tun, als hätte er irgendetwas mit der Ausstellung zu tun, was aufs Endergebnis nicht nur kosmetische Auswirkungen hatte. Ich habe ihn gezwungen, zu erwähnen, dass der Text, den er übrigens artig auswendig gelernt hat, von mir stammt. Natürlich hat er den Satz kommentarlos gestrichen. Um ehrlich zu sein: Ich an seiner Stelle hätte nicht anders gehandelt. Meine Anwesenheit lasse ich mir trotz Mutterschutz im Nachhinein als Bonus auszahlen. Denn zum privaten Vergnügen bin ich nicht hier. Die Ausstellung ist genauso mein Werk wie das von Annika Kromayr. Bloß ist mein Name kleingedruckt. Ich habe kein Problem damit. Im Gegenteil. Die, die sich auskennen, wissen es zu schätzen. Die Fäden aus dem Hintergrund zu ziehen ist weitaus spannender, als hochauflösend im Vordergrund zu erscheinen, wo jeder jeden Pickel erkennt, wo man nichts mitbekommt, wo man nur seine eigene Arbeit im Fokus hat, keinen Überblick, keine freie Sicht aufs große Ganze.

Wenigstens muss ich mich seit drei Monaten nicht mehr übergeben. Schwanger zu sein ist kein Zustand, es ist ein grausamer Fulltime-Job mit einem grausamen, winzig kleinen Chef, der einem von innen heraus diktiert, was bitte schleunigst zu tun wäre. Meistens ist es Essen, das sehr schnell zubereitet, sehr schnell gegessen und obendrein nahrhaft sein sollte (zumindest, wenn es nach Sue und Jen geht). Außerdem muss stets ein Klo in der Nähe sein: in den ersten Monaten zum Kotzen und in den späteren Monaten zum Pissen. Ich muss doch tatsächlich alle gefühlte fünfzehn Minuten auf die Toilette. Mein Arsch ist schon wund vor lauter Hosen aus- und anziehen. Der Rücken schmerzt, wenn ich länger als zehn Minuten geradeaus gehe. Stiegensteigen ist nur noch mit Pausen möglich. Dabei schnaufe ich wie ein Hund. Das alles wissen die Männer freilich nicht. Gar nichts wissen die. Höchstens, dass sie mindestens einmal am Tag onanieren sollten, damit sie sich abends mit dem Gefühl, heute etwas ganz, ganz, ganz Bedeutendes erledigt zu haben, zufrieden in ihr Bettchen legen und ihre müden Äuglein schließen können. Dann hört es sich aber schnell auf mit ihrem Wissen. Sie haben keine Ahnung, dass mir seit Wochen die Vormilch aus den Brustwarzen tropft. Kolostrum, hat die Frauenärztin bei der letzten Untersuchung vor dem errechneten Geburtstermin gesagt. Stilleinlagen seien von nun an zu verwenden. Sie sagt nicht mehr viel, die Ärztin. Will sie mich damit bestrafen? Ich bin froh, dass sie endlich zur Einsilbigkeit gefunden hat. Schnell rein, schnell raus. Hat sie sich von den Männern abgeschaut. Und die haben keine Ahnung, dass meine Füße in keinen Schuh mehr passen und meine Zehen aussehen wie zehn kleine Wasserleichen. Sie haben keine Ahnung von schleimigem Ausfluss, von Beckenbodenübungen, von Dammmassagen. Dass wir Hochschwangere täglich mit dem Daumen in die Vulva fahren und das Gewebe Richtung Anus strahlenförmig dehnen müssen, damit der Schädel durchflutscht, ohne uns den Damm zu zerfetzen. Warum ich diese Übung überhaupt mache, weiß ich nicht. Vielleicht aus Solidarität allen anderen Schwangeren gegenüber. Vielleicht, weil seit Monaten niemand sonst meine Vulva massiert und ihr ein Mindestmaß an täglicher Berührung zusteht. Was die Geburt angeht, habe ich mich bereits entschieden. Ich lasse mir eine Vollnarkose geben. Nichts will ich davon mitbekommen. Nichts. Das Baby wird per Kaiserschnitt entfernt, aus meinem Körper herausgeschnipselt, damit ich wieder ich bin. Und nur ich allein. Ich mit mir selbst in meinem Körper, ohne Fremdkörper, ohne hormonale Fremdsteuerung. Das Baby soll so leise gehen, wie es gekommen ist. Ich will keine Wehen spüren. Ich will keinen Schrei hören. Keinen Klaps auf den Hintern mitbekommen. Ich will dieses runzelige Ding, das meinem Vater womöglich ähnlicher schaut als mir selbst, nicht sehen, will es nicht voll Käseschmiere auf meine Brust gelegt bekommen, es nicht anlegen, wie es so schön heißt, nein, sicherlich nicht. Meine Brüste gehören mir. Sie sollen schnellstmöglich wieder auf Normalgröße zurückschrumpfen. Seine Haut soll meine Haut nicht berühren. Lange genug haben wir uns berührt. Lange genug hat er meine Lebensenergie angezapft. Es reicht! Sue und Jen werden da sein, werden das Baby auf ihre Brüste, auf ihre Bäuche legen, das ach-so-wichtige Bonding betreiben. Es ist ihr Kind, nicht meines.

Die ganze Wiener Kunstszene ist da. Ach was, die ganze österreichische. Ich lächle Menschen an, die ich vom Sehen her kenne, jedoch nicht weiß woher genau, schaue – im doppelten Sinne des Wortes – bedeutungsschwanger, wenn ich bemerke, dass das Objektiv eines Reporters auf mich gerichtet ist, schüttle Hände.

Vier Drohnen ziehen dicht über den Köpfen der Besuchenden ihre Bahnen, zeichnen unsichtbare Linien und Kurven in die Luft, Vektoren und Parabeln; sie nehmen mit ihren Kameraaugen alles auf, nehmen die Gesichter der Menschen ins Visier, erfüllen mit ihrem bedrohlichen Surren den Ausstellungsraum. In vier Ecken stehen vier schwarz gekleidete Menschen, den Blick starr auf die Drohnen gerichtet, die sie mit Fernsteuerungen durch den Ausstellungsraum navigieren. Über Lautsprecher hören wir unterdessen in einem ununterbrochenen Loop eine fiktive, etwa halbstündige Geschichte über einen Diplomaten, der durch einen Drohnenangriff seine Familie, seinen Beruf, seine Sprache verloren hat.

Annika Kromayr nickt mir von Weitem zu. Wie gut es sich anfühlt, jemandem auf Augenhöhe begegnen zu können. Auch Arcus befand sich auf Augenhöhe, wenn auch auf einem anderen, weit entfernten Stern. Der Abbau von *money sells* ging schnell vonstatten. Der Schreibtisch wurde, wie vertraglich vereinbart, entsorgt, alle anderen Utensilien ebenso. Beim letzten Handshake hatte ich den Eindruck, dass Arcus nichts dagegen gehabt hätte, selbst gleich mit entsorgt zu werden. Wie konnte der fulminante Erfolg seiner Ausstellung bloß dermaßen an ihm vorübergehen? Hockte die Freude tief in seinem Inneren verborgen, damit niemand es mitbekam, dass er insgeheim glücklich war? Warum scheute er sich davor, es vor anderen zu zeigen? Oder zeigte er es und ich war zu blind, um es zu bemerken? Ich wünschte ihm alles Gute. Man brauche ihm nicht alles Gute zu wünschen, sagte er und lachte trocken. In Wahrheit sei ich es, die Gutes benötige. Hier sei seine letzte Zeichnung vor Ausstellungsende, meinte er und legte ein Blatt auf meinen Schreibtisch. Eine Schenkung an mich persönlich. Ich hätte es verdient, fügte er hinzu. Es sind zwei Strichmännchen zu sehen, eigentlich zwei Strichfräulein, eine Erwachsene mit Kleid und langen Haaren sowie ein Mädchen mit Kleid und langen Haaren. Sie geben sich die Hände und lächeln. Die Sonne scheint in der linken oberen Ecke, rechts oben befindet sich eine Regenwolke. In der Mitte steht in großen Buchstaben, die ebenso von einem Volksschulkind stammen könnten: HAPPINESS! Es sei aber kein Mädchen, sagte ich und zeigte auf meinen Bauch. Stimmt, meinte er. Dieses Kind nicht. What the…? Arcus stand auf, beugte den Kopf ehrerbietig nach vorne, so ähnlich, wie man es in Japan zu tun pflegt, hob nach einigen Sekunden wieder den Kopf und verließ, ohne ein weiteres Wort zu sagen, den Raum. Ob er von seiner Mutter in seiner Kindheit zu wenige Umarmungen erhalten hat und gleichzeitig zu viele Schläge von seinem Vater? Er wirkt unterernährt. Nicht körperlich. Eher emotional. Wobei ich sicherlich nicht die Richtige bin, das korrekt beurteilen zu können. Hoffentlich hat er Freunde, mit denen er normale Gespräche führen kann, wie auch immer diese aussehen mögen. Aber was kümmere ich mich ums Seelenheil eines Künstlers? Erstens ist es bekanntlich fraglich, ob es überhaupt eine Seele gibt, zweitens gibt es keine.

Wie sie dasteht, die Kromayr, schwarz in schwarz: Ihre Augen schwarz umrandet, die Lippen schwarz, die

Haare, die Nägel, der Trenchcoat, die Schuhe. Wären ihre Augen nicht hellblau, könnte man meinen, die Sensenfrau sei aus dem Schattenreich emporgestiegen. But I like her! Den Drohnentext hat sie während eines Aufenthalts in Islamabad verfasst. Da ich Lars Zweidinger flüchtig kenne, fragte ich ihn während der Vorbereitung zur Ausstellung, ob er Lust hätte, *Die Dings, die Dings, die Contenance,* wie Annika den Text betitelt hat, einzusprechen. Das Konzept und der Text gefielen ihm, er sagte zu (nur, um es nicht unerwähnt zu lassen: Die Gage stimmte auch). Etwas später, als sie für einige Zeit in Teheran ihr künstlerisches Unwesen trieb, kam Annika zudem die Idee zur Ausstellung. Der etwas eigenwillige Titel *Drohnen, Dröhnen, Droht der Tod* fand bei mir gleich Anklang. Nicht so bei der Direktorin. Zu düster. Viel zu düster. Das wirke gewiss abschreckend auf die Touristen, vor allem auf die Deutschen. Hätte ich mit *money sells* nicht solch einen fulminanten Erfolg gehabt, hätte sie mir den Titel nicht einmal mit einem zugekniffenen Auge durchgehen lassen. So aber hatte ich den Wind im Segel. Ich redete ihr ein, dass die Deutschen mit der Wiener Morbidität doch ihre heimliche Freude hätten, und dass die Asiaten sowieso nichts verstünden, dass die froh seien, wenn sie in der einen Woche Urlaub, die ihnen in zehn Jahren Arbeitszeit gebilligt werden, vorm *Kuss* ein Selfie machen dürften und ihnen der Rest, jedenfalls solange das Schloss Schönbrunn geöffnet war, ziemlich egal sei. Auch wenn sie es niemals öffentlich zugeben würde, wusste sie, dass ich nichts als die Wahrheit sprach. Der Titel wurde fixiert, die zu erwartenden Ausgaben ohne zu murren abgesegnet. Wie lange ich denn vorhätte, in Karenz zu gehen, hätte die Direktorin noch gerne gewusst. Ich hätte die Absicht, nach dem

Mutterschutz wieder im Büro zu erscheinen, teilte ich mit. Der Geburtstermin sei bereits für den neunundzwanzigsten Februar fixiert. Ob ich das Kind absichtlich an einem Schalttag auf die Welt bringen wolle? Der Neunundzwanzigste, ein Tag, der meiner Meinung nach ebenso gut sei wie jeder andere Tag auch, sei genau eine Woche vor dem errechneten Geburtstermin. Optimal für den Kaiserschnitt, sagte ich und verriet ihr, dass ich das Kind zur Adoption freigebe. Sie zog ihre gezupften Augenbrauen hoch, fragte aber nicht mehr danach. Job ist Job, privat ist privat. Das schätze ich an ihr. Acht Wochen Mutterschutz, das bedeute, dass ich mit Ende April wieder zur Verfügung stünde. Es sei daher nicht nötig, die Organisation für die nächste Ausstellung an Fabian zu übergeben, ich könne während meiner staatlich verordneten Auszeit von zu Hause aus arbeiten. Sie dürfe außerdem nicht vergessen, dass ich kein Baby zu betreuen hätte. Aber es sei doch sicherlich einen Versuch wert, Fabian einzubinden, fragte sie, nur um zu sehen, wie er sich mache. Wie gesagt, das sei nicht nötig. Hm, machte sie, also gut. Sie vertraue mir.

Alles, was die Kameras an den über unseren Köpfen surrenden Drohnen erfassen, wird um wenige Sekunden zeitversetzt auf vier Leinwände projiziert. Gerade sehe ich das Gesicht eines Kindes, ein etwas dümmlich dreinblickendes Mädchen mit blonden Zöpfen. Es lächelt. Sein Kopf wird von einem Fadenkreuz überlagert, ihre Zahnlücken im Visier. Die Drohnen haben immer jemanden im Visier. Jederzeit könnte ein fiktiver Tötungsauftrag erfolgen, jederzeit könnte ein fiktiver, roter

Abschussknopf betätigt werden, der Befehl zur Eliminierung, zur Neutralisierung gegeben werden. Bloß gibt es hier niemanden, der darüber entscheidet. Alle könnten leben, alle sterben. Der rote Knopf hat sich im Museum in einen Strauß rote Rosen verwandelt. Er befindet sich in der Mitte des Raums, getrocknet. Ihn kann man nicht drücken. Er ist bereits zerdrückt. Liegt – unter einem Glassturz – zertrampelt am Boden. Annika Kromayr hat den Rosenstrauß aus Pakistan mitgebracht. Sie hatte ihn zum Trocknen an jene Stelle gelegt, an der laut Zeugenberichten wenige Monate zuvor zwei Zivilpersonen, eine Großmutter und ihr Enkelsohn, durch eine Drohne getötet wurden. Ich drehe den Kopf um neunzig Grad. Auf der zweiten Leinwand sehe ich die Direktorin. Ihr breiter Schädel füllt die ganze Projektionsfläche aus. Früher oder später wird sie gehen, früher oder später wird sie abgeschossen. Auch über ihrem Gesicht ein Fadenkreuz. So wie auf allen vier Leinwänden. Egal, wer von den Kameras aufgezeichnet wird, das Bild wird ausgestrahlt, es wird zur ultimativen Zielfläche. Ich drehe den Kopf um weitere neunzig Grad, erkenne Lars Zweidingers Hinterkopf, dann sein Profil. Mit einer Kollegin, mittlerweile wieder Teil des Burgtheaterensembles, scheint er in ein lockeres Gespräch verwickelt zu sein. Sie macht ihn darauf aufmerksam, dass er auf der Leinwand zu sehen ist. Zweidinger legt den Kopf in den Nacken, um die Drohne zu finden, die ihn gefunden hat, während die Schauspielerin den Arm ausstreckt, eine Grimasse schneidet und den Mittelfinger zeigt. Da ist die Drohne bereits auf der Suche nach einem neuen Ziel. Auf der letzten Leinwand sehe ich mein eigenes Antlitz. Auch ich auf der Abschussliste. Auch ich. Kurz durchzuckt es mich. Peinlich. Als hätte ich mich seit dem Aufbau das erste Mal im Fadenkreuz erkannt! Diese Schreckhaftigkeit hat mit der verfluchten Schwangerschaft zu tun. Eigentlich hat alles Schlechte, was mir in den letzten Monaten widerfahren ist, mit der Schwangerschaft zu tun. Ich schaue hinauf zur Drohne. Das Kameraauge blickt auf mich hinab; beinahe lese ich so etwas wie Mitleid aus dem Prozessor hinter dem emotionslosen Objektiv. Wie lange, frage ich mich, werden die Drohnen noch ohne Gefühle sein? Bald werden sie eigene Gedanken entwickeln, werden auf uns herabblicken und uns alle mit unserem eigenen Atomwaffenarsenal auslöschen, dabei ein Douglas-Adams-Zitat rezitierend: *I have no sympathy at all.* Und blechern werden sie lachen, während wir bei lebendigem Leibe verbrennen.

Seit dem Abendessen bei Sue und Jen habe ich Marvin nicht mehr gesehen. Nun, gesehen schon, wir haben zweimal per Videotelefonie miteinander gesprochen; es ging um einen weiteren Gemäldeankauf, den ich während eines Jour fixe rasch durchgeboxt habe. Warum ich das getan habe? Vielleicht bin ich – oh Wunder – doch des Mitleids fähig? Jedenfalls muss es nicht unbedingt sein, dass der *Ghostfather* hungert und im Winter friert. Familie schaut auf sich. Unsere Gesichter haben wir also auf den Bildschirmen gesehen. Dass ich gut aussehe, hat er gesagt. Mit gut meinte er wohl gut gefüllt, dick, fett. Mein Gesicht muss um ein Drittel breiter sein als im Normalzustand. Und *normal* bin ich ohne Fötus. Meinen Bauch hat er niemals gesehen. Bei besagtem Essen war die Wölbung noch zu klein, um durch den

Pullover erkannt zu werden, und während der Telefonate habe ich stets penibel darauf geachtet, die Kamera nicht nach unten zu schwenken. Marvin hat nicht den geringsten Schimmer. Wie er auch sonst nicht den geringsten Schimmer zu haben scheint. Wie dem auch sei, da kommt er direkt auf mich zu. Zwischen uns stehen noch ein paar Besucher. Er kommt näher, noch näher. Und tadaaaa! Ich habe hinter meinen Augenlidern den fiktiven Auslöser gedrückt. Vielleicht erinnere ich mich am Sterbebett an seinen einmaligen Gesichtsausdruck. Noch schnell was zum Lachen und dann ab in die Hölle! Marvin ist noch etwa zwei Meter von mir entfernt, als ihn Fabian plötzlich überholt und sich neben mich hinstellt.

»Na, wie war meine Rede?«, fragt er.

»Du meinst *meine* Rede«, bessere ich ihn aus.

»Sagen wir unsere?«

»Meine.«

»Immer so streng, die liebe Regina«, sagt Fabian, lacht über seine platte Aussage, rückt dabei wie zufällig näher an mich heran und verteilt seinen Schleim, seinen spezifischen Schleim, den er mit jedem Satz, den er von sich gibt, mit jeder Bewegung, die er macht, absondert, dieser dreckige Schleimer.

»Willst du ihn mir nicht vorstellen?«, fragt Fabian, stößt seine Hüfte sanft an meine und reißt mich aus meinen Gedanken. Ich überlege, wie ich ihm Marvin vorstellen soll, der mir mit einigem Abstand – und als hätte ich eine schlimme Krankheit – gegenübersteht und wirkt, als ob ihn jemand geknebelt hätte. Ratter, ratter, ratter, geht es in seinem Schädel. Ratter, ratter, ratter. Nein, ich überlege nicht. Hätte ich überlegt, hätte ich etwas anderes gesagt, aber mein Mund scheint zu wissen, was er sagen muss, um Fabian ein für alle Mal loszuwerden.

»Das«, sage ich mit langgezogenem Vokal, während ich mit der rechten Hand nach Marvins Oberarm greife, »ist der stolze Vater dieses Kindes.« Mit der Zeigefingerspitze der linken Hand tippe ich auf die Mitte meines Bauches. Ich weiß, ich weiß, ich weiß, mit Sue und Jen war ausgemacht, dass wir Marvin nichts verraten. Hatten wir es ausgemacht? Ich bin mir nicht mehr sicher. Obwohl, ich denke schon. Oder doch nicht? Na und? Seit wann muss ich mich an Vereinbarungen halten? Außerdem waren sich die beiden ohnehin nicht einig, für meinen Geschmack nicht einig genug. Wenn sich zwei streiten, entscheidet die Schwangere. In Fabians Gesicht scheint etwas gestorben zu sein. Als lägen seine Augäpfel auf einmal verfault und verschrumpelt in seinen Augenhöhlen. Kein Schleim mehr vorhanden. Ausgetrocknet. Ein herrlicher Anblick. Er nickt, murmelt etwas von gratuliere, und dass er uns besser alleine lasse, er habe noch anderen Gästen die Hände zu schütteln. Yes, yes, yes! Mit einem triumphalen Grinsen drehe ich mich zu Marvin. Ich sehe schon: Er will es nicht glauben, hält es offenbar für einen schrägen Witz. Direkt vor ihm stelle ich mich hin, lege beide Hände auf seine Schultern, was sich mit meinem riesigen Bauch gar nicht so leicht ausführen lässt, und sage mit der sanftesten Stimme, die ich aufbringen kann: »Marvin, das ist dein Kind. Ich scherze nicht. Du bist der Vater … Und du bist es nicht. So wie ich die Mutter und die Nicht-Mutter bin. Verstehst du? Nein, du verstehst es nicht. Ist dir schlecht? Komm, Bürschchen, komm, es ist ganz einfach. Wir gehen in mein Büro und ich erkläre dir, was ich unter *Ghostfather* verstehe. Na, hab dich nicht so, komm schon.«

Ich setze Marvin auf meinen Drehstuhl, als wäre er ein alter, gebrechlicher Mann. Mit einem Glas Wasser in der Hand, das er hin und wieder an seine trockenen Lippen führt, um sie damit zu benetzen, nimmt er meine Erklärungen auf. Leidet er unter einer Gesichtslähmung? Soll ich die Rettung rufen? Er hätte gerne ein Bier gehabt, sagt er, ohne seine Lippen zu bewegen.

»Du kannst dich später mit allen anderen Gästen gratis besaufen. Die Studierenden sind eh nur zum Konsumieren gekommen. Misch dich unter sie und sei glücklich. Such dir ein süßes Mädchen aus, nimm sie mit nach Hause und fick dir, wie die Bonobo-Affen es zu tun pflegen, den Stress vom Leib. Ach ja, sorry, habe ganz vergessen, dass du schwul bist. Dann nimm dir eben einen süßen Burschen. Have fun!«

Wie ich das meine, fragt er. Das mit dem Schwulsein, wie ich das gemeint habe.

»Na, komm, Marvin. Ich bin doch nicht deine Oma, dass du dir Sorgen machen musst, dich vor mir zu outen. Steh zu deiner sexuellen Orientierung! Macht dich anziehender.«

»Was, bitte, redest du da?«, fragt Marvin, wobei sein Gesicht eine Form annimmt, die mich an ein Emoticon denken lässt.

»Wie jetzt?«, sage ich und aktiviere mein Handy, um das passende Emoticon zu finden. »Du bist gar nicht schwul?« Ah, da ist es ja. Ich schicke es Marvin. Sein Handy bimmelt.

»Nein, bin ich nicht. Wie kommst du darauf?«, fragt er, nimmt sein Handy, schaut darauf und wirkt noch verwirrter als zuvor.

»Na, weil du eine halbe Ewigkeit gebraucht hast, um zum Höhepunkt zu kommen. Weil du dich angestellt hast wie jemand, der das erste Mal Brüste zu fassen bekommt. Weil es sich nach Arbeit angefühlt hat, nicht nach Vergnügen. Du hast mit mir geschlafen, damit ich dir als Gegenleistung in der Kunstwelt die eine oder andere Tür öffne. Daran gibt es nichts Verachtenswertes. Im Gegenteil. Du kannst es ruhig …«

»Stopp«, sagt Marvin, und nochmal, obwohl ich bereits aufgehört habe zu sprechen, diesmal mit senkrechter Handfläche: »Stopp!« Er räuspert sich und spricht leise weiter: »Erstens habe ich mit dir geschlafen, weil es, na, weil es halt einfach gepasst hat. Wir hatten einen schönen Abend, oder? Haben uns, wenn ich mich recht erinnere, gut unterhalten. Und auch gut getrunken. Und dann hast du dich nackt ausgezogen. Einfach so. Du hast mich gerade noch über die *Feministische Avantgarde* belehrt und über die Gemeinsamkeiten in den Arbeiten von Birgit Jürgenssen, Linda Christanell und Renate Bertlmann gesprochen. Es gab davor auch keine Anzeichen von dir, dass du mich irgendwie … egal. Warum soll man vorm Nachhausegehen nicht einfach so miteinander schlafen?«

»Ja, wieso nicht?«, sage ich, blinzle und schicke ihm einen Handkuss.

»Bitte«, sagt Marvin, »lass mich ausreden.«

Ich zeichne mit der Hand ein paar Kreise in die Luft, um ihm zu verdeutlichen, dass er endlich zum Punkt kommen soll.

»Und zweitens«, spricht er weiter. Aber dann hält er länger inne. »Ich weiß nicht, ob ich es dir sagen soll«, meint er dann. »Es ist mir ein bisschen peinlich.«

»Vor mir braucht dir aber bitte überhaupt nichts peinlich zu sein«, lüge ich.

»Ich habe mir etwas schwer damit getan, zu kommen, und überhaupt einen hochzubekommen, weil ich an besagtem Tag…« Marvin legt seinen Kopf schief und kratzt sich am Scheitel. »Na gut. Also ich habe mich noch kurz vor unserem Treffen damals befriedigt. Zwei Mal. Vielleicht drei Mal. Mindestens drei Mal. Bitte lach nicht.«

Ich versuche, nicht zu lachen. Überraschenderweise gelingt es mir.

»Was soll ich sagen?«, meint Marvin, hebt die Schultern an, lässt sie wieder fallen. »Mir war einfach langweilig, ich konnte nicht malen, war, nachdem ich dir die Nachricht geschrieben habe und du zugesagt hast, aufgeregt. Man trifft schließlich nicht alle Tage Regina Steinbruch. Ich musste mich bis zum Abend irgendwie ablenken. Der Alkohol im Blut hat beim Sex dann auch nicht gerade geholfen. Ich wollte es genießen. Das klappte aus oben genannten Gründen nicht. Von da an ging es nur noch darum, dich nicht zu enttäuschen. Jedenfalls habe ich mich darum bemüht.«

»Oh ja«, pruste ich, »bemüht hast du dich! Erfolgreich, wie wir nun feststellen müssen, nicht?« Ich werfe einen Blick auf meinen Bauch. Eigentlich fallen seit einiger Zeit all meine Blicke auf den Bauch. Was soll ich denn sonst noch sehen außer dieser riesigen, unnatürlichen Wölbung? Mein schöner Nabel hat sich nach außen gestülpt, ist nicht mehr schön, nur noch ein Nabel, bei genauerer Betrachtung nicht einmal mehr das. Und darunter hat sich ein dunkler, grauslich anzusehender, vertikaler Streifen gebildet.

Da schaut mich Marvin an, als sähe er mich zum ersten Mal: »Das Kind ist wirklich von mir?«, fragt er.

»Jep«, sage ich. »Es ist deines.« In diesem Moment tritt das Ding von innen gegen meine Bauchdecke, was in den letzten Wochen seltener geworden war. Ich denke, nicht zum ersten Mal, an *Alien*. Warte darauf, dass jeden Augenblick das außerirdische Monster gewaltsam (und mit viel Blutvergießen) seinen Kopf durch die Bauchdecke stößt, mich auffrisst. Es tritt abermals. Da nehme ich Marvins Arm, ziehe daran, ziehe Marvins Körper samt Drehstuhl näher an mich heran. Ich lege seine Hand auf meinen Bauch. Da! Noch ein Tritt! Marvin zuckt zusammen, zieht abrupt die Hand zurück. Da zittert auf einmal sein Unterkiefer.

»Es ist deines«, wiederhole ich. »Und es ist nicht deines.«

»Scheiße, scheiße, scheiße«, murmelt er, ohne das Rätsel herausgehört zu haben. »Ich habe kein Geld für Alimente. Ich kann ja nicht einmal …«

»Soll ich es für dich abtreiben lassen? Überhaupt kein Problem!« Ich balle meine rechte Faust und gebe vor, mir in den Bauch zu schlagen. »Das war ein Scherz, du Idiot«, sage ich und fahre mit gespreizten Fingern durch seine dichten, welligen Haare. Kleine weiße Flöckchen fliegen durch die Luft, gleiten im Schein der Schreibtischlampe langsam zu Boden. Hatte er letztens auch schon Schuppen? Als hätte ich etwas Giftiges berührt, wische ich meine Handfläche gründlich am Stoff der Hose ab. Das muss ich gleich Sue erzählen. Schlechte Gene. Das Zittern seines Unterkiefers breitet sich aus und erfasst seinen Brustkorb. Bald bebt alles, das ganze Marvin-Menschlein, begleitet von einem filmreifen Schluchzen. Ich warte ab. Und warte. Und warte. Reiche ihm ein Taschentuch, das er mit einem einzigen, unvorstellbar langen Schnäuzer vollrotzt. Reiche ihm noch eines. Warte. Und warte noch ein bisschen.

»Warum hast du es mir nicht früher gesagt?«, fragt er mit verstopfter Nase und geröteten Augen.

»Weil es nicht dein Kind ist.«

»Willst du mich verarschen?«

»So. Jetzt hör mal zu«, sage ich. »Lehn dich zurück und halt deine Klappe.« Er befolgt meine Befehle. Anständiger Bub. »Also. Ich habe dir nichts gesagt, weil es dich nichts angeht. Du bist der Erzeuger. Ja. Mehr nicht. Du brauchst dir nicht einbilden, dass das etwas Besonderes wäre. Schon gar nicht nach der Art, wie du deine Erbinformation in meinem Körper abgelagert hast. Eines deiner Abermillionen Spermien hat durch ein Unglück Glück gehabt. Mehr nicht. Darauf brauchst du nicht stolz zu sein. Eher im Gegenteil. Nun. Ich wollte es abtreiben lassen. Kannst du dich noch an den Anruf erinnern, als du dich bei mir für den ersten Ankauf bedankt hast?« Marvin denkt nach. Marvin nickt. »Das war so ungefähr der Moment, in dem ich mich dagegen entschieden habe. Auch darauf brauchst du dir nichts einzubilden. Es war ja nicht etwas, das du bewusst getan hast. Du hast einfach nur zum falschen, eigentlich zum richtigen Zeitpunkt angerufen. Zum falschen für mich, zum richtigen für Sue und Jen.« Marvin denkt nach. Marvin hebt die Augenbrauen in die Stirn. »Ja, genau die. Sue gehört nicht nur zum Team deiner Galerie, sie ist – surprise, surprise – auch meine beste Freundin.« Ich erkläre ihm, dass sie auf ein Adoptivkind warteten, nachdem es mit Spermien von Freunden und In-Vitro-Fertilisation nicht geklappt hatte. Was uns zu uns beiden zurückbringt. Marvin denkt nach. Marvin versteht. »Sue und Jen wollen nicht, dass du es weißt. Kannst du dir denken, warum?« Marvin denkt nach. Marvin schüttelt den Kopf. »Weil sie Angst haben, du würdest ihnen das Kind wegnehmen. Du würdest die Adoption verhindern. So ein Bullshit, nicht?« Marvin denkt nach. Marvin lacht. »Was hat das Lachen zu bedeuten?«, frage ich.

»Ich lache«, sagt er, »weil Sues und Jens Sorgen, wie von dir angenommen, unbegründet sind. Ich will nichts mit einem Baby zu tun haben. Ich habe andere Probleme.«

»Geht mir genauso«, sage ich. »Geht mir genauso! Wie dem auch sei. Ich war eine brave Hardcore-Christin, habe brav nicht abgetrieben, werde nun brav das Baby verschenken. Und du, lieber Marvin, wirst brav deinen Mund halten, habe ich recht?«

Marvin denkt nach. Marvin nickt kaum sichtbar. »Ob du das kapiert hast, möchte ich wissen!« Marvin nickt sichtbar. »Sollten sich Sue und Jen dafür entscheiden, dich irgendwann über deine Vaterschaft zu informieren, dann wirst du so tun, als wenn du es nicht bereits wüsstest. Du wirst gut schauspielern. Und dann wirst du, falls nötig, mit deiner Unterschrift bestätigen, dass du nichts vom Kind wissen willst.«

»Aber klar doch«, sagt Marvin ohne zu zögern. Er beugt sich vor, tut zur Abwechslung mal wieder so, als wäre er selbstbewusst und legt seine verschwitzte Handfläche auf meinen Handrücken. »Ehrlich gesagt bin ich extrem froh, dass ich nichts mit dem Kind zu tun habe. Wenn es nach mir geht, muss ich es nicht einmal sehen.«

»Erstens, mein Lieber, geht es nicht nach dir, und zweitens wirst du es in der Tat nicht zu sehen bekommen.«

»Keine Angst. Ich werde alles tun, damit die beiden ihr Kind aufziehen können.«

»Du sollst nicht alles tun, du sollst einfach nichts tun, verstanden?«

»Okay, okay. Und wenn ich irgendwann bekannt wäre und viel Geld besitzen sollte, kann ich ja Geld schicken oder so«, sagt Marvin vor sich hin. »Ich könnte …«

»Hatten wir nicht soeben geklärt, dass wir dich nicht brauchen? Warum denkt ihr Männer immer, dass wir eure Hilfe benötigen? Schau du einfach, dass du künstlerisch vorankommst, damit wäre allen am meisten geholfen. Abgesehen davon vererbst du deine angehäuften Millionen, sollte es tatsächlich irgendwann dazu kommen, eh ohne dein Zutun ans Kind.«

»Wie bitte?«

»Das hat mir Sue erklärt. Im Gegensatz zu Deutschland gibt es in Österreich keine Volladoption. Meaning: Das Kind ist sowohl nach seinen Adoptiveltern als auch seinen leiblichen Eltern erbberechtigt. Umgekehrt bedeutet das aber auch, dass die Kinder- und Jugendhilfe bei uns anklopft, sollten die Adoptiveltern früher sterben als erwartet und das Kind nicht mehr weiter versorgt werden kann. Ich meine bei mir. Dich gibt es ja, wie wir festgehalten haben, nicht. Deshalb *Ghostfather*. Alright?«

»*Ghostfather*«, sinniert Marvin. »Sag, warum verwendest du eigentlich immer wieder englische Wörter und Phrasen? Fühlst du dich dadurch jünger, intelligenter, lässiger?«

»Exactly«, sage ich und fühle mich nach dem Aussprechen überraschenderweise ein wenig dumm. »Irgendwie schade, dass du nicht schwul bist«, füge ich schnell hinzu, um das Thema zu wechseln.

»Was ist daran schade?«

»Keine Ahnung, es hätte der Biografie des Kindes noch etwas Spezielles, das gewisse Etwas gegeben.«

»Ist die Konstellation nicht so schon speziell genug für das Kind?«

»Man kann nie speziell genug sein«, sage ich.

»Bub oder Mädchen?«, fragt Marvin.

»Geht dich nichts an«, sage ich und füge leise hinzu: »Bub.«

Etwas sticht. Nein, es zieht. Nicht in meiner Brust. Diesmal nicht in der Brust. Dann pisse ich mich an. Nein, doch nicht. Es ist keine Pisse, es ist etwas anderes.

»Wie sagt man *fuck* nochmal schnell auf Deutsch?«, frage ich Marvin, als mir das Fruchtwasser aus den Hosenbeinen herausrinnt und rund um meine Schuhe eine kleine Lacke bildet.

Marvins Mund öffnet sich langsam: »Fuck!«

12

Marvin hat es trotz seines Schockzustands geschafft, die Rettung zu rufen. Ich habe ihm applaudiert. Liegend solle ich auf die Ankunft der Rettung warten, hat man ihm am Telefon erklärt. Sonst könnte es, sollte sich der Kopf des Kindes noch nicht tief genug im Becken befinden und also nicht gut abdichten, geschehen, dass sich die Nabelschnur um den Hals des Babys legt. Und das wollen wir ja nicht. Wollen wir das? Nein, wollen wir nicht. Den Schreibtisch mit einem Wisch abgeräumt, daraufgelegt. Mit einer Fahrtrage hat man mich wenig später vor allen Besuchenden abgeholt, zumindest vor jenen, die rauchend vor dem Haupteingang getratscht haben. Marvin ist stumm dagestanden, die Hände in den Jackentaschen. Hat er das Reden verlernt und mit dem Reden das Atmen? Etwas in seinem Gehirn dürfte durchgeschmort sein, als ich ihn gezwungen habe, die Zeit zwischen den Wehen mit seinem Handy zu stoppen.

Ich sah mir während des Vorbeigleitens die Rauchenden vorm Museum an. Einer davon war Fabian. Er hat so getan, als würde er mich nicht sehen und hat seine halb gerauchte Zigarette auf den Boden geworfen, ohne die Glut mit den Füßen zu zertreten. Beim Umdrehen hat er unabsichtlich ein Kind umgerannt, das sich zwischen den hochgewachsenen Menschen einen Weg zu den Eltern gebahnt hat, dann ist er mit hochrotem Kopf im Museum verschwunden. Fast enttäuscht hat er gewirkt, als hätte ich ihn hintergangen. Volltrottel. Ob der Vater mitfahren wolle, fragte uns eine Sanitäterin, nachdem sie mich in den Wagen geschoben hatte. Das sei doch nicht der Vater, lachte ich. Nein, nein, er werde nun brav nach Hause gehen und ein paar schöne Bob-Ross-Bilder malen, nicht wahr? Marvin nickte, als hätte ich ihm einen Befehl erteilt. Seine Jugendlichkeit und Unerfahrenheit war ihm in diesem Moment anzusehen wie nie zuvor. Er wollte weg. Bloß schnell weg. Mit meiner Absolution – ich winkte wie die Queen – ist ihm sichtlich ein Stein von der Gallenblase gefallen. Alles Gute hat er mir noch gewünscht. Dann hat er mit Schwung die Kapuze über den Kopf gezogen, routiniert zwei weiße Stöpsel in die Ohren geschoben und ist mit gesenktem Blick in Richtung U-Bahn gelaufen.

In der Belvertina hatte inzwischen die Afterparty begonnen. Ich sah noch die bunten, sich bewegenden Lichter an der Decke im ersten Stock, hörte das Dröhnen der Lautsprecher, das nach dem Schließen der Türen nur noch gedämpft zu vernehmen war. Hinter dem DJ-Pult stellte ich mir zwei junge Frauen vor, die mit dem Beat ihre Köpfe bewegten. *Dance Yrself clean* nennen sie sich mit einem Augenzwinkern, der Name ist die glatte Antithese zu ihrer Musik. Ihre Beats sind so vertrackt, dass man dazu eigentlich kaum tanzen kann, wenn überhaupt im Takt nicken. Purer, entfesselter Rhythmus. Eigentlich ein Anti-Rhythmus, etwas, das die Herzen zum Flimmern anregt, Sounds, die an Maschinengewehrsalven erinnern, werden darübergestreut, als klirrende Verfeinerung, als hochfrequenter Staubzuckerguss.

Ein paar Stroboskop-Blitze irrlichterten durch die trübe Fensterscheibe des Krankenwagens. Immerhin. Dann kamen die nächsten Wehen. Wäre ich, wie jede andere normale Schwangere, bei einem Geburtsvorbereitungskurs gewesen, hätte ich womöglich gewusst, welche Atemtechnik jetzt angewandt werden musste.

Hätte der Satansbraten noch vier Tage gewartet, wäre er ohnedies aus mir befreit worden, aber er hielt sich anscheinend nicht an Abmachungen. Die Augen kniff ich zusammen und dachte mir: Leckt mich doch einfach alle am Arsch! Und siehe da, es funktionierte; die Wehen ließen tatsächlich nach. Ich war geheilt. Für zehn Minuten.

Über die Geburt selbst gibt es nichts zu berichten. Überhaupt nichts. Ich war ja nicht einmal da, das heißt: anwesend. Eine Anästhesistin versetzte mich in eine Vollnarkose. Der Kaiserschnitt wurde wie geplant durchgeführt. Der kleine Kaiser wurde herausgeschnipselt. Ich habe das runzlige Ding nicht gesehen, ich habe es nicht gehalten, es nicht an meine Brust gedrückt, ihm nichts zu trinken gegeben. Ich habe es nicht schreien gehört. Gut so. Sue und Jen haben, nachdem alle nötigen Untersuchungen am wehrlosen Geschöpf durchgeführt waren, mit ihm das Krankenhaus verlassen, ohne dass ich es zuvor gesehen hatte (so war es ausgemacht). Nach einem Tag? Nach zwei? Drei? Ich weiß es nicht. Habe mir eine relativ kurzweilige Serie über eine drogenabhängige und alkoholkranke Schachspielerin reingezogen und sonst an nichts gedacht. Nun, über das eine oder andere habe ich mich geärgert. Dass Schach rassistisch ist, weil die Farbe Weiß meist gewinnt (Yoko Onos formidables *White Chess Set* von 1966 kommt mir in den Sinn); dass Schach hierarchisch, reaktionär und konservativ ist, weil der König die wichtigste Person darstellt und die Bauern vor die Hunde gehen und gefälligst geopfert werden sollen fürs höhere Wohl; dass Schach eine intrinsisch kriegerische, militärische Ordnung aufweist, da es darum geht, die gegnerischen Spielfiguren zu schlagen, sie zu *nehmen,* sie zu töten; dass Schach sexistisch ist, weil sich dort alles, jedenfalls die Weltspitze, fest in Männerhand befindet, denn Frauen sind nicht in der Lage, so komplexe Gedanken zu haben, nicht? Wie denn auch, das Essen soll ja Punkt zwölf Uhr mittags hübsch angerichtet auf dem Tisch stehen, da bleibt keine Zeit zum Denken! Scheiß Wichser, diese Männer, die von sich selbst so überzeugt sind, dass ihre Gesichter permanent ihre Arroganz ausspucken, auf die Köpfe aller anderen, die sich ringsum traubenartig versammelt haben, um etwas von der Genialität des Meisters abzubekommen, und sei es nur ein flüchtiger Blick, ein Wortfetzen, ein Furz.

Der Schnitt des Kaisers tat mir nach dem Aufwachen noch tagelang weh. Kaum aufrichten konnte ich mich, ohne dabei Schmerzen zu empfinden. Die Nachwehen schenkte mir meine Gebärmutter als gratis Draufgabe dazu. Nicht einmal aufs Klo schaffte ich es allein. Abgesehen davon taten mir die prall gefüllten Brüste weh. Die Muttermilch hörte anfangs nicht auf zu rinnen. Ein gebührendes Schmerzensgeld, notierte ich mir in Gedanken, würde ich den beiden Müttern beizeiten in Rechnung stellen.

Als ich nach meinem ersten *echten* Schlaf erwachte, war sie da: Die Freude, endlich keinen blinden Passagier mehr mit mir herumschleppen zu müssen. Sogar das Krankenhausessen war jetzt hinunterwürgbar. Wie ein sehr langweiliger Urlaub hat es sich angefühlt. Einfach mal nichts tun. Ruhe. Ich war selbst von mir überrascht, dass es mir möglich war, mich darauf einzuschwingen. Die Tage kamen und gingen, während kein einziger Besuch kam und ging. Es war herrlich.

Ich denke, also trinke ich. Ach, wie habe ich den Geschmack von Rotwein vermisst! Ich trinke, also bin ich? Nein, da fehlt etwas: Ich trinke *allein*, also bin ich! Lass es dir schmecken, Regina, du hast es dir mehr als verdient. So, als Draufgabe und Krönung, als Begleiter und treue Freundin, eine frische Zigarettenpackung aufgerissen. Das gewohnt subtile Knistern. Vorfreude. Eine heilige Zigarette entnommen. Schnell noch, zur Feier des Tages, Lippenstift aufgetragen. Dann endlich den Stängel zwischen die Lippen geklemmt. Angezündet. Und Action! Haha. Ich huste. Hahaha. Mit Lachen versuche ich den Schock herunterzuspielen, mit einem Schluck Wein hinunterzuspülen. Was war das bitte gerade für eine Scheiße? Nein-nein-nein-nein-nein, da stimmt etwas nicht. Mit dieser Zigarette stimmt etwas nicht. Produktionsfehler. Kann passieren. Ich dämpfe sie aus, zupfe eine andere Zigarette aus der Schachtel. Entzünde sie. Inhaliere. Abermals muss ich husten. Mich würgt es, so eklig schmeckt sie, sofern man bei Rauch überhaupt von schmecken reden kann. Wann habe ich das letzte Mal nicht geraucht? Ich denke nach, schreite meine Lebenszeitleiste ab in Richtung Vergangenheit. Da wird mir klar, dass ich nie nicht geraucht habe. Seit ich vierzehn Jahre alt war und das erste Mal von meinem drei Jahre älteren Entjungferer eine Zigarette geschenkt bekam, ist sie Teil meines Lebens. Hatte ich mal mehr als achtunddreißig Grad Fieber, mag es schon vorgekommen sein, dass ich den einen oder anderen Tag keinen Rauch inhaliert habe, ansonsten durchgehend. Ohne Pause. Ja, aber was nun? Ich kann doch nicht aufhören. Nein, völlig ausgeschlossen. Ich warte fünfzehn Minuten. Schenke mir Rotwein vom Dekanter ins leere Glas. Öffne eine weitere Zigarettenpackung. Vielleicht war die ganze Schachtel ein Montagsprodukt? Gut. Versuch Nummer drei … fuck. Es ist und bleibt eklig. Scheiße, scheiße, scheiße. Oder nicht scheiße? Was, wenn es was Gutes hat? Aber was soll gut daran sein, nicht mehr rauchen zu können? Es geht ja nicht um den Rauch selbst, ums Nikotin, nein, es geht ums Lebensgefühl, das dahintersteckt, um diese klitzekleine Rebellion. Ich dämpfe die Zigarette aus, stütze den Kopf in die Hände. Warte, Regina, warte. Will ich zu den Deppen gehören, die sich von einem Gegenstand diktieren lassen, wie sie sich zu fühlen haben? Bin ich so dumpf im Hirn, dass ich nicht den Mumm habe, mich vom Glimmstängel zu lösen? Hat er mir nicht soeben sein wahres Gesicht gezeigt? Jep, Regina Steinbruch kann auch ohne dich. Fuck off! Ich öffne das Fenster, schaue nach unten. Der Obdachlose, der ansonsten vor der Apotheke sitzt, nähert sich mit einem Einkaufswagen. Soll er sich daran die Lippen verbrennen. Sollen doch die Schwachen rauchen, die, die sonst nichts haben, an das sie sich klammern können in ihren erbärmlichen Leben. Wenige Sekunden später hagelt es Zigarettenpackungen. Der Obdachlose hebt den Kopf. Die letzte Schachtel trifft ihn direkt an der Stirn.

»Nimm nur!«, schreie ich zu ihm hinunter. »Gehört alles dir.«

Er kriecht auf allen Vieren von Packung zu Packung, sammelt sie ein und wirft sie in den Einkaufswagen, der eigentlich zu voll ist, um noch etwas aufnehmen zu können. Der Obdachlose lässt sich nicht aus der Ruhe bringen und schnappt sich eine Packung nach der anderen. Noch einmal hebt er den Kopf gen Himmel. In Vertretung von Frau Holle winke ich ihm zu. Er winkt nicht zurück, senkt den Blick und geht mit dem Einkaufswagen seines Weges. Bin ich nicht großzügig? Ich bin großzügig. Toll fühlt es sich an. So ähnlich dürfte Bill Gates empfinden, wenn er über seine Stiftung ein paar Milliarden nach Afrika schickt. Könnte ich beizeiten wiederholen. Regina, die Gütige? Why not!

Ich frage mich: Wie heißt er denn überhaupt? Ich schreibe Sue eine Nachricht: Wie heißt er denn überhaupt? *Tom.* Warum Tom? *Warum nicht? Der Name hat drei Buchstaben, wie Sue und Jen. Ist doch Grund genug.* Ist er gesund, der Tom? *Ja, und wie!* Na dann, was bleibt mir noch zu sagen? Vielleicht: Gratulation zu eurem Baby! *DANKE dir, Regina! Fühlt sich strange an, wenn du »unser« Baby schreibst. Weil es nun wirklich so ist. I LOVE U.* Ich antworte: Ich mich auch. Sue schreibt: *Im Ernst, danke für alles. Für die ganzen Strapazen, die du an unser statt auf dich genommen hast. Ah, Tom wacht auf, ich muss los. Baby hat HUNGER!!*

Sue, die vorerst die Kinderbetreuung übernimmt, während Jen sich wegen der langsam in Fahrt kommenden Wienwahl leider – wie Jen sagt – in die Arbeit stürzen müsse, schickt mir Fotos. Sehr viele Fotos. Stündlich bimmelt mein Handy. *Sieh nur, so sieht er aus, wenn er schläft; so ist sein Gesichtsausdruck, wenn er Kindspech kackt; und so schaut sein Kindspech in Nahaufnahme aus; so sieht Toms Gesicht aus, wenn er normales Kacka gemacht hat; so sieht sein normales Kacka aus; und so in Nahaufnahme …*

Ihn abgelichtet zu sehen, egal aus welcher Perspektive, fühlt sich surreal an. Auch zwei Wochen nach der Geburt. Womöglich wird es sich immer surreal anfühlen. Damit muss ich leben. Damit werde ich leben. Ich erkenne mich nicht in seinen Gesichtszügen. Wen erkenne ich stattdessen? Gustav. Und mit ihm meinen

Vater. Obwohl es auf der Hand liegt, habe ich damit nicht gerechnet. Schräg, denke ich mir. Unglaublich schräg. Seine Haut ist dunkler als erwartet. Und rote Haare werde ich bei ihm vergeblich suchen. Vielleicht gewinnen sie bei seinem Nachwuchs wieder die Oberhand. In dreißig Jahren weiß ich mehr. Wenn ich dann überhaupt noch etwas wissen kann. Und es ist ja auch egal. Tom ist gesund. Und wenn Tom gesund ist, ist Sue gesund. Das ist alles, was zählt.

Ich solle vorbeikommen, hat mir Sue um halb sechs Uhr morgens geschrieben. Ob ich nicht auch fände, dass es an der Zeit wäre? Jetzt, wo sie so lange geschlafen habe – normalerweise stehe sie mit Tom schon um halb fünf auf –, sei sie topfit und bereit für Besuch, ja, sie sehne sich regelrecht danach. Ist es schon an der Zeit? Bin ich bereit, den kleinen Scheißer zu sehen, ihn schreien zu hören? Unter normalen Umständen hätte ich mir in solch einem Moment eine Zigarette angesteckt. Um gut nachdenken zu können. Um überhaupt denken zu können. Ich verziehe den Mund, greife mit der Hand in den Slip und kratze mich an den nachwachsenden Schamhaaren. Ich sollte aufstehen. Aufstehen und aufs Klo. Aufstehen und aufs Klo und mich duschen. Aufstehen und aufs Klo und mich duschen und die Binden wechseln und frühstücken. Und dann losgehen. Einfach los.

Heute ist offizieller Öffi-Tag, sage ich mir. Ich sollte wieder unter Menschen. Human sein, Mensch sein. Das kann ich. Gleich an der ersten Kreuzung, die zur Straßenbahn führt, steht verloren ein Punk. Vielleicht ist er nicht verloren und kommt mir nur so vor. Er hält einen leeren Kaffeebecher in der Hand. Einem Punk habe ich noch immer was gegeben. Sie sind wichtig fürs Stadtbild. Und es hat ja auch was Performatives, jeden Tag mit den Schäferhunden herumzulungern und zu betteln. Das sollte gebührend entlohnt werden. Ich hole eine Zwei-Euro-Münze hervor. Nein, zwei. Wollen wir mal nicht so knauserig sein. Als ich direkt vor dem Punk stehe, blicke ich ihm anerkennend ins Gesicht und lasse das Geld in seinen Becher fallen. Wieder dieses tolle Bill-Gates-Gefühl. Doch komischerweise klimpert es nicht, das Geld. Es platscht. Ein paar braune Tropfen spritzen dem Punk bis an die Nase. Ich schaue hinunter, um nachzusehen, was falsch gelaufen sein könnte. Auch über seine Finger rinnt braune Flüssigkeit.

»Da war Kaffee drin«, brüllt der Punk mich an, und ob ich völlig behindert sei.

»Behindert ist mein Bruder«, antworte ich.

»Fotze«, schreit er.

»Tststs«, mache ich. »Du solltest dich besser integrieren und erst mal Österreichisch lernen. Fotze sagt man dort, wo du herkommst, hier jedenfalls nicht. Auch nicht Möse. Das heißt bei uns, bitte sehr, Fut. Drei Buchstaben. Vielleicht schaffst du es, sie dir zu merken.«

Der Punk verzieht das Gesicht zu einer Grimasse. Soll mir das Angst machen? Da nähert sich von hinten eine Punk-Kollegin und fragt, ob es Probleme gebe.

»Keine Probleme«, sage ich. »Alle Probleme behoben.«

Seinen dicken Rinder-Nasenring könnte ich noch mit Daumen und Zeigefinger erwischen und mit einem Ruck aus seinem Nasensteg fetzen. Doch da fährt die Straßenbahn ein; ich drehe mich um, steige ein.

Zwanzig Minuten später gelange ich zu einem Flohmarkt. Ich bin mir nicht sicher, ob ich mit so vielen Menschen auf einem Haufen zurechtkomme und nehme die parallel dazu verlaufende Straße. An einer Kreuzung, die zum Flohmarkt hinführt, haben ein paar Kinder eine große Decke ausgebreitet und darauf etliche Spielsachen verteilt, die sie für ein paar Cent loswerden wollen (um sich in naher Zukunft neuen Schrott kaufen zu können). Abrupt bleibe ich stehen. Wäre es nicht angebracht, ein Geschenk mitzubringen? Wenn ich es mir recht überlege, mutet es zwar grotesk an. Weshalb sollte ich meinem eigenen Kind beim ersten Besuch ein Geschenk mitbringen? Aber aufgepasst, liebe Regina. Ist es dein Kind? Nein, ist es nicht. Also, was schenkt man beim Baby-Kennenlern-Kaffee? Einen Strampler? Einen Beißring? Windeln? Inmitten des Spielzeugchaos sehe ich ein Mobile aus Holz mit aufgemalten Marienkäfern, Schmetterlingen, Bienen.

»Wieviel wollt ihr dafür?«, frage ich eines der Mädchen.

Die Kleine berät sich mit der älteren Freundin oder Schwester.

»Ein Euro und fünfzig Cent«, sagt das kleine Ding.

Ich lasse die Münzen in ihre Hand klimpern.

»Da haben Sie ein gutes Geschäft gemacht«, sagt das ältere Mädchen und überreicht mir feierlich das Mobile.

»Danke«, sage ich und füge hinzu: »Lasst euch nicht übers Ohr hauen. Besonders nicht von Männern. Verlangt immer doppelt so viel, wie ihr verdienen wollt. Mindestens. Die Welt ist nicht fair.«

»Was meint sie?«, fragt das kleine Ding das ältere Mädchen. Diese zuckt mit der Schulter.

Ich sehe bereits das Haus mit seinem dunkelroten Tor, da schert, aus einer Seitengasse kommend, ein Kinderwagen samt verkrampft wirkender Mutter um die Hausecke. Das Baby schreit aus Leibeskräften. Die Frau geht sehr schnell, redet, den Oberkörper vorgebeugt, aufmunternd aufs Baby ein. Ich verstehe die Worte nicht, stelle sie mir vor: *Bald sind wir da, es ist nicht mehr weit, ich kann dich gleich rausnehmen, wir brauchen nur noch ein paar Minuten, willst du nicht mit diesem Beißring spielen, jaaa doch, jaaa, Mama ist bei dir, du musst nicht weinen, Mama ist bei dir …* sowas in der Art.

»Sie könnten dem Baby einfach den Mund zu halten«, schreie ich der Frau nach. »Immerhin hat es noch zwei Nasenlöcher zum Atmen!«

Ein Lastwagen dröhnt dicht an uns vorüber und nimmt meinen Ruf mit sich. Die Frau fängt an zu rennen. Hat sie mich doch gehört? Who cares! Ich klingle, das Mobile für Tom unter den Arm geklemmt, bei Nummer sieben. Da bemerke ich, dass es nach Hundescheiße riecht. Ich hebe meinen linken Fuß und drehe den Schuh zur Seite, um die Sohle sehen zu können. Nun würde ich gerne, sehr, sehr gerne würde ich nun einen Hund umbringen! Und was die Hundebesitzerinnen und -besitzer betrifft: Sie sollten die liegengelassene Scheiße ihres Hundes fressen müssen. Wie schnell würden sie lernen, das Würstchen ihres Lieblings zu entsorgen?

Mit einem kräftigen Ruck öffne ich während des Brummens das Tor, putze an der Matte hinter dem Eingang den Schuh gründlich sauber (die Bewohnerinnen und Bewohner werden am hinterlassenen Odeur ihre Freude haben), und nehme keuchend eine Stufe nach der anderen. Bin ich fit? Nein, bin ich nicht. Der Bauch schwabbelt vor sich hin. Wie lange dauert das denn, bis er wieder so aussieht wie zuvor? Wenn es denn jemals dazu kommt! Lieber nicht daran denken. Fuck, keine Puste und Ausfluss wie Hölle. Die Brüste zu schwer. Die Stilleinlagen bis an den Rand mit Muttermilch vollgesogen. Die Füße noch immer eine Nummer zu groß. Naja, Hauptsache, die verdammten Blutungen haben aufgehört. Trotzdem, das alles sollte viel schneller gehen. Scheiße. Scheiß Körper! Scheiß Natur!

Sue und ich fallen uns um den Hals, lösen uns nach einiger Zeit nur mühsam voneinander. Sogar Jen umarmt mich, als wäre ich neuerdings ihre beste Freundin. Da sie nicht von mir ablässt, klopfe ich ihr vorsichtig auf den Rücken und blicke währenddessen hilfesuchend zu Sue. Nur sieht sie mich nicht, da sie stehend zu schlafen scheint. Fertig schauen sie aus. Alle beide. Sue wegen der 24/7-Betreuung des Kindes, Jen wegen des Klinkenputzens und Händeschüttelns für ihre Partei (und ja, wohl auch wegen des Kindes). Augenringe bis zu den Wangenknochen. Fettige Haare. Dreckige Schlabberhosen. Und doch wirken sie glücklich. Ich würde meinen: Ziel erreicht. Ein weiter Weg von der Ermordung, nein, Erlösung der Katze bis hierhin. Und doch irgendwie stimmig. Logisch? Nein. Chaotisch? Ja. Und doch: Als hätte es genau so und nicht anders kommen müssen.

Ob ich das auch rieche, fragt Jen.

»Ich kann beim besten Willen …«

»… kein Hakenkreuz entdecken«, beendet Sue, die offenbar den Weg zurück in den Wachzustand gefunden hat, meinen Satz.

»Wahrscheinlich rieche ich bloß Toms Kacke«, meint Jen, die die Anspielung auf Kippenbergers berühmtes Gemälde nicht gecheckt haben dürfte. Mindestens einmal pro Stunde, erklärt Jen, sei sie absolut davon überzeugt, dass er in die Windeln gemacht habe.

»Meistens hat er das auch«, bemerkt Sue.

»Gute Verdauung«, sage ich und hebe beide Daumen.

Ob ich bereit sei, Tom kennenzulernen, fragt Sue und macht dabei große Augen.

»Nein«, sage ich, ohne nachzudenken. Sofort korrigiere ich mich: »Aber klar doch. War nur ein Scherz. Übrigens, hier, ein Mobile für den Kleinen.«

»Oh«, macht Sue. »Das wäre doch nicht nötig…«

»Wir haben schon eines«, fällt Jen Sue ins Wort. »Von meinen Eltern.«

Ach fein, von ihren Eltern also. Jens Mutter ist Schwedin, die bis zur Pensionierung bei der UNO gearbeitet hat, ihr Vater ist in jungen Jahren Bürgermeister einer unbedeutenden burgenländischen Kleinstadt gewesen, dann Nationalratsabgeordneter. Die perfekten Eltern. Zumindest perfekt, wenn man Politikerin ist und ein guter Lebenslauf nicht schadet.

»Aber man kann nie genug Mobiles haben«, lächelt Sue, bedankt sich und nimmt es mir aus der Hand.

Er liege in seinem Gitterbett, meint Jen. Und er schlafe nicht, fügt Sue hinzu, er schlafe nicht und warte darauf, mich kennenzulernen, mich wiederzusehen, diesmal von außen.

Da verkrampft sich etwas in meiner Brust. Really? Kommt nun, da die Hormone langsam wieder ins Lot geraten, dieses unangenehme Stechen zurück? Ich lasse mir nichts anmerken, hebe die rechte Hand zum Herzen, klopfe sachte aufs Brustbein… und zum Glück bleibt das Stechen fern. Die Verkrampfung hingegen will nicht fort. Vielleicht ist es gar nicht mein Herz, das sich zusammenzieht, sondern mein Magen? Könnte durchaus sein. Oder die Gedärme? Alles gemeinsam?

Jen geht vor mir. Würde ich ihre Füße nicht sehen, könnte ich glauben, sie schwebte feengleich über den Boden dahin, so leise tritt sie auf. Behutsam öffnet sie die Tür zum Katzen-, nein, diesmal aber wirklich: Kinderzimmer. Ein Seidentuch ist über das Kopfteil des Gitterbetts gespannt. Die Umrisse eines sich bewegenden Schädels scheinen durch. Spannender, denke ich, hätten sie es nicht machen können. Und dann, endlich, sehe ich ihn. *Behold, the king!* Komisch, sage ich mir, ich fühle gar nichts. Brauche also keine Angst zu haben. Es ist bloß ein Kind. Mehr nicht. Ein Kind. Nichts, rede ich mir ein, gar nichts fühle ich. Ganz bestimmt nicht. Und von den Fotos her hätte ich ihn mir schöner vorgestellt. Nein-nein-nein, einfach nur ein kleines Baby, eines von vielen. Ich sehe das Mobile von Jens Eltern. Ein x-beliebiges von der Stange, im Gegensatz zu meinem, aber bitte, jedem das seine, jeder das ihre.

Ich könne ruhig näher zu ihm hin, meint Jen. Ihm sagen, wer ich sei.

Wie leicht ihr die Wörter über die Lippen kommen. Ihm einfach sagen, wer ich sei? Eine Leichtigkeit. Ich gehe näher hin, beuge den Kopf über den Bettrand, spüre, wie mein Herz das Blut durch den Hals hinauf ins Gehirn pumpt, ins Gehirn, das zwanzig Prozent des verfügbaren Sauerstoffs für sich in Anspruch nimmt. Zu Recht, wie ich finde. Zwanzig Prozent für den Chefposten sind im Grunde fair. Das Gehirn hätte auch ein größeres Stück vom Kuchen verlangen können. Aber es wird wohl von Natur aus sparsam sein, nur für sich nehmen, was es unbedingt benötigt. Überaus löblich. Wenn aber das Gehirn genügsam ist, warum ist es der Mensch nicht?

Ich solle mich ruhig trauen, meint Sue, meine Gedanken unterbrechend.

Tom macht Babylaute, schmatzt. Die Neugeborenen, alle klingen sie gleich. Wirklich alle. Beinahe langweilig, dass man hier nicht überrascht werden kann.

»So«, beginne ich etwas irritiert, da ich mich sanft unter Druck gesetzt fühle. Mit den Fingern trommle ich gegen einen der weißen Gitterstäbe. »Dann stehen wir uns also endlich gegenüber«, wispere ich wie ein alter James-Bond-Bösewicht.

Was soll denn das für ein beschissener erster Satz sein zu meinem … zu meinem … Neffen?

»Deine Tante«, spreche ich leise weiter, als hätte es mir ein unter dem Gitterbett liegender Souffleur zugeflüstert. »Ich bin deine Tante … das macht dich … das macht dich zu meinem Neffen, nicht wahr?«

Ein öffentlicher Notar hätte das nicht liebevoller von sich geben können. Seit wann habe ich einen Besenstiel im Arsch? Das Baby furzt.

»Das heißt dann wohl: ›Hallo, Tante Regina‹«, übersetzt Sue kichernd aus der Babysprache, aus dem Babylonischen, aus der internationalen Babyfurzsprache.

»Glaubst du, er hat gekackt?«, fragt Jen Sue.

»Denke nicht«, sagt Sue.

»Glaubst du, er hat Hunger?«, fragt Jen Sue.

»Denke nicht«, sagt Sue.

»Glaubst du, Regina kann ihn mal halten?«, fragt Sue Jen.

»Denke schon«, sagt Jen.

»Willst du denn überhaupt?«

»Nein«, denke ich und stoppe meine Zunge rechtzeitig, behalte diesmal das Wort für mich. Ich denke scheiße, scheiße, scheiße, scheiße und sage: »Ja, sicherlich, immer her damit!«

»Aber du musst natürlich nicht«, meint Sue, die bestimmt meine Zurückhaltung wahrgenommen hat. »Nur, wenn du willst. Dich bereit dafür fühlst.«

Als hätte ich es bereits hunderte Male getan, fahren meine beiden Hände unter den winzigen Körper und heben ihn ganz vorsichtig an, bis er auf meinem linken Unterarm zu liegen kommt.

Tom verzieht sein Faltengesicht zu einer schrägen Grimasse. Seht ihr? Was soll denn großartig dabei sein, ein Kind zu halten? Es ist nicht mein Kind. Nicht mit mir verwandt. Schon bald nicht mehr. Ich erinnere mich: Das Baby befindet sich bei Sue und Jen im Rahmen eines unentgeltlichen Pflegeverhältnisses mit Adoptionsabsicht. Von der Kinder- und Jugendhilfe wurde ich informiert, dass die Adoption erst mit dem erfolgten Gerichtsbeschluss besiegelt sei. Annahme an Kindesstatt, haben sie es genannt. Das könne bis zu einem Jahr dauern. Die ersten sechs Monate würden dazu dienen, um nachzuweisen, dass zwischen den Adoptiveltern und dem Baby ein sogenanntes Eltern-Kind-Verhältnis entstanden sei. Während dieser Zeit bestehe für mich klarerweise die Möglichkeit, die Adoptionsfreigabe zu widerrufen. Gelacht habe ich, als man mich darüber informiert hat. Dafür, habe ich geantwortet, habe ich keine Zeit. Keine Zeit, keine Lust, keinen Willen, keinen Weg. Überrascht angeschaut hat man mich. Nichts auf dieser Welt könne mich dazu bringen, dieses Kind behalten zu wollen. Das war mein Nachsatz beim damaligen Gespräch. Man werde sehen, gab mir die Person als Antwort.

Man werde nicht sehen, würde ich nun antworten. Man werde riechen. Frau werde riechen. Ich rieche. Ich rieche ihn. Tom. Er liegt in meinen Armen, die Augen mal geöffnet, mal geschlossen. Aber die Augen interessieren mich nicht. Sie sind grau, noch nicht in dieser Welt verankert, schwimmen fast noch im Unbewussten umher, hoffend, bald an Land zu finden und auf dem Weg dorthin die Farbe der Iris umgehängt zu bekommen. Der Geruch hingegen? Der Geruch. Wie er, von der Schädeldecke kommend, warm nach oben steigt, als wäre es seine primäre Aufgabe, seine wahre Bestimmung, die Menschen damit einzufangen, sie zu bezirzen, sie in ihren Bann zu ziehen und damit ewig an sich zu binden. Die Vernunft in mir sagt: Das macht der doch nur, um zu überleben, um seine Überlebenschancen zu erhöhen. Deshalb dieser betörende Duft. Deshalb der große Kopf im Vergleich zum restlichen Körper. Deshalb später das spontane Lächeln. Genetisch antrainiert, damit niemand aus der Sippe ihn tötet. Ein Baby ist reines Kalkül, voll ausgestattet mit Waffen, gegen die kaum jemand ankommt. Es will überleben, es will gefüttert werden, es will gewaschen und rund um die Uhr umsorgt werden, um jeden Preis. Schlau ist sie, die Natur. Und übelst hinterhältig.

Da liegt er, der kleine, mickrige Tom, liegt an meiner Brust; noch vor wenigen Wochen ist er in mir gelegen, geschwommen. Er ist so leicht. Im Bauch war er so schwer, nun ist er so leicht. Ich hebe meinen Kopf, schaue zuerst Jen, dann Sue in die Augen. Sie sehen nicht zufrieden aus, eher misstrauisch. Ich weiß, worüber sie sich Sorgen machen: Dass ich ihnen Tom wegnehmen könnte. Durch ihre Blicke hindurch kann ich in ihre Köpfe hineinsehen; verblüffend einfach sind ihre Gedanken zu entschlüsseln: Angst haben sie. Angst vor der getarnten Tante, Angst vor der leiblichen Mutter. Ich senke meinen Blick und hebe Tom hoch, bis seine dunklen, feinen Härchen mich an der Nase kitzeln. Und noch ein Stückchen näher heran, bis meine Nasenlöcher seine Kopfhaut berühren, exakt in der Mitte des Schädels, dort, wo die Platten noch nicht zusammengewachsen sind und ich den schnellen Puls des Babys sehen und spüren kann, genau dort, an dieser weichen Stelle, atme ich tief ein. Unglaublich. Der Geruch wirkt wie eine Droge, betäubt mich regelrecht für einige Sekunden. Was rede ich: Sein Geruch *ist* eine Droge! Und es ist nur ein kurzer Augenblick, aber er genügt. Er genügt, um mich in meiner Vorstellung als Mutter zu sehen. Als *echte* Mutter! Dieses perfekte Bild. Eine Mutter, ein Kind. Ist das nicht alles, was es gibt? Alles, was für ein zufriedenes Leben vonnöten ist? Ein Schock durchfährt mich, als mir diese trügerische Imagination bewusstwird, diese erzkonservative Ansicht. Und warum nicht gleich sich einen Mann, einen Ehemann, einen Gatten angeln und es sich in einer bürgerlichen Familie gemütlich machen? Wie schnell ich als Frau doch in die Falle treten kann. In die Mutterschaftsfalle, und mit ihr flugs ins berufliche Off. Wie lange ist es nun her, dass ich das letzte Mal an der nächsten Ausstellung gearbeitet habe? Hatte ich nicht der Direktorin versprochen, alles von zu Hause aus zu managen? Allein? Dass ich vor allem keine Hilfe von Fabian benötigen würde? Von niemandem? Dass ich immer alles allein machen würde, weil es so ideal für mich sei, ideal fürs Museum, für die ganze Menschheit? Immer alles am besten allein, allein, allein zu machen, um ja nie einen Faden aus der Hand geben zu müssen?!

Nein, ich lasse mich nicht so leicht um den Daumen wickeln, liebster Tom. Du bist in Ordnung. Sehr. Einer von den Guten, genauso wie deine Tante Regina, genauso wie deine beiden Mütter. Aber du bist du und ich bin ich. Dein Weg ist hier, meiner ist dort. Du brauchst Eltern und ich brauche keinen Sohn, ich brauche etwas zu tun, brauche Arbeit, Arbeit und Arbeit. Ich muss sofort nach Hause. Schon längst hätte ich anfangen sollen. Was habe ich die letzten Wochen getrieben? Wo sind sie hin, die Tage und Nächte? Ich muss auf der Stelle meine Streaming-Abos kündigen, meine Wohnung putzen, mich duschen und viele, sehr viele Mails schreiben!

»Danke«, sage ich zu den Müttern. »Ich habe genug gesehen. Soll ich ihn zurück ins Bett legen?«

Sichtlich erleichtert atmen beide aus, berühren sich an den Händen und lächeln, als hätten sie eine schwere Prüfung bestanden. Da kackt Tom. Ich höre es deutlich. Und rieche es. Ob seine Scheiße ähnlich riecht wie meine? So genau muss ich es nicht wissen.

»Dann wohl doch nicht ins Bett«, sage ich und lege das Baby in Jens Arme. Ob Sue mich hinausbegleiten wolle?

»Wie?«, meint Sue und wirkt sichtlich enttäuscht. »Du willst schon wieder gehen? Bitte, bleib doch noch auf einen Kaffee.«

»Ich muss los«, sage ich. »Hat nichts mit Tom zu tun. Alles fein. Ihr macht das bestimmt toll. Mir ist nur gerade bewusst geworden, dass ich mein eigenes Baby vernachlässigt habe.«

»Du meinst die Belvertina?«

Ich nicke und verabschiede mich winkend von Jen, die etwas unsicher mit der dreckigen Windel hantiert. Im Flur riecht es dezent, und doch unangenehm penetrant, nach Hundescheiße. Sue sagt zum Glück nichts. Ich werde sie nicht putzen, die Schuhe. Nein, dafür werde ich keine alte Zahnbürste opfern. Ich werde die Schuhe, auch wenn sie nicht gerade günstig waren, entsorgen. An irgendeinem Punkt hört die Vernunft auf und fängt der Stolz an.

An der Wohnungstür umarme ich Sue, verspreche ihr, dass ich bald auf einen längeren Besuch vorbeikomme. Sue hätte sich gerne mit mir unterhalten. I know! Aber ich kann nicht. Ich muss weg. Schnell weg und das tun, was mich zu der macht, die ich bin. Damit ich mich nicht verliere, damit ich mich nicht vergesse.

13

Ich öffne das Mailprogramm. Achtundvierzig Mails warten darauf, gelesen und beantwortet zu werden. Welches Mail zuerst? Wer ist die wichtigste Person? Die Direktorin? Gewiss nicht. Die Künstlerin der nächsten Ausstellung? Schon eher. Eva Pacchiani. In Jesolo geboren, umzingelt von betrunkenen Touristen, zwanzig Jahre später zum Studium nach Wien gezogen, hat sich hier in der Szene mit ihren konsumkritischen und feministischen Ausstellungen bald einen Namen gemacht. Für mich ist klar, dass es Zeit wird, sie auf die große Bühne zu holen. Da ich darauf bestehe, die Richtung vorzugeben und wenig dem Zufall zu überlassen, habe ich ihr bei unserem ersten offiziellen Treffen während der letzten Ausstellung einen *Otto-Katalog* in die Hand gedrückt. Nicht nur irgendeinen, sondern den allerletzten, der in Druck ging, bevor sich der Verkauf der Produkte vollkommen ins Netz verlagert hat. Ist nun schon einige Jahre her, doch der Wahnsinn hat nicht aufgehört. Einerseits Produkte speziell für die Frauen. Für die Familie. Für die Kinder. Und Produkte, die Frauen für ihre Partner und Ehemänner bestellen. Ein Kapitalfluss, der jedem Topmanager die Spucke in den Mund einspritzt. Warum nicht Topmanagerin? Weil es keine gibt! Hauptsache, die Mittelschicht, die es bald nicht mehr geben wird, bestellt brav, bis sie zur ärmeren Schicht absteigt. Hauptsache, es werden hübsche Kleider gekauft und Schminke, Parfums, Hygieneartikel sowieso, aber auch

Haushaltsgeräte, Küchenutensilien, Staubsauger, so Zeug. Den Firmennamen könne sie gerne herausreißen, sagte ich. Er sei nur eine Chiffre, ein Platzhalter für all den Unsinn. Ob sie daraus was machen wolle. Ob ich *Das weibliche Kapital* von Linda Scott kenne, entgegnete sie. Ich machte mit meinem Kopf eine Bewegung, die ja oder nein oder nichts von beidem bedeuten könnte. Es gehe, so Eva Pacchiani, nicht darum, die Welt vor dem Kapitalismus zu retten, sondern um die Gleichstellung der Geschlechter. Ihre beschriebenen Pfade dorthin würden aber in neoliberale Marktbekenntnisse münden. Was denn die Lösung wäre, wollte ich von ihr wissen, und vor allem: Wie könne sie diese in eine Ausstellung gießen? Die Künstlerin, die in ihren bisherigen Ausstellungen vor allem mit Readymades gearbeitet hatte, antwortete nicht. Sie senkte den Kopf, blätterte den letzten *Otto-Katalog* durch, hob den Kopf. Wie viel Geld ihr zur Verfügung stünde, wollte sie wissen. Genug, sagte ich lapidar, wohl wissend, dass ich die Direktorin inzwischen, vor allem, was finanzielle Belange anging, um den Finger gewickelt hatte. Wenn dem so sei, meinte die Künstlerin, und das sei bitte nur eine erste Idee, dann würde sie – je nachdem, wie viel sie ausgeben könne – etliche Objekte aus dem Katalog bestellen, zumindest vergleichbare Produkte, denn manche seien bestimmt nicht mehr erhältlich. Aus jeder Kategorie – Kleidung, Küche, etc. – ein paar Sachen. Diese zu einem Trash-Kunstwerk kombinieren, in der Ausstellungshalle, vielleicht sogar während des Betriebs, verteilen und je nach Themenlage zu mehreren Türmen anhäufen. Der Katalog selbst könne ebenfalls eingearbeitet werden. Vielleicht Seite für Seite herausgerissen und an der Wand oder an den Fenstern befestigt.

Aber ich hätte schließlich wissen wollen, ob sie eine Lösung für das Problem habe, schloss Eva Pacchiani. Genau, sagte ich. Nein, antwortete sie, sie habe keine Lösung. Keine einfache jedenfalls. Den Kapitalismus abzuschaffen sei nichts anderes als ein weiteres Märchen. Ob ich etwa auf mein iPhone verzichten wolle? Auf meine Ina Kent-Tasche? Ich lächelte und schüttelte den Kopf. Sie ebenso wenig, sagte sie und führte weiter aus: Sie habe keine Antworten. Sie habe Fragen. Sehr, sehr viele Fragen. Und diese würde sie gerne in dieser Ausstellung zum Ausdruck bringen. Abgesehen davon sei ein *besserer* Kapitalismus besser als ein schlechter. Da stehe sie auf der Seite von Linda Scott. Man könne die Autorin doch zur Eröffnung für einen Vortrag einladen, schlug ich vor. Dann dürfe aber auch eine Globalisierungskritikerin als Gegengewicht nicht fehlen, entgegnete Pacchiani und schlug die Ökofeministin Vandana Shiva vor. Ich nickte heftig und tat so, als würde ich sie kennen. Wir redeten noch lange, diskutierten über einen möglichen Titel für die Ausstellung und vereinbarten, dass ich mich bei ihr melden würde, sobald der Satansbraten nicht mehr Teil meines Innenlebens wäre.

Und ich melde mich. Etwas später als gedacht. Alle schreibe ich sie an. Schaue auf die Uhr. Warte auf Antworten, auf Bestätigungen, auf grünes Licht von der Direktorin, was die Ausstellung nach jener von Eva Pacchiani betrifft. Mein Kalender macht mich darauf aufmerksam, dass ich in einer Woche wieder arbeiten gehen darf. Ob ich das so lange ertrage ohne kollegialen Austausch? Ich lächle über diesen Gedanken. Nichts hätte ich dagegen, wenn es so bliebe. Mit Sophia komme ich noch am besten zurecht. Sie ist moralisch nicht korrekter als Walter und Fabian, aber das macht nichts, sie ist eine Frau und hat demnach einen meilenweiten Vorsprung. Apropos Sophia: Ich nehme mein Handy in die Hand, rufe sie an. Es klingelt.

»Hey Regina!«, plärrt es aus dem kleinen Lautsprecher. »Schön, von dir zu hören.«

»Ja, hallo«, sage ich.

»Na?«, fragt sie. »Wie geht es dir?«

»Wie immer«, sage ich und hoffe, dass wir mit dem obligatorischen Gequatsche durch sind.

»Du bist nun bald wieder bei uns, nicht wahr?«, fängt sie von Neuem an.

»In einer Woche«, sage ich. »Be prepared.«

Sophia atmet ins Telefon. Kann es sein, dass ich eine Männerstimme im Hintergrund gehört habe? Ein tiefes Lachen oder Krächzen?

»Ist Walter da?«, frage ich.

»Nein«, sagt Sophia gepresst. »Der ist grad unterwegs.«

Mein innerer Lügendetektor schlägt aus.

»Wie dem auch sei«, sage ich. »Du wirst bald ein Mail von Eva Pacchiani bekommen. Sie hätte ein paar Besorgungen, die zu erledigen wären. Bitte sei so nett.«

»Aber klar doch«, sagt Sophia.

»Außerdem die ganzen Bestellungen der Readymade-Objekte. Da die Pacchiani momentan mit anderen Dingen beschäftigt ist, wollte ich dich bitten, ob du das übernehmen könntest. Es sind verdammt viele Produkte. Manche davon relativ teuer. Das Budget ist aber, wie du weißt, abgesegnet. Alles klar?«

»Alles klar«, schnauft sie.

Wieder habe ich den Eindruck, im Hintergrund etwas gehört zu haben.

»Na dann«, sage ich. »Du bekommst einen Anruf, falls mir noch etwas einfällt.«

Da höre ich wieder dieses Krächzen. Oder ist es ein Röcheln?

»Alles klar«, sagt sie. »Gut, bis bald. Danke.«

Sie hat aufgelegt. Normalerweise bin ich die schnelle Auflegerin. Nun ja, hat sie sich wohl was von mir abgeschaut.

Die letzte Woche in der Mutterschutz-Gefangenschaft vergeht schleppend. Zumal es für mich bloß Schutz-Gefangenschaft heißen müsste, da ich keine Mutter bin. Während der Telefonate gehe ich unaufhörlich im Kreis. Immer in dieselbe Richtung. Auf dem weichen Baumwollteppich im Wohnzimmer beginnt sich schön langsam eine Spur abzuzeichnen. Ich könnte den Radius abmessen, den Flächeninhalt meiner Bewegungen berechnen und meine Leistung davon ableiten. Für ein paar Stunden gibt es einen Netzausfall. Auch das WLAN funktioniert nicht. Der Netzbetreiber entschuldigt sich am nächsten Tag per SMS und schenkt einen freien Tag im Internet im Folgemonat. Ach, manchmal ist die Realität so unglaublich langweilig und trocken.

Nur noch drei Tage, nur noch zwei Tage, nur noch ein Tag… Hallo. Hallo. Hallo. Alles gut bei euch? Mir geht es prächtig. Alles superfein. Als wäre ich gar nie weggewesen. Als wäre gar nichts geschehen in der Zwischenzeit. Als hätte es gar nie ein Baby in meinem Bauch gegeben. Hahahaha. Wir haben Spaß hier im Büro. Spaß haben wir. Wir sind ein tolles Team, das sind wir. Unterstützen uns, verheimlichen einander nichts, sind stets füreinander da, helfen uns, wo und wann wir nur können. Das macht doch ein gutes Team aus, nicht?

Fabian schlägt das Bussi-links, Bussi-rechts aus. Soll mir recht sein. Dem Erzeuger des Kindes gehe es übrigens gut, richte ich ihm aus. Er habe ihn ja bei der Vernissage vor etwa drei Monaten kennengelernt. Ist doch ein Netter, mein neuer Freund, mein Partner, mein Lebensmensch, nicht? Ja, presst Fabian hervor, er habe freundlich auf ihn gewirkt.

Er könnte ihn doch mal in seinen *contemporary-claim* einladen – so nennt er seinen Raum im Raum, den er in der Belvertina kuratorisch betreut.

Fabian hebt den Kopf. Sieht mich ohne Ausdruck an.

»Marvin Gangler heißt er. Kennst du ihn denn nicht?«

»Doch, doch« murrt er. Natürlich kenne er ihn. Eh ganz nett, was er mache.

»Finde ich auch«, sage ich. »Finde ich auch.«

»Seit wann gefällt dir eigentlich Malerei?«, fragt Fabian.

»Gefällt mir nicht«, antworte ich. »Aber ich habe die Fähigkeit, gut gemachte Kunst zu erkennen, egal, in welchem Segment. Du etwa nicht?«

Fabian verzieht das Gesicht.

»Er ist übrigens seit Neuestem bei der Galerie Grohlinger unter Vertrag.«

»Tatsächlich?«, sagt er. »Da fällt mir ein, dass ich bemerkt habe, dass kürzlich ein, zwei Werke von ihm angekauft wurden?«

»Ist das eine Aussage oder eine Frage?«

»Nur so«, meint Fabian. »Ist mir aufgefallen. Es war sozusagen auffällig.«

»So ist es«, sage ich und beginne zu ahnen, worauf er hinauswill.

»Freundschaftsankauf?«, fragt er, während er auf seine Finger blickt, die eigenartig verknotet über der Tastatur seines Laptops schweben.

»Lieber Fabian«, sage ich, »ich könnte antworten: nein, rein geschäftlich, rein professionell. Aber wie wir beide wissen, ist in der Kunst nichts rein geschäftlich. Ich kenne den, du kennst jemand anderen, ich schätze diese Künstlerin, du jene. Und ja, wir tun einander manchmal einen Gefallen. Oder hast du etwa noch nie einer Künstlerin geholfen und mit einem Ankauf finanziell unter die Arme gegriffen, wenn du weißt, unter welch jämmerlichen Bedingungen sie lebt und arbeitet?«

Fabian schaut. Dann schaut er und denkt. Dann öffnet er den Mund: »Ja, du hast sicherlich …«

»Denn wenn nicht«, unterbreche ich ihn, »dann solltest du es langsam mal tun. Du bist doch wieder Teil der Jury vom *exceptional artist award,* nicht? Eine Hand wäscht die andere. Wenn es sich von der jungen Künstlerinnengeneration niemand mehr leisten kann, Kunstwerke zu schaffen, sieht es mit der Ausübung unserer Profession bald ebenfalls mies aus.«

»Ja, Regina«, beschwichtigt er. »Schon gut. Du hast ja recht.«

»Natürlich habe ich recht«, antworte ich.

»Fein«, sagt Fabian. »Ich sehe mir mal an, ob ich einen Slot für Marvin … wie heißt er nochmal?«

»Gangler.«

»… frei habe.«

»Vielen Dank auch«, sage ich, meine damit *na hoffentlich,* und füge in Gedanken hinzu, dass er es ist, der mir danken müsste und nicht umgekehrt, denn die Direktorin steht auf gegenständliche Malerei (geht auch gar nicht anders, wenn man eine riesige Kunstinstitution leitet, die sowohl Klimts *Kuss* als auch Dürers *Feldhasen* unter einem Dach beherbergt). Bei ihr wird er sich also mit Marvins Bildern sicherlich nicht unbeliebt machen.

Vielleicht schmollt Fabian gar nicht deshalb, weil er mich nicht rumkriegt, sondern weil ich ihn nicht in die Ausstellung mit Eva Pacchiani eingebunden habe. Wird eine Mischung aus beidem sein. Ist mir ziemlich egal. Soll er sein kleines *contemporary-claim*-Räumchen weiter hegen und pflegen. Ich gehe aufs Große und Ganze.

Um halb eins erheben sich alle auf ein geheimes Zeichen hin, das mir entgangen sein dürfte, und machen sich auf den Weg zum Essen. Ob ich auch mitkommen wolle, fragt Sophia. Ich schüttle, ohne sie anzusehen, den Kopf. Walter brummt etwas Unverständliches. Er ist sicherlich froh, noch einen Tag ohne mich mittagessen gehen zu können. Soll er meinetwegen an einem großen Stück Fleisch ersticken. Was denken die überhaupt? Kaum am Schreibtisch Platz genommen, soll ich schon wieder aufstehen und was fressen? Nein, jetzt wird erst einmal gearbeitet. Den Essay für den Katalog der nächsten Ausstellung gilt es, zumindest in groben Zügen, niederzuschreiben. Und ich schreibe. Ich schreibe, ohne nachzudenken, einen Titel hin: *sale women's sale.* Könnte passen. Sollen sie doch, wie Linda Scott predigt, einfach zu jedem Weihnachtsfest zwanzig Prozent weniger einkaufen, die Frauen, die Partnerinnen, die Mütter. Da würden die Firmenchefs einer nach dem anderen an einem Herzinfarkt sterben. Und zum Weihnachtsfest ein Jahr darauf wieder zwanzig Prozent weniger. Und wieder. Bis sie restlos einknicken, die Männer, bis das Patriarchat keinen anderen Ausweg mehr sieht, als dankend abzudanken. Es wäre eine Katastrophe für die Wirtschaft. Und es wäre ein Fest. Ein Fest für uns Frauen, denn jeder Mensch würde begreifen, dass es so nicht weitergehen kann. Dass wir mit Respekt zu behandeln, auf Augenhöhe anzusprechen sind. Kein Aufsichtsrat mehr ohne fünfzig Prozent Frauenbeteiligung. Keine Managementposten mehr ohne fünfzig Prozent Frauenbeteiligung. Keine Regierung mehr ohne fünfzig Prozent Frauenbeteiligung. Es geht nicht mehr. Es ist vorbei!

Ich komme nicht weiter. Stecke fest. Habe ich Hunger? Vielleicht. Am Abend ist noch genügend Zeit zum Essen. Ich stehe auf, strecke mich, gehe aufs Klo, wechsle die Binden, schlendere im leeren Büro umher, gehe an Walters Computer vorbei. Ob er noch immer sein altes Passwort benutzt? Ich hebe seine Tastatur an und lese sein altbekanntes: *KieferBrandlWeilerAtterseeBaselitz12345*. Sein Computer ist auf Standby. Wann kommen die vom Essen zurück? Ach, das wird noch dauern. Ich gebe schnell das Passwort ein. Öffne das Mailprogramm und bringe mich, was den Beziehungsstatus von Walter und Sophia betrifft, up to date:

Wir haben noch gar nicht über letztes Mal gesprochen. Ich dachte mir, ich schreibe dir. Vielleicht ist es leichter so. Ich finde es gut, dass wir uns wieder angenähert haben. Und dann so unerwartet. Auf jeden Fall war es wirklich geil! Und schräg. Ich bin froh, dass es dir gut geht. Dass es uns wieder gut geht nach allem, was geschehen ist. Nochmal, liebste Sophia, und nun schriftlich: Es tut mir leid!! Und ich bin dir so unglaublich dankbar, dass du es verstehst. Es zu verstehen versuchst. Ich konnte und kann es meiner Familie nicht sagen. Noch nicht. Meiner Frau geht es psychisch gerade nicht so gut. Und die schulischen Leistungen der Kinder sind unterdurchschnittlich. Wenn jetzt noch etwas dazukommt, werden sie die Klasse mit Sicherheit wiederholen müssen. Aber bald bin ich so weit, bald sind sie so weit, ich verspreche es dir hoch und heilig! Und dass du es im letzten Moment doch noch hast abtreiben lassen, ist ein Riesenbeweis für deine Zuneigung mir gegenüber. Dass du es für mich gemacht hast, für uns. Das bedeutet mir unendlich viel, meine Zuckerperle …

Dreckswichser, grauslicher. Seine hinterlistige Schleimerei geht noch weiter. Ich höre auf zu lesen, damit keine Gefahr besteht, Walters Schreibtisch vollzukotzen. Arme Sophia. Dass sie sich so leicht kaufen lässt. Klar bin ich genauso froh wie Walter, dass sie abgetrieben hat, aus anderen Gründen, versteht sich. Im Gegensatz zu ihm brauche ich Sophia. Ich brauche sie an ihrem Arbeitsplatz. Würde sie nicht meine Drecksarbeit erledigen, die für sie gerade noch interessant genug zu sein scheint, müsste ich eine neue kuratorische Assistentin einschulen, oder noch schlimmer: auf Fabian zurückgreifen. So oder so würden entweder mehrere Monate verlorengehen oder aber ich würde die Nerven verlieren. Keine Ahnung, welche Möglichkeit schlimmer wäre.

Hinuntergescrollt. Sophias Antwort gelesen:

Lieber Walter, mir ging es nicht gut an dem Tag. Und auch nicht die Tage und Wochen zuvor. Eigentlich Monate. Wie lange haben wir uns nicht geliebt? Zu lange. Ich konnte mich nicht länger wehren, wollte es nicht. Es ist so anstrengend, mich von dir fernzuhalten. Und ebenso anstrengend, wenn du da bist, bei mir. Anstrengend, weil ich nicht weiß, wie lange ich es aushalte, wie lange ich noch damit leben kann, dass wir uns immer wieder so nahe sind und doch nach der Arbeit getrennte Wege gehen. Ich in mein winziges WG-Zimmer, und du in dein hübsches Häuschen mit Frau und Kindern. Das ist doch grotesk, findest du nicht? Und es macht mich traurig, dass wir darüber schreiben können, aber nicht darüber reden. Das ist keine Kommunikation, das ist kein wirkliches Gespräch, verstehst du? Du lässt mich nicht rein. Nicht wirklich. Und warum nicht Taten folgen lassen? Wie viel Zeit brauchst du? Ach, wenn du bloß nicht…

Auch ihr Mail geht noch lange weiter. Auch hier höre ich auf, um nicht kotzen zu müssen. Diese Kleingeistigkeit, diese Opferrolle, in der sie verharrt. Solange wir Frauen uns so abhängig machen von den Männern, sehe ich kein selbstbestimmtes Handeln, kein freies Leben. Ohne dass Sophia es weiß, ist ihr die nächste Ausstellung *sale women's sale* auf den Leib geschnitten. Frauen wie sie müssen sie sehen. Frauen, die denken, frei zu sein, es aber nicht sind; Frauen, die denken, gleichberechtigt zu leben, aber von unten sehnsüchtig auf die Männerwelt blicken, die sich irgendwo oben in den Wolken abspielt; Frauen, die es hinnehmen, weniger zu verdienen, die es hinnehmen, abgewertet zu werden, als unterbelichtet und hysterisch abgestempelt zu werden, unterdrückt und beiseitegeschoben, gerade, wenn es darum geht, wichtige Entscheidungen zu treffen.

Ich höre Wortfetzen, die vom Stiegenhaus ins Büro dringen. Schnell schließe ich das Mailprogramm und versetze Walters Computer in den Standby Modus, husche zu meinem Schreibtisch, lasse mich auf den Stuhl fallen, greife mir an die Stirn, schließe die Augen. Ich sollte keine heimlichen Blicke mehr ins Privatleben fremder Menschen werfen. Nein, ich sollte bei mir bleiben, bei meinen eigenen Baustellen. Bei meinen Baustellen, die zur Abwechslung seit Kurzem nicht in meinem Inneren stattfinden, sondern in den Ausstellungsräumen. Mich daran erinnern, dass der richtige Fokus alles ist, was ich fürs Erreichen meiner Ziele benötige. Sollen die anderen glücklich sein, sollen sie unglücklich sein, sollen sie sich verzehren, sollen sie sich gegenseitig runterziehen, sollen sie Liebe machen, was auch immer das sein soll, sollen sie verrecken, nein, soll Walter verrecken, nur er allein. Solange Sophia arbeitet, wie ich es von ihr verlange, soll sie ihr Spielchen spielen. Schade, dass sie zu beschränkt ist, um mit mir auf der Tribüne zu sitzen und das Spielgeschehen von außen zu betrachten. Leider gibt es nur so wenige Menschen, die an der Seitenlinie stehen. Alle müssen sie laufen, laufen, immerfort laufen. Ein Drama nach dem anderen abspulen, als wäre es das erste, das sie jemals sehen, an dem sie jemals teilnehmen würden. Idioten. Da halte ich lieber das Fernglas in der Hand, ziehe mal an dieser Schnur, mal an jener, und schaue zu, wer am Spielfeld lebt … und wer stirbt.

Kurz bevor sie ins Büro eintreten, sticht es in meiner Brust. Diesmal kräftiger und etwas länger als noch bei Sue und Jen. Verdammt. Es scheint tatsächlich zurückzukehren. Will mir mein Herz am Ende doch etwas mitteilen? Aber was? Ein Herz kann doch nichts mitteilen. Der Bauch kann nichts mitteilen. Nicht einmal das Gehirn kann mir etwas mitteilen, denn das bin doch ich, zur Hölle nochmal! Wie soll ich mir bitte selbst etwas sagen können? Wer intellektuell so einfältig ist und an eine Seele im Inneren glaubt, kann dieser Idee unter Umständen etwas abgewinnen, aber eine aufgeklärte

Frau wie ich? Absurd. Der Körper ist da, um mir zu dienen, mir zu gehorchen und nicht, um mich zu leiten. Er kann mir nichts sagen, ich sollte ihm etwas sagen. Dass er sein beschissenes Maul halten soll, sein beschissenes Herz im Zaum halten, damit ich arbeiten kann. *Lasst Steinbruch und ihr Team arbeiten!,* denke ich. Ob es mir gutgehe, fragt Sophia. Alles bestens, zische ich, als das Stechen langsam nachlässt. Alles bestens. Der Schmerz und ich, denke ich, wir sind gute Freundinnen, haben uns seit den Wehen nie besser verstanden. Wir sind gar nicht mehr voneinander zu trennen. Sind uneins eins. Dreimal sachte mit den Fingerspitzen aufs Brustbein geklopft, tief durchgeatmet, den Blick auf den Bildschirm gerichtet… und geht schon, Regina, weiter, immer weiter nach Plan.

14

Ein Jahr. Das kann ich mir. Auf der Zunge zergehen lassen kann ich es mir. Die Vorstellung, nicht das Jahr. Wie können dreihundertsechsundsechzig Tage so schnell vergehen? Es fühlt sich an, als hätte ich die Seite eines Buchs umgeblättert. *Sale women's sale* war ein Achtungserfolg. Von Anfang an war mir klar, dass die Ausstellung keine Massen anziehen würde. Sie sind ja auch dumm, die Massen. Rennen alle in dieselbe Richtung und wie Lemminge kopfüber in den Abgrund. Dafür waren die Kritiken in den Qualitätszeitungen wunderbar. Mainstream bekommen die Leute ohnehin im Belvertina-Haupthaus in der Innenstadt geliefert. Dort können sich die Touristen ihre Finger wund knipsen.

Bei der Ausstellung danach, die ich *art exorcism* betitelte, drehte es sich um: Die Kritiken waren, bis auf einen Teilaspekt, vernichtend, dafür kamen die Leute in Scharen. Zähneknirschend habe ich es hingenommen. Ich habe Aziz Azimov eingeladen, einen aufstrebenden Künstler aus Taschkent, den ich drei Jahre zuvor zufällig auf der Art Basel kennengelernt hatte. Er sah aus wie ein Geist, ätherisch, kaum greifbar. Genauso wirkten auch seine Fotografien. Ich habe ihm jedenfalls vorgeschlagen, sich dem Ausstellungsraum aus einer esoterischen Richtung anzunähern und usbekische Wahrsagerinnen, Schlangenmenschen, Löffelbieger und vom Teufel (oder Jesus) Besessene für eine delegierte Performance einzuladen und abzulichten.

Meiner Idee, sein Fotografieren von einem Fotografen festzuhalten, konnte Azimov viel abgewinnen. Dies war auch der Teilaspekt, den die Kritikerinnen äußerst positiv hervorhoben und der die Ausstellung aufs nächste Level hob: Ich schlug vor, eine Fotografin einzuladen, die den Fotografen fotografierte, der Aziz Azimov fotografierte, der die Performenden fotografierte. Und dann müsse eine weitere Fotografin eingestellt werden, sinnierte ich. Er wisse schon, Gleichstellung Frau und Mann. Unbedingt, sagte er. Also eine Fotografin, die die Fotografin dabei fotografierte, wie sie den Fotografen fotografierte, der Aziz Azimov fotografierte, der die Performenden fotografierte. Und all das müsse auf Video aufgezeichnet werden, schloss Azimov. Der Kreis müsse sich schließen. Das mit dem Video sei etwas kompliziert, gab ich zu verstehen. Da müsse man die Besuchenden um Erlaubnis fragen. Jeden Einzelnen. Ja, sagte Azimov, müsse man. Ich zuckte mit den Schultern und schüttelte seine Hand.

Die Ausstellung *art exorcism* rennt noch für ein paar Wochen. Danach schließt das Museum für mindestens ein halbes Jahr wegen eines Erweiterungsbaus, den sich die Direktorin schon lange wünscht (ein Café und Veranstaltungsraum samt weitläufiger Terrasse am Dach).

Ich hoffe, dass ich mich während der Bauarbeiten nicht langweile. Alles in allem aber läuft es super. Mein Leben. Toll. Großartig. Einwandfrei. Herrlich. Unglaublich. Ich kann mich nicht beschweren. Ja, mir geht es gut. Sehr, sehr gut.

Ein Jahr. Tom ist bereits ein Jahr auf der Welt. Ein Jahr, das bedeutet, Tom ist auf der Erde ein ganzes Mal um die Sonne geflogen. Zweimal habe ich geblinzelt, vielleicht sogar dreimal, und schon brennt die erste Kerze. Vor drei Wochen hat er von mir bereits sein eigentliches Geburtstagsgeschenk erhalten: den Gerichtsbeschluss, endlich war es so weit. Die Annahme an Kindesstatt besiegelt seine Zukunft, sein Leben, seine Familie. Nun hat er ganz offiziell seine beiden Mütter als Eltern (Sue ist die Mami, Jen die Mama). Und ich bin endlich frei. So richtig. Ich habe mich besoffen an jenem Tag. Vor Freude. Für mich. Für Sue. Ein bisschen auch für Tom. Und ein Schluck galt sogar Jen.

Toms erster Geburtstag ist vorüber, ist *geschafft*, wie es Sue ausgedrückt hat, mit dunklen Schweißrändern auf ihrem Shirt. Kindergeburtstage, hat sie gemeint, zählen – wie sie herausfinden musste – mitunter zu den schwierigsten organisatorischen Zusammenkünften, die es gebe. Eine Ausstellung in der Galerie Grohlinger sei dagegen ein Klacks. Das Problem seien nicht unbedingt die Kinder, in diesem Fall die Babys (drei wurden eingeladen), sondern die Eltern. Und nicht nur die Eltern der Babys, sondern vor allem die eigenen, die Eltern von Sue und Jen. Jede Person hat eine bestimmte Vorstellung, wie der Tag abzulaufen hat. Das Geburtstagskind wird gar nicht erst gefragt. Gut, es könnte noch nicht antworten. Trotzdem, ein Tag mit hundert Meinungen und Erwartungen, die alle die Oberhand gewinnen wollen. No easy task. Dass Jens Mutter – Jen entschuldigte sich übrigens nochmals – mich kurz nach dem Geschenkeauspacken als Leihmutter bezeichnet habe, sei unpassend, ärgerlich, jedenfalls nicht richtig gewesen.

Ich habe nicht zugegeben, dass es mich verletzt hat. Mir selbst habe ich es nicht eingestanden, den anderen erst recht nicht. Gelächelt habe ich. Dann lauthals gelacht. Dann das Sektglas geleert. Und doch hat Jens Mutter im Grunde recht gehabt. Die Wahrheit habe ich rausgelacht. Es ist ja auch scheißegal, was ich war und wie man es nennt. Leihmutter? Als wäre es von Anfang an so geplant gewesen! Anfang. Ganz am Anfang, da hat er mir gehört, der Embryo. Er war meiner, auch wenn ich ihn nicht haben, ihn so schnell wie möglich wieder loswerden wollte. Ich habe ihn nicht an Sue verliehen. Ich habe ihn ihr geschenkt. Eine Schenkmutter bin ich. Da besteht ein kleiner, aber feiner Unterschied. Vielleicht hat es Jens Mutter nicht so gemeint, immerhin ist Deutsch nicht ihre Muttersprache. Vielleicht ist sie auch einfach nur alt, denkt nicht nach, bevor sie spricht. Wie man es ihrem Gesicht angesehen hat, dass sie sich eine heterosexuelle Tochter gewünscht hätte. Dass es für sie schon schwer genug ist, ihre einzige Tochter mit einer Frau verheiratet zu sehen. Und dann kommt das Baby auch noch von einer Freundin, anstatt aus dem Bauch ihrer eigenen Tochter, oder wenn schon nicht aus dem Bauch der Tochter, dann doch wenigstens aus dem ihrer Frau. Aber nein, eine rothaarige Kuratorin kommt dahergelaufen und kackt plötzlich bereitwillig Babys raus, drängt es ihrer Tochter förmlich auf. Rabenmutter. Das denkt sie über mich. Leihmutter, Rabenmutter, keine Mutter. Auch keine Tante. Am liebsten wäre es ihr gewesen, wenn ich gegangen wäre. Wenn ich mit meinem Mobile, das ihres bald über dem Gitterbett verdrängt hatte (wie denn auch sonst: meines war definitiv geschmackvoller), verschwunden wäre, um diese ganze Situation etwas einfacher zu gestalten, sie von einer der vielen Patchwork-Schlingen zu befreien. Wenn es schon kein Papa und keine Mama sein darf, dann wenigstens Mami und Mama, und nicht Mami und Mama und Tante. Und Onkel. Wobei es der liebe Onkel Marvin, da muss ich ihm auf die Schulter klopfen, tatsächlich geschafft hat, den Mund zu halten. Nun, er wusste ja auch, was auf dem Spiel stand: seine ganze künstlerische Existenz, nicht mehr, nicht weniger.

Zweimal hat Sue Tom in die Galerie mitgebracht. Einmal, als wollte sie ihm eins auswischen, zur Vernissage von Marvins erster Werkschau in der Galerie. Aber Sue ist keine Person, die jemand anderem eins auswischen würde. Sie hatte an jenem Abend, da die Wienwahl kurz bevorstand und Jen rotierte, bloß keine andere Möglichkeit gesehen, als ihn mitzunehmen, und da sie nicht wusste, dass Marvin *es wusste*, hatte sie wahrscheinlich gar nicht erst darüber nachgedacht. Kurz bevor an jenem Abend die Gäste eintrudelten, fiel ein offenbar schlecht angeklebtes Schildchen von der Wand. So hat es mir jedenfalls Marvin später am Abend erzählt. Er stand zufällig neben Sue und fragte sie mit unschuldiger Miene, ob er kurz ihr Baby halten solle, damit sie das Schild wieder ankleben könne. Sue schüttelte mit einem entschuldigenden Lächeln den Kopf, sagte, dass das nicht nötig sei und gab, indem sie quer durch die Galerie schrie, damit man sie im Büro hörte, Leyla den Auftrag, das Schildchen wieder anzukleben. Tom begann der Lautstärke wegen zu weinen. Sue biss sich auf die Lippen, lächelte noch einmal gepresst in Marvins Richtung und wünschte ihm alles Gute für die Vernissage.

Beim zweiten Mal nahm Sue Tom mit zu einer Lecture-Performance, die ich für Marvin zu seiner Finissage gehalten habe. Als ich gerade vom Klo zurückkam, nachdem die meisten Leute – nicht ohne das eine oder andere Werk gekauft zu haben – gegangen waren, passte mich Marvin ab und fragte, ob er, nun, da einige Zeit verstrichen sei, Sue nicht verraten könne, dass er von seiner Vaterschaft längst wisse. Damit er den Kleinen auch mal halten dürfe. Er könne mich am Arsch lecturen, habe ich, Arcus zitierend, daraufhin gemeint, und dass er sich an die Abmachung gefälligst zu halten habe. Resigniertes Nicken. Ob er wieder mal Lust auf langweiligen Sex habe, fragte ich ihn nach einer kurzen Pause. Resigniertes Nicken. Er solle diesmal zwei Kondome überstreifen, sagte ich ihm. Nein, besser drei. Er müsse ja auch nichts spüren.

Einmal habe ich Sue gegenüber die Penisse verflucht. Dass ich immer noch auf sie stehe. Rückständig. Habe ihr gesagt, dass ich auch gerne lesbisch wäre, aber dass ein Penis halt ein Penis sei und ich in meinem Kopf nichts daran ändern könne. Wie ich das meine, hat sie gefragt.

»Na, ich hätte weniger mit Arschtypen zu tun«, habe ich gesagt. »Nicht nur im Bett.«

»Es gibt auch Frauen, die ihre Ärsche im Gesicht tragen.«

»Tatsächlich? Nein, im Ernst, du hast ja nicht mal Männer in deinem Job. Deine Chefin ist eine Frau, alle Assistentinnen sind Frauen.«

Erstens, hat Sue gemeint, sei genau das ihr Problem – Stichwort Leyla –, und zweitens sei meine Chefin auch eine Frau.

»Aber mit der hocke ich nicht täglich im Büro«, habe ich gesagt.

»Du sitzt einer Illusion auf. Außerdem habe ich eh keine Probleme mit Männern.«

»Ich habe auch keine Probleme mit Männern«, habe ich Sue erklärt. »Die Männer haben Probleme mit mir! Wofür sind sie denn zu gebrauchen? Wie stolz sie sind, wenn die Ehefrau sie bittet, ein Glas saure Gurken zu öffnen oder eine Dose Kokosmilch. Das ist die größte Befriedigung, die man ihnen geben kann. Dass sie das Gefühl haben, endlich für irgendetwas gebraucht zu werden! Maschinen wollen sie sein. Und das sind sie auch. Als Belohnung wollen sie dann abends einen geblasen bekommen, die armen Bubis. Sie haben ja sonst nichts, worauf sie sich freuen können.«

»Ja«, hat Sue gesagt. Dann hat sie ein bisschen nachgedacht und noch einmal ihren Mund geöffnet: »Ja.«

Jen hat bei der Wahl verloren. Eigentlich ihre Partei – sie selbst steht nicht in der ersten Reihe, kaum in der zweiten. Und nicht nur ein bisschen haben sie verloren. Fast wären sie aus dem Gemeinderat geflogen. Auf einen schnellen Aufstieg folgt – wie man nur zu gut weiß – nicht selten ein rasanter, steiler Fall. Jen war am Boden zerstört, ist einige Wochen nur apathisch auf der Couch gesessen, was überhaupt nicht zu ihrem natürlichen Taten- und Profilierungsdrang passt, mir persönlich aber sehr sympathisch war. Sie war weniger gereizt, angenehm depressiv, lethargisch abwesend, alles in allem endlich nett. Als Sues Kinderbetreuungszeit zu Ende ging und Jen an der Reihe war, war sie schließlich gezwungen, aktiv zu werden, zumindest, was Tom angeht. Es dauerte nicht lange und sie stürzte sich ins Kleinkindarschabwischen und Kleinkindmäulchenstopfen, als wäre es immer schon ihre Bestimmung gewesen. Kaum ein Wort über Politik kam ihr mehr über die Lippen. Und nicht selten überblätterte sie in den Zeitungen die Innenpolitiknachrichten, ausgenommen vielleicht Anneliese Rohrers Samstags-Kolumne und Antonio Fians Dramolette. Kurz gesagt: Außer Tom sah sie nur noch Tom.

Sue hatte es auch nicht leicht. Ihre Chefin hatte Leyla fix ins Team aufgenommen. Dabei hatte Sue sich, ohne es zu wissen, selbst eine Grube gegraben. Hätte sie die Kinderbetreuung etwas kürzer in Anspruch genommen, wäre ihr diese fleischliche Versuchung erspart geblieben. So gesehen war es Toms Schuld. Eigentlich meine. Nein, Marvins. Der sollte für Sues sexuelle Gelüste geradestehen. Ausgepeitscht werden. Was weiß ich! Sue, meine liebe Sue. Ob ihr Jen denn nicht genüge, fragte ich sie mit einem Augenzwinkern. Das sei nicht so einfach, gab sie zu verstehen. Leyla lasse halt auch nicht locker. Würde sie wenigstens so tun, als wenn da nichts wäre zwischen ihnen. Aber sie tue nicht *so*. Im Gegenteil, bei jeder Gelegenheit berühre sie ihren Arm, streife während einer Besprechung wie unabsichtlich ihre Schenkel unter dem Tisch, schaue sie an, als würde sie sie am liebsten … Aber trotz allem halte sie sich zurück. Leyla wisse von Jen, von der Ehe, von dem, was mit Tom auf dem Spiel stehe. Aber das mache es nur noch schwieriger. Manchmal, sagte Sue, wäre es ihr lieber, all diese aufgestaute Energie würde mit einem Mal, mit einem langen, intensiven Orgasmus am Klo der Galerie abfließen. Vielleicht wäre dann alles getan, was getan werden müsse, vielleicht würde sie sich dann nicht mehr von ihr angezogen fühlen, vielleicht würde sie sich Leyla nicht mehr ausgezogen vorstellen. Aber dieses Risiko eingehen wolle sie trotzdem nicht. Fremdgehen komme nicht infrage. Das habe sie hinter sich. Sie wisse, wohin das führe. Nein, Jen ein weiteres Mal zu verletzen, das könnte sie selbst nicht verkraften. Es müsse einen anderen Weg geben, damit klarzukommen. Womöglich, indem sie das Liebesleben zwischen Jen und ihr wieder reaktiviere? Wäre das nicht die naheliegendste Lösung, die logischste, die schönste? Wann hatten sie das letzte Mal genügend Energie für Sex? Wann war sie überhaupt das letzte Mal mit Jen alleine abends unterwegs gewesen? Jen. Sie müsse wieder auf sie zugehen. Jetzt. Sofort.

So in der Art hat diese Unterhaltung im Park mit Sue (und dem schlafenden Tom im Kinderwagen) stattgefunden, wobei es eher ein Monolog als eine Unterhaltung gewesen ist. Manchmal ist es als beste Freundin recht einfach, da muss man nichts weiter tun, als dem Gegenüber ein Ohr zu leihen, oder so zu tun als ob.

Ich betrete Sues und Jens Wohnung. Beide stehen in feinster Abendgarderobe im Flur. Tom krabbelt gerade von der Küche kommend ins Kinderzimmer.

»Regina«, beginnt Sue, »das ist die Ausnahme einer Ausnahme … einer Ausnahme. Das weißt du.«

Ich nicke.

»Zuerst hat die Babysitterin abgesagt«, meint Jen. »Dann meine Mama, dann Sues Mama. Die Opas sind, wie wir alle wissen, nicht fähig, auf ein Kleinkind aufzupassen, also wurden sie erst gar nicht gefragt.«

»Ich bin im Bilde«, sage ich.

»Wir haben sonst niemanden, den wir so kurzfristig darum bitten könnten«, sagt Sue.

»Und wir haben uns so auf diesen Abend gefreut!«, meint Jen. »Bisher haben wir alle Stücke von ihm gesehen. Und dann noch dazu im Akademietheater!«

»Das möchten wir nicht versäumen«, sagt Sue.

»Dürfen wir nicht«, meint Jen.

»Ich sehe schon«, sage ich. »Ihr sprecht wieder, als hättet ihr nicht zwei Münder, sondern bloß einen«, und füge hinzu, dass dies ein gutes Zeichen sei, ein gutes Zeichen für die Beziehung, zumindest für diese kranke Beziehung, die sie führten. »Das war als Kompliment gemeint«, ergänze ich, da mich beide anstarren. Vielleicht starren sie nicht mich an, sondern die Wanduhr, die sich über meinem Kopf befindet. »Ihr habt es eilig. Ich verstehe schon.«

»Der Brei ist fertig«, sagt Sue knapp.

»Vielleicht ist er noch heiß«, ergänzt Jen. »Da musst du aufpassen und ein bisschen blasen. Ansonsten gib etwas Apfelmus dazu.«

»Come on!«, sage ich. »Es ist nicht das erste Mal, dass ich ein Kind füttere.« (Es ist das erste Mal.)

»Die Windeln findest du im Fall der Fälle unter dem Wickeltisch«, sagt Sue.

»Sein Lieblingsstoffaffe ist schon im Gitterbett«, sagt Jen. »Ach ja, Zähne putzen bitte nicht vergessen. Er hat nur vier oben und vier unten. Und über das Einschlafritual weißt du Bescheid?«

»Sue hat mich bereits instruiert«, sage ich. »Alles bestens. Ich mache das schon. Tom und ich sind ein gutes Team.«

Jen sieht mich mit gerunzelter Stirn an. »Sollte er sich mit dem Einschlafen schwertun …«, beginnt sie.

»… dann tunke ich ein Stofftuch in die Wodkaflasche und gebe sie ihm zum Nuckeln«, vervollständige ich den Satz.

»Haha«, macht Jen. »Sehr lustig. Dann gibst du ihn einfach in die Trage. Sie liegt im Wohnzimmer auf der Couch. Du weißt doch, wie du sie anziehst?«

Ich nicke, obwohl ich es nicht weiß.

»Und du rufst uns an, wenn irgendetwas nicht stimmen sollte, ja?«, fragt Sue.

»Zu Befehl.«

»Er hat vorhin übrigens schon gekackt«, sagt Jen. »Da dürfte also keine Ladung mehr kommen.«

»Sehr zuvorkommend von Tom«, sage ich.

»Haben wir noch was vergessen?«, fragt Sue und macht große Augen. Sie ist aufgeregt. Beide sind sie, im Gegensatz zu mir, sehr aufgeregt. Ich bin cool. Sie sind aufgeregt. Ich bin extrem cool.

»Haut schon ab«, sage ich. Ich sage es und versuche, meine Oberarme dicht am Körper zu halten, damit sie meinen Angstschweiß nicht riechen. Ich kann mich nicht erinnern, wann ich das letzte Mal derart in Panik war. Nicht einmal bei der Vernissage von *money sells* hatte ich solches Herzrasen. Während sie sich von Tom verabschieden und ihm tausendundein Mal versprechen, schnell wieder zu Hause zu sein, ziehe ich Schuhe und Mantel aus, gehe ins Badezimmer und sprühe mir ausreichend Deo in die Achselhöhlen. Tom antwortet seinen Müttern brabbelnd. Er scheint heute gut drauf zu sein. Nicht von Nachteil. Sue und Jen schicken mir zwei Küsschen, und weg sind sie. Die Tür fällt ins Schloss. Und ich bleibe vor der Küchentür stehen und kann mich für ein paar Sekunden nicht bewegen. Was habe ich mir da aufgehalst? Ich alleine mit einem Kind? Nicht meinem. Einem. Bin ich völlig irre?

»Tommy?«, rufe ich und korrigiere mich: »Tom?«

Ich wage einen Blick ins Kinderzimmer. An den Stäben des Gitterbetts hat er sich hochgezogen. Er dreht mir den Kopf zu, lächelt sein entwaffnendes Lächeln, lässt seinen Hintern aufs Parkett plumpsen, sodass der

Boden spürbar vibriert, krabbelt auf mich zu und zieht sich an meinen Beinen hoch.

»Wird höchste Zeit, dass du ordentlich gehen lernst«, sage ich, packe ihn unter den Achseln und drehe ihn um. »Nun gehst du zurück zum Gitterbett«, sage ich ihm. »Komm schon. Los. Du kannst das!« Er macht tatsächlich zwei Schritte, dann fällt er auf den Boden, wälzt sich in Richtung Stofftiere und lächelt mir abermals zu.

»Dein Abendessen ist fertig«, sage ich und schaue auf die Armbanduhr. Es ist kurz vor halb sieben. Um sieben, spätestens um halb acht soll ich ihn schlafen legen. Schaffe ich das? Das schaffe ich. Ich schaffe das. Was soll denn so schwer daran sein? Füttern, wickeln, Pyjama anziehen, Liedchen vorsingen, Büchlein durchblättern, schnarch, schnarch, schnarch. Easy.

Ich hebe Tom hoch und bemerke gleich, dass er, seit ich ihn das letzte Mal getragen habe, um einiges schwerer geworden ist. Er legt seine linke Wange an meine rechte Schulter, ich drehe den Kopf zu ihm hin und ziehe mit mehreren kurzen Atemzügen, wie man es vom Weintesten her kennt, seinen entwaffnenden Duft in meine Nasenlöcher. Die richtig guten Drogen, sage ich mir, sind noch nicht entdeckt worden. Mit einiger Anstrengung entferne ich meine Nase von Toms Scheitel und setze ihn in seinen Hochstuhl. Einen Löffel Brei nach dem anderen schiebe ich in seinen kleinen Mund, der sich überraschenderweise bereitwillig öffnet. Braves Kind, sage ich. Gutschi, gutschi, gutschi. Brav essi essi. Auf einmal muss ich an Gustav denken. Wie ich ihn gefüttert habe, wenn meine Mutter keine Zeit hatte. Oder besser gesagt: Wie ich es nicht zustande gebracht habe. Wie der Brei über sein Kinn und über seine Wangen seitlich aufs Leintuch getropft ist. Wie ich von Mutter später gesagt bekommen habe, dass ich sogar zu dumm zum Füttern sei. Hauptsache, den Kopf im Himmel. Hauptsache, stets den Schnabel weit offen. Hauptsache, ich denke immer an mich, anstatt zur Abwechslung an die anderen. Hauptsache, mir gehe es gut. Hauptsache, ich sei satt. Sie hat sich später für ihren Wutausbruch entschuldigt, aber in meiner Brust hat er etwas zerstört. Ich hatte mir Mühe gegeben. Aber Mühe reicht bei Gustav nicht. Er braucht mehr als Mühe. Er braucht unendliche Geduld, ein Zureden auf ganz bestimmte Art, er braucht diesen fürsorglichen Blick meiner Mutter, ihre Hand, die sich eine Spur rauer anfühlt als meine. Ich beobachtete Mutter beim Füttern und versuchte mir alles zu merken. Beim nächsten Mal, als ich wieder übernehmen musste, hatte ich mehr Erfolg. Gustav ließ sich das Essen in den Mund schieben. Er hustete nur manchmal, würgte nur manchmal. Mindestens die Hälfte des Essens landete in seinem Magen, da war ich mir ganz sicher.

Während meiner kurzen gedanklichen Abwesenheit schiebt Tom alle zehn Finger in den Brei. Was gibt ihm das? Ich greife nach der Küchenrolle … doch dann überlege ich es mir anders. Sollen Sue und Jen wischen. Sollen sie die sein, die sauber machen, die darauf bedacht sind, dass alles in geregelten Bahnen verläuft. Ich bin seine Tante. Ich habe Rechte. Genau wie seine Großeltern darf ich mir Dinge erlauben, die für Eltern tabu sind. Soll er den Brei umrühren, soll er ihn sich genüsslich in den Mund stecken oder sonst wo hin. Soll er Kleinkind sein. Bald ist die Zeit vorbei und er ist *reif* für den Kindergarten, für die Schule, muss brav mehrere Stunden am Tag auf dem harten Holzstuhl sitzen, sich nicht bewegen und nach vorne schauen oder ins Heft, ruhig sein, auf alle anderen Rücksicht nehmen, vor allem aufs Lehrpersonal Rücksicht nehmen, lieb sein, bloß nicht wild, bloß nicht zu viel herumturnen auf dem Stuhl und nicht zu laut sein. Dieses scheiß Schulsystem! Für den Arsch ist es! Wichtig ist der Gesellschaft, dass sie zum Schluss, wenn sie ihre *Reife*, da haben wir wieder das Wort, unter Beweis gestellt haben, zu Robotern geworden sind, spätestens dann. Roboter, die nicht allzu eigenständig denken, oder es zumindest im Laufe der Schuljahre nach und nach verlernt haben, damit sie sich als Zahnrad einfügen können ins Wirtschaftssystem, ins System, das wirtschaftlich zu sein hat. Denn selbst denkende Wesen sind gefährlich, waren es immer schon.

Also los, Tom, zeig, was du drauf hast. Hau rein in den Brei! Schlag die Schüssel entzwei. Ja, genau so! Tom grinst über beide Ohren, gluckst fröhlich und wirft die Schüssel mit dem letzten Rest des Abendessens hinter sich in eine Küchenecke. Recht so. Zeig es ihnen, zeig es der Welt. Dass sie mit dir nicht so umgehen kann. Dass du dich nicht so leicht formen, nicht verformen lassen wirst.

Ah, du willst raus? Gut, raus mit dir. Jetzt kannst du noch ein bisschen spielen. Dann aber ab ins Bad zum Zähneputzen. Unter dem Tisch liegt ein bunter Ball. Ich stoße ihn mit dem Fuß in Richtung Tom. Er nimmt ihn in die Hände, lächelt, wirft ihn achtlos zur Seite. Er krabbelt ins Kinderzimmer, steht auf, macht einen wackeligen Schritt, setzt sich wieder hin, greift nach den Holzbauklötzen, tut so, als würde er etwas Tolles bauen, um unter diesem Vorwand an den Ecken von besonders gut aussehenden Bauklötzchen zu knabbern. Der Speichel rinnt ihm in großen Mengen übers Kinn und wird bereitwillig vom Body aufgenommen. Mit einem Baby bekommt man eine ganz neue Beziehung zu Speichel. Ja doch, soll er sich vollspeicheln, sich austoben, er bekommt bald seinen trockenen Pyjama. Ich schaue auf die Uhr. Dass wir gut, wenn nicht sogar sehr gut in der Zeit liegen, rufe ich Tom zu. Er scheint sich nicht dafür zu interessieren.

Wie zufällig nähert sich Tom schließlich dem Badezimmer. Ich hebe ihn auf den selbst gezimmerten Hochstuhl und versuche ihm – zugegeben, etwas halbherzig – die Zähne zu putzen. Er hat, erkennbar an seinen fest zusammengepressten Lippen, offenbar keine Lust. Willst du es nicht nochmal probieren? Nein? Na, dann eben nicht. Ich verbuche dies einfach unter meine Rechte als Tante. Tanten müssen ihrem Neffen nicht die Zähne putzen. Sollen die Mütter morgen früh doppelt so lange putzen. Ich werde es ihnen ausrichten. Gesicht gewaschen, abgetrocknet. Gut. Alles gut.

Next step? Windel wechseln. Ich taste nach Toms Windel. Fühlt sich so an, als wäre sie fast leer. Also überspringe ich diesen Punkt und ziehe ihm den Pyjama an. Nun das sogenannte Einschlafritual. Sehr wichtig. Auf der Couch neben dem Gitterbett wird ihm ein süß gereimtes Gute-Nacht-Büchlein vorgelesen. Ich habe das Gefühl, dass er nicht zuhört, dass es umsonst ist. Aber Befehl ist Befehl. Schließlich will ich kein Risiko eingehen. Er soll wie gewohnt rasch einschlafen und keine Probleme bereiten, was Kinder ja *immer* bereitwillig für die Erwachsenen tun. Tom brabbelt. Sagt Mama. Hat er gerade Mama gesagt? Da sticht es wieder in meiner Brust. Bitte nicht. Nicht jetzt. Ich lege Tom auf die Seite. Er hebt eine Decke etwas an, steckt den Kopf darunter und lacht. Warum kann das nicht endlich aufhören!? Das Mit-der-Hand-auf-die-Brust-Schlagen hilft nach ein paar Wiederholungen. Das Stechen lässt nach, eine Träne rinnt mir über die Wange. Ich wische sie mit dem

Handrücken weg, schnäuze mich … und da kommt es über mich. Ohne Vorwarnung. Ohne, dass ich gewusst hätte, dass es raus muss. Tränen. Tränen über Tränen. Wie eine B-Movie-Schauspielerin komme ich mir vor, der ganze Körper zuckt und bebt und ich weine, während Tom, halb unter der dünnen Decke verborgen, fröhlich vor sich hin gluckst. Mit weit geöffneten Augen schaut er mich an, nachdem ich immer wieder laut aufschluchze … und lächelt, hört nicht damit auf. Da muss ich umso lauter heulen. Löst sich etwas in mir? Oder mit anderen Worten: Geht es mir besser? Nein. Geht es mir schlechter? Nein. Sehe ich klarer? Kann sein. Die Tränen haben, wie der Scheibenreiniger auf der Autoscheibe, den Dreck weggespült. Ich sehe klarer, dass da nichts vor mir liegt. Nicht viel. Eher so etwas wie eine Leere. Und dieses Fehlen von etwas, das ich nicht benennen kann, löst ein Unbehagen in mir aus, das ich so noch nie wahrgenommen habe.

Da kommt Tom auf mich zugekrabbelt und zwingt mich durch seine Präsenz zurück in den Moment. Na, komm her, du. Ich hebe ihn hoch, lege ihn ins Gitterbett, schalte das Nachtlicht ein, drücke ihm sein Lieblingsstofftier in die Hand, einen Affen, der sich selbst umarmt. Er nimmt ihn in die Hand und legt ihn auf seinen kleinen, runden Bauch. Dann dreht er sich auf die eine Seite, gleich darauf auf die andere. Einschlafritual fast durch. Nun mit dem Finger das Mobile mit den Marienkäfern, Schmetterlingen und Bienen anstoßen. Und nochmal. Und nochmal. Dann die Spieluhr aktivieren, indem ich am Schwanz der Giraffe ziehe. Dann warten. Und noch ein wenig warten. Schnur ziehen. Lange warten. Mobile anstoßen. Warten. Schnur ziehen. Mobile. Schnur. Warten. Mobile. Warten … und geschafft.

So leise wie möglich erhebe ich mich und schleiche zur Tür. Da knarzt das Parkett. Ich bleibe stehen, stelle mich tot. Es nützt nichts. Das Raubtier in meinem Rücken hat mich erspäht, hat mich gehört, hat meinen Totstellreflex durchschaut; es wird mich zerfetzen. Mit einem markerschütternden Schrei zieht sich Tom an den Gitterstäben hoch. Fuck. Aber wer wird denn so schreien? Ich bin ja da. Mami und Mama sind im Theater und kommen bald wieder, das haben sie dir doch versprochen. Derweil ist Tante Regina bei dir und passt gut auf dich… eine Weile verstehe ich kaum mein eigenes gesprochenes Wort und erinnere mich an den Ratschlag, den ich vor einiger Zeit der Frau auf der Straße zugebrüllt habe: dass sie ihrem Baby einfach den Mund zuhalten solle, es könne doch durch die Nase atmen. Toms hohes Kreischen überlagert nach wenigen Minuten alles, auch meine Gedanken. Ich verkrampfe, werde zu einem Krampf. Reiß dich gefälligst zusammen, Tom! Leg dich wieder hin! Willst du nicht probieren, einzuschlafen? Für mich? Für deine liebe Tante Regina? Schau, ich mach dir die Spieluhr an. Und das Mobile. Schau zum Mobile, wie es sich bewegt. Schau doch hin, verdammt nochmal. Bewegt es sich nicht unglaublich lustig? Tom brüllt wie am Spieß. Wenn er könnte, würde er seine Lunge nach außen stülpen. Gutgutgut. Nein, nicht gut. Schlecht. Aus dem Gitterbett geholt. Gestreichelt. Sanft auf den Rücken geklopft. Ihm das Spiel mit der Decke von vorhin schmackhaft gemacht. Das Lieblingsaffenstofftier geholt und mit ihm gesprochen. Nichts zeigt eine Wirkung. Wie spät ist es? Scheiße, das Theaterstück hat gerade erst begonnen. Aber deine Mamas sind doch bald wieder da, du kleiner Schreihals. Da fällt mir die Trage ein. Stimmt. Nicht so schnell aufgeben, Regina, nicht so schnell aufgeben. Ich hole die Trage, probiere, sie anzuschnallen, drehe fast durch. Beschissenes Scheißteil! Wer hat es konstruiert? Von Eltern für Eltern entworfen? So geht doch der Spruch, nicht? Von Volltrotteln für Volltrottel, müsste es heißen. Nach einigen Versuchen klappt es. Verschwitzt stehe ich mit dem Fetisch-Ding vor Tom, hebe ihn hoch. Er biegt den Rücken durch und streckt die Hände nach oben, sodass er sehr schwer zu halten ist. Hochroter Schädel. Ich setze ihn rein (sofern hier von sitzen die Rede sein kann), ziehe an irgendwelchen Schnüren, die links und rechts der Trage nach unten hängen, sodass er sich ziemlich eng an meinen Oberkörper anschmiegt. Wenn er sich denn anschmiegen würde. Wie ein Wurm windet er sich. Leicht federnden Schrittes hopse ich durch die Wohnung. Nichts. Es ändert nichts. Nach zehn Minuten – was einer gefühlten Stunde gleichkommt – lasse ich ihn wieder raus, setze ihn auf den Boden. Auf dem Bauch liegend stampft er mit den Füßen aufs Parkett. Ob ihm das wehtut? Ich hebe ihn auf, lege ihn auf die Couch. Er dreht sich zur Seite, rollt beinahe über den Rand. Schnell greife ich nach seiner Schulter, schwenke ihn zurück, abermals hebe ich ihn hoch, lege ihn zurück ins Gitterbett. Er zieht sich an den Stäben hoch, schreit, schreit, schreit. »Mama« schreit er, immerzu: »Mama, Mama, MAMAAAAA!«

»Halt endlich dein Maul«, schreie ich ihn an. Da brüllt er noch lauter. Ich entschuldige mich leise. Er hört mich nicht. »Und was meinst du überhaupt mit Mama?«, frage ich ihn. »Ich bin doch deine Mama, verdammte Scheiße. Ich bin deine Mama, deine echte!«

Nachdem ich mich dies laut aussprechen gehört habe, macht in meinem Inneren etwas klick. Als gäbe es nach einer extrem langen One-Shot-Video-Kamerafahrt plötzlich einen Schnitt und die Hauptperson wäre aus der Vogelperspektive zu sehen.

Ich gehe in die Küche, schließe die Tür hinter mir. Dass Tom über das Gitter aus dem Bett klettert, ist ausgeschlossen. Er kann nirgendwohin, außer zurück in den Schlaf. Sein Gebrüll dringt gedämpft und um einige erleichternde Dezibel leiser durch die Türritzen. Das Handy aus der Handtasche geholt, entsperrt, Marvin angerufen.

»Ja, hallo Marvin, altes Haus. Na, was machst du so? Brav beim Malen? Nein? Lust auf ein Schlückchen Wein mit Sue und mir? Sie will dich gerne wieder mal sehen und mit dir über ein neues künstlerisches Projekt reden, das die Grohlinger initiieren möchte. Genau. Es soll übrigens finanziell ziemlich gut aufgestellt sein, falls das für dich von Interesse sein sollte. Ja? Alles klar, dann bis gleich. Aber Marvin? Bitte beeil dich. Geh gleich los. Du weißt ja, die beiden Mamas können wegen Tom nicht lange aufbleiben und sind immerfort müde. Aber der Kleine schläft eh schon. Also keine Sorge. Kurze Besprechung also, ja? Fein. Dann bis gleich. Und Marvin? Nimm dir ein Taxi und lass dir eine Rechnung geben. Die Grohlinger soll es bezahlen. Okay? Bis gleich also.«

Ich lege auf, gehe zurück ins Kinderzimmer. Das Schreien wird mit jeder Tür, die ich öffne, lauter. Tom zieht sich an den Stäben des Gitterbetts hoch und streckt mir, als er mich sieht, die Hände entgegen. Ich hebe ihn heraus, gehe mit ihm ins Wohnzimmer, dimme das Licht, schalte das Radio ein. Tom schreit. Ich wechsle den Sender. Tom schreit. Ich schalte das Radio wieder aus. Tom schreit. Ich drehe mich mit ihm im Kreis. Tom schreit. Ich lege ihn auf den Schafwollteppich, greife nach einer Rassel. Ich schüttle das Ding. Tom schreit. Da fällt mir ein, dass ich ihm ein Wasser anbieten könnte.

Ich biete ihm ein Wasser an. Er dreht den Kopf weg. Hätte auch nichts anderes erwartet. Konsequentes Handeln kann man ihm nicht absprechen.

Es klingelt. Marvin? Das ging aber schnell. Tom lasse ich alleine im Wohnzimmer, laufe durch den Flur und betätige den Türknopf. Ich atme ein, ich atme aus, blinzle. Schon steht der *Ghostfather* in der Tür. Bussi links, Bussi rechts, Bussi … wollte er mir gerade eines auf den Mund geben? Ich schiebe den Kopf nach hinten, runzle die Stirn.

»Spaß«, sagt Marvin. »Ist doch nur Spaß.«

»Heute nicht«, antworte ich.

»Ist er aufgewacht?«, fragt Marvin.

»Ja«, sage ich, »gerade eben.«

Ich drehe mich um und gehe schnellen Schrittes zurück ins Wohnzimmer. Tom ist inzwischen auf einen Holzstuhl gekraxelt, steht mit seinen kleinen süßen Füßchen knapp vorm Abgrund und schreit. Ich eile zu ihm, nehme ihn in den Arm und bemerke, dass mir der Schweiß von den Schläfen rinnt. Marvin erscheint im Wohnzimmer. Als Tom ihn sieht, brüllt er gleich noch lauter. Klar, Marvin ist für ihn ein Fremder. Fast hätte mir diese Diskrepanz ein Lächeln aufgezwungen. Marvins Gesichtszüge deuten darauf hin, dass er durch Toms Weinen persönlich verletzt sein dürfte. Als wenn das Kind von sich aus zu wissen hätte, dass sein leiblicher Vater vor ihm steht. Als wenn er ihm durch freundliches Lächeln Respekt zollen müsste.

»Wo ist Sue?«, fragt Marvin.

»Nicht da«, sage ich. »Jen auch nicht, falls das deine nächste Frage gewesen wäre.«

»Was soll das?«

»Ich bin da«, sage ich. »Sue und Jen haben ein Rendezvous mit Wolfram Lotz. Ich habe dich belogen. Sorry. Haha. Vor dir steht die heutige Babysitterin.«

»Wie meinst du das?«, zischt er. »Und warum hast du mich hierhergelockt?«

»Du wolltest ihn doch einmal halten«, sage ich. »Tadaa! Jetzt hast du die Gelegenheit deines Lebens. Kleiner Tipp: Riech mal an Toms Scheitel. Dort, wo es weich ist zwischen seinen Schädelplatten. Das geht ab wie Poppers, sag ich dir.«

»Was redest du für einen Schwachsinn?«, fragt Marvin und fügt nach einer kurzen Pause, in der Tom herzzerreißend losheult, hinzu: »Du hast mich angerufen, weil du nicht mehr weiterweißt, habe ich recht?«

»Ich wüsste nicht, dass ich jemals nicht weitergewusst hätte«, entgegne ich und drücke ihm den Schreihals in die Arme. Tom weiß zuallererst nicht, wie ihm geschieht. Marvin ebenso wenig. Kurzzeitig nimmt seine Gesichtsfarbe dieselbe dunkle Rötung an wie die von Toms Schreikopf. Er setzt sich mit ihm im Schneidersitz auf den Teppich, der sich, wie ich nun bemerke, da ich mich ebenso niederlasse, unverschämt weich anfühlt. Es dauert keine Minute, und Marvin heult mit Tom um die Wette. *Ghostfather* und leiblicher Sohn. Ein berührendes Bild. Ich hätte ihn aufnehmen sollen, den *first contact*. Ich erinnere ihn an den Geruch des Scheitels. Marvin riecht daran. Da heult er umso lauter. Eine wunderbare Kakophonie, die die beiden aus ihren Lungen hervorpressen. Tom dürfte vom Geplärre seines erwachsenen Gegenübers verwirrt sein, denn mit einem Mal hört er auf zu weinen und schaut Marvin mit großen, feuchten Augen an. Marvins Oberkörper zuckt noch ein paar Mal, während er Toms Blick auffängt, als wäre es das Kostbarste, das er je in seinem Leben empfangen durfte. Marvin wischt schließlich Toms Tränen von den Wangen, der es, ohne sich zu bewegen, geschehen lässt.

»Ich bin dein Papa«, sagt Marvin plötzlich, zieht ein Taschentuch aus dem Hosensack und schnäuzt hinein.

»Mama«, sagt Tom.

»Nein«, sagt Marvin. »Nicht die Mama. Papa.«

»Mama«, sagt Tom.

»Es gibt keinen Papa in seinem Leben«, erkläre ich. »Schon vergessen? Und es gibt auch keine *echte*, keine leibliche Mama. Die gibt es auch nicht. Es gibt die Tante Regina. Die gibt es. Und unter uns, wenn du darauf bestehst, den Onkel Marvin. Ich weiß auch nicht, was vorhin in mich gefahren ist.«

»Wovon sprichst du?«, fragt Marvin.

»Ach, nichts. Ich rede nur mit mir selbst.«

Marvin zuckt mit den Schultern, lässt Tom mit seinem Blick nicht los, lächelt ihm zu. Da lächelt Tom kurz zurück.

»Hast du ... hast du das gesehen?«, fragt Marvin und dreht mir den Kopf zu. »Er hat mich gerade ...«

»Ich habe nichts gesehen«, unterbreche ich ihn. »Du musst bald wieder gehen. Eigentlich sofort.«

»Ich weiß«, sagt Marvin, sieht mich an und fügt hinzu: »Danke.«

»Wofür?«

»Na, du weißt schon.« Er deutet in Toms Richtung.

»Nicht der Rede wert«, sage ich und verschweige, dass ich ihn in der Tat angerufen habe, weil ich nicht mehr weiterwusste.

Jemand klimpert mit Schlüsseln. Jemand sperrt die Wohnungstür auf, öffnet sie. Mein Herzschlag stolpert, fällt zu Boden. Ich schlucke, werfe ein kurzen Blick auf die Armbanduhr. Viel zu früh. Sie dürften noch nicht heimkommen. Das Stück läuft doch noch. Was zum …? Fuck. Marvin schaut mich erschrocken an. Ich denke an klischeetriefende Filmszenen, in denen der Liebhaber sich unter dem Bett oder im Kleiderschrank versteckt. Aber dafür ist es zu spät. Okay, es ist so weit: Ich möchte sterben. Nur für eine Stunde. Dann wieder aufwachen, auf meiner eigenen Couch, in meiner eigenen Wohnung. Warum höre ich niemanden reden? Jemand zieht sich die Schuhe aus. Schritte im Flur.

»Na?«, fragt Sue. »Schläft der Kleine brav in seinem …« Mitten im Satz hält sie inne, bleibt, als hätte sie jemand mit einem Zauber eingefroren, in der Wohnzimmertür stehen.

Ich schaue zu Marvin, Marvin schaut zu Tom. Tom, der noch immer auf Marvins Schoß sitzt, schaut zu seiner Mami, lächelt bis über beide Ohren, löst sich aus Marvins Schoß und krabbelt sofort auf sie zu. Sue sagt nichts. Sieht uns beide einfach nur an. Zuerst mich, dann Marvin, dann wieder mich. Geht in die Knie, nimmt Tom hoch und gibt ihm einen Kuss auf die Wange. Dann noch einen. Sie sieht wieder uns beide an, nicht lange, aber lange genug, um uns die Gelegenheit zu geben, uns so richtig schlecht zu fühlen, dreht uns den Rücken zu, geht mit Tom ins Kinderzimmer und zieht hinter sich die Tür zu, dass es kracht. Tom beginnt sogleich wieder zu schreien. Warum musste Sue auch so laut sein und Tom erschrecken? In ihrem Blick eben lag Unverständnis, Verletztheit, Wut, Angst, Hass und noch ein paar andere, nicht sehr angenehme Dinge. Wo ist überhaupt Jen?

»Ich denke, ich gehe dann mal«, murmelt Marvin und verzieht dabei den Mund, als hätte er einen Krampf im Unterkiefer.

»Ich denke, dass das eine sehr gute Idee ist«, antworte ich. »Falls wir uns nicht mehr wiedersehen sollten, liege ich ab morgen am Zentralfriedhof. Bloß schade, dass mein Ruhm für ein Ehrengrab nicht reicht.«

»Du wirst es ihr schon erklären«, sagt Marvin. »Sie wird es verstehen. Oder soll ich lieber hierbleiben?«

»Bitte geh«, fordere ich ihn auf. »Die Erwachsenen müssen ein Wörtchen miteinander reden, ja? Kein Platz für Kinder.« Marvin sagt nichts, schüttelt den Kopf, verlässt das Wohnzimmer, zieht sich im Flur die Schuhe an, stöhnt, als würde es sich dabei um einen Extremsport handeln, und zieht kurz danach die Wohnungstür leise hinter sich zu. Langsam frage ich mich, ob es die einzige Art ist, wie Marvin eine Wohnung verlassen kann. Alleine. Und immer im Dissens.

Ich stehe auf, schreite zur Kommode, betrachte die Glasschale, in der sich allerlei Kekse und Süßigkeiten befinden, greife, ohne Acht zu geben, welches Leckerli – und wie viele – ich erwische, in die Schale und stopfe sie mir alle auf einmal in den Mund. Ich schlucke sie hinunter, ohne sie vorher zu zerbeißen. Da bleibt ein großer Klumpen in meinem Hals stecken. Ich schnappe nach Luft. Keksteile gelangen in meine Luftröhre. Ich versuche zu husten, doch es gelingt mir nicht, da ich plötzlich nicht mehr atmen kann. Ich sehe mein hochrotes, angespanntes Gesicht im Spiegel, der sich über der Kommode befindet, sehe die Panik in meinem Blick und wie in meinem Augapfel eine Ader platzt. Ich gehe in die Knie, klopfe mir auf den Nacken. Einmal, zweimal, dreimal. Dann kippe ich zur Seite. Mein Körper zuckt. Das Herz kommt aus dem Rhythmus, hört auf zu schlagen. Es feuern die letzten Neuronen. Ich sterbe.

15

Ich lebe. Noch. Schaue aus dem Fenster, aus dem ich während meiner ganzen Kindheit und Jugend geschaut habe. Vielleicht sollte ich aufhören mit diesen kindischen Selbstmordfantasien. Einfach zwanzig, dreißig Jahre nicht daran denken und dann eine dieser unzähligen Ideen Wirklichkeit werden lassen. Zack – und aus. Ich will niemals in Ruhestand gehen. Das stelle ich mir als Hölle auf Erden vor. Nichts zu tun zu haben. Keine Bedeutung für die Gesellschaft zu haben, außer den Jungen zur Last zu fallen. Genau, mit siebzig ziehe ich den Schlussstrich, die Reißleine. Ein gutes Alter für den Abgang. Vielleicht fünfundsiebzig. Jedenfalls nicht zu jung, um von Gewissensbissen heimgesucht zu werden, etwas Wichtiges im Leben versäumt zu haben, aber auch nicht zu alt, um krank und vereinsamt in den eigenen vier Wänden – oder schlimmer noch: im Altersheim –, dahinzuvegetieren.

Mein Blick schweift über die Balkons des Nachbarhauses, bleibt an den Blättern der alten Birke hängen, die ihr Rascheln, seit ich denken kann, in mein Zimmer getragen hat. Also dann, es wird Zeit, erwachsen zu werden.

Sue ist nicht mehr aus dem Kinderzimmer gekommen. Mindestens eine Stunde habe ich auf sie gewartet. Darauf gewartet, ihr alles zu erklären. Aber sie kam nicht raus. Tom hat irgendwann aufgehört zu schreien und ist wohl in ihren Armen eingeschlafen. Und Jen kam nicht nach Hause. Irgendwann schnappte ich mir den Mantel und verließ die Wohnung. Ich rief sie auf dem Nachhauseweg mehrmals an, schrieb ihr auf allen möglichen Kanälen Nachrichten, zuletzt ganz oldschool per SMS. Sue hob nicht ab, antwortete nicht. Plötzlich war ich allein in diesem riesigen Universum. Fühlte mich auf einen Punkt zusammengeschrumpft, und außer diesem Punkt war da sonst niemand. Wie sich Abweisung und Ausgrenzung anfühlen, wusste ich nur zu gut, doch Einsamkeit? So fühlt sie sich also an, sagte ich mir, trat einem Fahrgast, auf den ich bewusst zugegangen war, in der U-Bahn auf die Zehen und verließ den Waggon. Wie eine kleine Explosion in meinem Gehirn erreichte mich die Erkenntnis, dass ich außer Sue, und über Sue Jen, die ich – auch wenn ich es nicht wahrhaben wollte – trotz allem gern hatte, keine Person kannte, die mich so nahm, wie ich war, mich verstand, meinen kranken Schmäh akzeptierte. Klar, würde mir alles genommen, so könnte ich immer noch zurück zu meinen Eltern.

Hat es mich nun deshalb unbewusst nach Villach gezogen, ins gemachte Nest? Marvin ist Marvin. Ja, es ist schon okay, in seiner Nähe zu sein, aber eine emotionale Stütze sieht anders aus. Sophia ist in Ordnung, ist mir eine große Hilfe in der Arbeit, aber sonst? Nein, ich brauche sie nicht. Und all die anderen, mit denen ich auf Bussi-Bussi bin, sind lieb, oder nicht lieb, auf jeden Fall da, wenn ich sie anrufe, wenn ich Zerstreuung suche, ein Besäufnis, den kurzen Spaß, den Kick. Aber es sind Masken, Schablonen, die täglich neu eingesetzt werden können. Sie tangieren mich nicht, auch wenn ich mit ihnen abhänge, Zeit verbringe, nein, sie mit ihnen totschlage.

Vier Tage nach dem etwas unrund verlaufenen Babysitterabend hob Sue das erste Mal ab. Es war circa mein tausendunderster Anruf. Sie atmete, sagte nichts. Ich dachte mir, dass es zu billig wäre, mich zu entschuldigen, dass dieser Weg der einfache gewesen wäre, also erzählte ich ihr etwas, das ich schon längst hätte mit ihr teilen sollen, als Vertrauensbeweis, sofern sie es als solchen erkannte.

Ich erzählte. Ich erzählte, dass ich am Boden lag. Ganz flach. Ganz flach am Boden. Die rechte Wange berührte den Asphalt. Dass mir der Asphalt ganz weich und warm, beinahe sanft vorkam. Frisch geteert? Möglich. Wegen des Bluts unter meiner Wange? Möglich. Dass ich meine Hand zum Bauch führte. Das erzählte ich Sue. Dass ich sie zum Bauch führte, weil alles darin wehtat. Dass ich, von der Schule kommend, an jenem Tag einen Umweg nach Hause gemacht hatte, erzählte ich. Vorbei am großen Parkplatz des Industriegeländes, auf dem manchmal die etwas älteren Jugendlichen abhingen, hinter den hochwachsenden Büschen Joints rauchten und sich betranken. Und da kam ich dahergelaufen, erzählte ich Sue, das unschuldige Mädchen mit der für seinen schmalen Körper viel zu großen Schultasche am Rücken. Ich habe die Burschen schon von Weitem gesehen. Habe ihre Rufe, ihre Blicke und ihr Pfeifen ignoriert. Ein nett aussehender Blondschopf kam mir entgegen, schnitt mir den Weg ab, fragte mich lallend, ob ich ihnen nicht ein bisschen Gesellschaft leisten möge. Nein, sagte ich. Das wolle ich nicht. Ich müsse nach Hause. Einfach nach Hause gehen. Ein zweiter Blondschopf kam, er sah nicht so nett aus wie der erste. Na, man hätte doch bestimmt Spaß miteinander. Ob ich schon mal Alkohol getrunken habe? Ich verneinte. Kein Interesse, vielen Dank auch.

Die zwei Typen packten mich, als ich einen Bogen um sie machen wollte, an den Schultern. Zogen mich über die Böschung. Ich schrie und zappelte. Niemand hörte mich. Außer die restlichen Jugendlichen, die dort rumsaßen und sich durch mein Schreien umso mehr angespornt fühlten. Ob ich Geld dabeihätte. Ja, ein bisschen, sagte ich. Dass sie sich das Geld aber in ihre blonden Haare schmieren könnten, schmetterte ich ihnen entgegen, mich auf einmal – weiß der Teufel, warum – unheimlich stark fühlend. Da kassierte ich vom nicht so nett aussehenden Blondschopf den ersten Schlag in den Bauch, erzählte ich Sue. Sie atmete, sagte nichts. Nachdem ich mich langsam wieder aufgerichtet hatte, trat ich dem nett aussehenden Blondschopf, er stand näher als der andere, mit voller Wucht in die Eier. Er sackte zusammen. Ein paar von den Umstehenden zerrten und drückten mich daraufhin zu Boden, jemand trat mir von hinten in die Kniekehlen, sodass ich mit Wucht auf der Erde aufschlug. Der zweite und dritte Schlag in den Bauch folgten, diesmal verabreicht vom wieder zu Kräften gekommenen, nett aussehenden Blondschopf. Dass ich nicht mehr wisse, wie viele Schläge ich einstecken musste, erzählte ich Sue. Dass man mich angespuckt habe. Ausgelacht. Eine Ohrfeige gegeben, und noch eine, sodass meine Unterlippe aufriss. Ich habe mich gewehrt, so gut ich konnte, habe geschrien, gestrampelt, geflucht. Wer tut so etwas? Das fragte ich mich nach dem Abklingen des Schocks. Im Grunde frage ich es mich bis heute. Welche Sechzehnjährigen schlagen dreizehnjährige Mädchen? Wie muss man, nein, wie muss Mann beschaffen sein, um solch eine Tat zu begehen? Als ich wieder erwachte, war ich alleine. Der Bauch schmerzte wie Hölle, die Schultasche neben mir durchwühlt, die Geldbörse leer. Ich hatte eh nur ein paar Schillinge dabeigehabt. Sue atmete, sagte nichts. Als ich mich schleppend auf den Heimweg machte, erzählte ich Sue, sah ich auf einmal meinen Weg sehr klar vor meinen Augen ausgebreitet. Ich schwor mir, in Zukunft auszuteilen, bevor mich jemand verletzen konnte. Präventiv zuzuschlagen, bevor ein anderer zuschlug. Das Gegenüber unschädlich zu machen. Wenn nötig, es zu töten. Meine Eltern log ich an. Keine Ahnung, warum ich ihnen nichts verriet. Die normale Reaktion eines Mädchens hätte doch ein Heulanfall sein müssen, nicht? Spätestens wenn man von der Mutter umarmt wird und sich wieder in Sicherheit wähnt. Ein normales Mädchen wäre mit normalen Eltern ins Krankenhaus gefahren, um sich normal verarzten zu lassen. Normale Eltern wären mit dem Kind zur Polizeistation gefahren, um die Wichser ausfindig zu machen, um sie zumindest anzuzeigen. Aber ich war kein normales Mädchen. Und meine Eltern waren nicht normal. Vielleicht schämte ich mich. Vielleicht brauchte ich ihr Mitleid nicht. Und wer weiß, womöglich hätten sie den Vorfall runtergespielt, mich nicht ernst genommen, meine Schmerzen mit ihren unsensiblen Wörtern aus ihrer Wahrnehmung wegretuschiert. Wäre nicht das erste Mal gewesen, dass ich mich unverstanden und ungehört fühlte. Vielleicht hätte dies sogar noch mehr weh getan als jeder Schlag in den Bauch. Vielleicht wollte ich mich genau davor schützen. Unter Umständen hätte Vater sogar die gewalttätigen Arschlöcher verteidigt. Das traute ich ihm zu. Sie hätten halt ihre aufkeimenden männlichen Kräfte noch nicht wirklich im Griff gehabt. So etwas hätte Vater durchaus sagen können. Dass die Burschen halt noch keine Kontrolle hätten über den Alkohol. Dass man das auch aus ihrer Perspektive betrachten müsse. Sowas in der Art. Nein, meine Eltern würden nichts erfahren. Dass ich gestürzt sei, sagte ich. Blöd hingefallen. Wirklich extrem blöd hingefallen. Tollpatsch, meinte Vater lakonisch vom Lehnsessel aus, schüttelte den Kopf und drehte den Fernseher lauter. Mutter verarztete mich. Ich solle besser aufpassen in Zukunft, meinte sie. Das werde ich, sagte ich ihr, sah ihr mit einer Gewissheit in die Augen, die ich bis dahin nicht an mir wahrgenommen hatte und wiederholte: Das werde ich ganz bestimmt. Meine Mutter sah auf, lächelte etwas abwesend und tupfte weiter an meinen Lippen. Die blauen Flecken am Bauch zeigte ich niemandem.

Sue atmete, sagte nichts. Aber es wäre natürlich zu einfach, erzählte ich weiter, alles, was ich heute bin, auf dieses Ereignis zurückzuführen. Lächerlich gar. Es hat mir vielmehr meine wahre Natur gezeigt, sie mir offenbart. Als wäre es mir dabei behilflich gewesen, die alte Haut abzustreifen und in diese neue zu schlüpfen, sie mir überzuziehen, als könnte ich dadurch endlich ich sein, als hätte ich so endlich den Mut und die nötige Energie gefunden, meine eigene Wahrheit zu leben. So gesehen bin ich den betrunkenen Jugendlichen im Nachhinein fast dankbar. Aber nur fast. Nein, eigentlich nicht. Nach wie vor wünsche ich ihnen den Tod. Oder Schlimmeres. Und doch bin ich mir nicht sicher, ob ich ohne diesen Vorfall genügend Wut aufgebracht hätte, mich von diesem Kaff zu lösen, mich gegen die konservative, bürgerlich-kleingeistige Einstellung meiner Eltern zu positionieren und mich, langsam aber doch, mit etwas zu beschäftigen, das für meine Familie fremdartiger nicht sein konnte: der Kunst. Sue atmete, sagte nichts … dann legte sie auf.

Mittlerweile benutzt Mutter mein altes Kinderzimmer zum Bügeln, Wäscheaufhängen und als generellen Rückzugsort. Vaters Rückzugsort ist das Gasthaus um die Ecke.

»Wozu bügelst du?«, frage ich Mutter.

»Wie meinst du das?«, fragt sie zurück, das Bügeleisen mit festem Griff in der rechten Hand.

»Es ist eine unsinnige Arbeit«, sage ich und füge hinzu: »Ich verstehe schon: Ein schönes Kleid? Kann gebügelt werden. Aber der ganze Rest? Die Geschirrtücher? Die T-Shirts? Vaters Unterhosen? Wozu?«

»Ich habe es immer so gemacht«, sagt Mutter, als wäre dies Grund genug und bedürfe keiner weiteren Erklärungen.

»Und nun bist du nicht mehr fähig, etwas daran zu ändern?«

»Wer ist schon fähig, sich zu ändern«, sagt Mutter und seufzt im Einklang mit dem Dampf, der aus den Löchern des Bügeleisens in kleinen Wölkchen über Mutters Gesicht aufsteigt und sich über ihren schwarz gefärbten Haaren Richtung Zimmerdecke hin langsam auflöst. Sie hebt den Kopf, schaut durch die Tür ins Schlafzimmer, wo Vater an einem kleinen Tischchen sitzt und Kreuzworträtsel zu lösen versucht, senkt ihn wieder, schreit: »Aua!«

»Hast du dich verbrannt?«, rufe ich und stehe auf.

»Ach«, sagt sie. »Bleib nur sitzen. Nicht der Rede wert.« Den Zeigefinger steckt sie sich in den Mund, lutscht daran. Dann arbeitet sie weiter, bügelt, faltet, streicht glatt, bildet einen Stapel nach dem anderen. Gustavs weiße Wäsche hat einen eigenen Bereich.

»Warum nicht bunt?«, frage ich.

»Wie bitte?«

»Gustavs Wäsche«, sage ich. »Seit wann kaufst du ihm keine bunteren Sachen? Wir sind schließlich nicht im Krankenhaus.«

Mutter antwortet, sie habe das Gefühl, er trage seit einiger Zeit gern neutrale Kleidung und fügt hinzu: »Es wühlt ihn auf, weißt du? Zu viele Eindrücke.«

»Aber er kann die Farben doch nicht sehen. Also nicht wirklich«, entgegne ich.

»Er kann sie vielleicht nicht sehen«, sagt Mutter, »aber er kann sie … ich denke, er kann sie spüren. Er bewegt sich dann jedenfalls anders, schnauft anders, zuckt öfter als sonst.«

Mutter kennt Gustav besser als sich selbst, denke ich und nehme einen seiner weißen Schlafanzüge in die Hand, entfalte ihn, halte ihn hoch. Die Sonne wirft eine schräge Schattenlinie, die die Zimmerwand teilt und auch das Kleidungsstück in zwei Hälften trennt, eine helle und eine dunkle. Er ist klein, der Schlafanzug. Könnte einem Zwölfjährigen passen. Gustavs Körper ist so schmächtig. Nur sein Körper. Sein Inneres hat andere Dimensionen, seine Persönlichkeit, die in ruhigen Momenten durch die Haut blitzt, sein unbändiger Lebenswille. Warum hat er nach all den Jahren noch nicht aufgegeben? Vielleicht bleibt er für Mutter da, denke ich. Damit sie nicht allein ist mit Vater. Damit sie, durch die tägliche Pflegetätigkeit, einen Sinn erkennt in ihrem Leben.

»Lateinisch für Gott?«, ruft Vater aus dem Schlafzimmer.

»Er macht das noch nicht lange«, sagt Mutter entschuldigend in meine Richtung und ruft ihm zu: »Deus.«

Ich denke bei dem Namen zuerst an die belgische Band, dann an den lieben, weißbärtigen Herrgott und rufe: »Nein, nicht Deus, die Antwort ist Arschloch. Liegt doch auf der Hand. Arschloch ist die richtige Antwort.«

Vater brummelt etwas Unverständliches, Mutter hebt den Kopf und wirft mir einen strengen Blick zu.

Ich zucke mit den Schultern und sage: »Wenn es doch stimmt!«

»Was machst du eigentlich hier?«, fragt Mutter und gießt, da es ihr zu wenig dampft, Wasser aus einer Karaffe in die kleine Öffnung des Bügeleisens.

»Weshalb ich hier bin?«, frage ich überrascht. »Du meinst bei euch? Na, einfach so. Wollte euch mal wieder besuchen. Ein bisschen mit Gustav abhängen. Spazieren gehen. Ist doch schön, oder etwa nicht?«

»Aha«, macht Mutter. »Ja, sehr schön. Ich freue mich. Es ist nur so: Meistens kommst du erst, wenn du etwas brauchst oder suchst. Du kommst nicht wirklich unseretwegen, sondern deinetwegen.«

So viel Ehrlichkeit aus dem Mund meiner Mutter macht mich sprachlos. Stimmt das? Ja, es könnte durchaus der Wahrheit entsprechen. Ich erinnere mich zurück: Während meines Studiums bin ich nicht selten wegen zusätzlichem Taschengeld gekommen. Später um mich auszuruhen und herauszukommen aus der Kunstblase, denn es gibt womöglich keinen Ort in Österreich, wo Kunst weniger eine Rolle spielt, als in meinem Elternhaus. Mehrmals bin ich fiebernd nach Kärnten gefahren, um mich hier auszukurieren und von Mutter mit ihrer kräftigen Hühnersuppe aufpäppeln zu lassen. Ein- oder zweimal bin ich wegen Recherchezwecken nach Villach gekommen, um auf dem Dachboden und im Keller nach Erinnerungen zu suchen, nach alten Fotos aus meiner Kindheit und Jugend. Und natürlich, um mit meinem Bruder zu reden. Das war wohl das Wichtigste. Wenn ich mit Gustav sprach, wurde mir klar, wo ich stand, wer ich war, wo ich hingehörte oder hinwollte. Er ist wie ein ruhiger See. Werfe ich in ihn ein paar Fragen, dann bilden sich kleine Wellen und Ringe, die sich überlagern, ihre Amplituden verstärken, sich aufbäumen und auslöschen, bis sie am Ufer ihre Zeichen in den Sand schürfen, die Antworten formen.

Zwei Tage, nachdem ich Sue von meinem einschneidenden Erlebnis in meiner Jugend erzählt hatte, habe ich sie abermals angerufen. Sie hat abgehoben und in den Hörer geatmet, nichts gesagt. Ich habe meinen Monolog fortgesetzt und ihr verraten, dass Marvin seit der Geburt weiß, dass er der leibliche Vater ist … und zwar, weil er durch Zufall beim Platzen der Fruchtblase dabei gewesen sei. Er habe sogar die Rettung gerufen. Ich erzählte ihr, dass ich ihn unter Druck gesetzt habe. Ich erzählte ihr, dass sie keine Angst zu haben brauche, und dass Marvin ganz sicher keine Ansprüche hegen werde. Dass ihm seine Malerei wichtiger sei als alles andere. Dass ein Kind das Letzte sei, was er sich wünsche. Und doch, verriet ich Sue, deren Mund nach wie vor geschlossen blieb, habe er sich gewünscht, ihn einmal halten zu dürfen. Das könne man ihm doch nicht vorwerfen? Und an dem Abend, als ich auf Tom aufpassen sollte, da hätte ich einfach nicht mehr weitergewusst. Ohne nachzudenken sei ich auf Marvin gekommen, erzählte ich Sue, und irgendwie hätte ich mir eingebildet, dass er mir helfen könne, Tom zu beruhigen. So wären zwei Fliegen auf einen Schlag erledigt, hätte ich gedacht. Und es sei sehr dumm gewesen. Ich sei sehr dumm gewesen, das gäbe ich zu. Aber das bedeute nicht, dass ich sie hintergehen wollte, beteuerte ich, sondern dass ich ihnen diesen einen Abend schenken wollte, auf den sie sich so gefreut hatten, und dass ich daher alles darangesetzt hätte, sie nicht mit einem unnötigen Anruf aus dem Theater zu holen. Dass es mir peinlich gewesen wäre, wenn ich es nicht geschafft hätte, Tom schlafen zu legen. Dass dieser Abend doch wichtig für ihre Beziehung gewesen sei, erzählte ich. Und dann fragte ich Sue, warum Jen eigentlich nicht auch nach Hause gekommen sei. Ob denn alles in Ordnung … Da hat Sue aufgelegt.

Ich öffne das Garagentor. Es knarrt und knirscht. Die Ketten dürften lange nicht geölt worden sein. Ich schließe das Tor hinter mir. Vater sitzt in der hinteren, von einer einsamen Glühbirne erleuchteten Werkstatt, wenn man es denn überhaupt als Werkstatt bezeichnen kann. Eine Hobelbank, allerlei Schraubenzieher, Zangen, Hämmer, Schrauben, Nägel, verschiedene längere und kürzere, dickere und dünnere Bretter, Lacke, Schmirgelpapier, Drahtbürsten und vieles mehr, das auf den ersten Blick nicht zu identifizieren ist. Vater zuckt zusammen und macht auf mich den Eindruck, bei einer wichtigen Tätigkeit gestört worden zu sein. Das Bier hat er schnell hinter sich auf den Steinboden gestellt, als müsste er sich dafür schämen, heimlich in der Garage zu saufen. Und das wird sie wohl gewesen sein, seine wichtige Tätigkeit. Soll er sich ruhig schämen. Nicht, dass es ein großes Geheimnis wäre, dass er sich täglich niederkübelt. Weil niemand darüber spricht, glaubt er sich in Sicherheit. Und das ist er ja auch, jedenfalls, solange seine Leber mitspielt. Niemand sagt ihm, dass er süchtig ist. Und ich habe kein Interesse, die strenge Mutter für ihn zu spielen, habe ihm nie gesagt, wie erbärmlich er mir während der ganzen Jugend mit seiner Sauferei vorgekommen ist, vor allem, wenn ich eine Freundin zu mir eingeladen hatte, was ich übrigens recht bald unterließ. Jeder ist bekanntlich seines eigenen Peches Schmied. Mutter hat viele Jahre lang versucht, ihn zu ändern. Aber irgendwann, denke ich, hat sie es gut sein lassen. Sie hat sich damit arrangiert. Ein betrunkener Ehemann im Austausch gegen ökonomische Absicherung. Wenigstens wird er, je alkoholisierter er ist, ruhiger und schlapper. Es gibt schließlich auch jene, die mit jedem Schluck aktiver und aggressiver werden. Nein, so einer ist er nicht. Er sinkt für gewöhnlich abends in sich zusammen. Wird zu einem noch kleineren Nichts, was kaum vorstellbar ist. Schläft am Küchentisch beim *Krone*-Lesen ein. So ist er, der Vater. Und so ist sie, die Mutter, die seit Jahren zusieht und sich nicht einmal mehr die Mühe macht, den Kopf zu schütteln. Für Gustavs Pflege wird ihr keine Pension angerechnet. Natürlich nicht. Pflege hat keinen wirtschaftlichen Wert. Und wenn der Bund nicht für ihr finanzielles Auskommen, für eine gerechte Entlohnung ihrer täglichen Arbeit sorgt – ich muss wieder einmal an Arcus' schöne Utopie von *money sells* denken –, dann muss frau andere Wege suchen, um langfristig mit halbwegs erhobenem Haupt leben und alt werden zu können. Wenigstens schlägt er Mutter nicht. Und sagt nichts. Denkt nichts? Und doch: Stolz sitzt Vater da, als er mich kommen sieht, streckt die Brust raus und zieht den Bauch ein, als müsste er mir imponieren, doch dieses Gehabe kann seine trostlose innere Beschaffenheit nicht kaschieren. Im Grunde ist er ein armer Wurm und zu bemitleiden. Vielleicht wird er, ohne es zu wissen, von Gustav bemitleidet. Irgendwann hat Vater jedenfalls entschieden, sich als Mensch nicht mehr weiterentwickeln zu wollen. Wie alt war er bei dieser Entscheidung? Sechzehn? Vielleicht neunzehn? Älter nicht. Aber schuld war, wie es im Schlagerlied so schön heißt, bestimmt nur der Wein.

»Was bastelst du?«, frage ich und zwänge mich am alten Volvo vorbei, darauf achtend, dass mein Pullover die staubige Karosserie nicht berührt.

»Ach«, stöhnt er, »nichts Interessantes.« Er nimmt die Bohrmaschine in die Hand, dreht ein wenig an den Einstellschrauben herum, sieht mich an, legt sie wieder weg. »Eigentlich überprüf ich nur, ob die Geräte noch funktionieren. Das mach ich einmal im Jahr.«

»Du machst Inventur«, sage ich.

»Ja«, meint er. »So in der Art.« Er steht auf, nimmt einen mittelgroßen Hammer vom Regal, schwenkt ihn in der Hand, als könne er auf diese Weise abschätzen, ob sich über die Jahre hinweg sein Schwerpunkt verschoben hat. Ich warte darauf, dass er einen Nagel holt und etwas damit macht, doch er legt ihn, als wäre er ein wertvolles Artefakt, unbenutzt und vorsichtig wieder ins Regal. Danach greift er nach einer Beißzange, die sich in einem darunterliegenden Regal befindet. Er öffnet sie und schließt sie wieder, ohne damit einen der hervorstehenden Nägel aus der alten Hobelbank gezogen zu haben. Wüsste ich es nicht besser, würde ich glauben, Zeugin einer unbewusst ausgeübten Performance zu sein. Weiß er überhaupt noch, dass ich da bin?

»Und?«, frage ich. »Alles in Ordnung mit deinem Werkzeug?«

»Scheint so«, murmelt er. »Scheint so.«

»Hast du jemals das Gefühl gehabt, dass du irgendwo

falsch abgebogen bist in deinem Leben?«, frage ich in den Raum, da es sich anfühlt, als würde ich mich ohnehin alleine in der Garage befinden. Vater sieht mich von seinem Holzstuhl aus an, zieht die Augenbrauen zusammen, als hätte er Schmerzen, und überlegt. Dann öffnet er den Mund, um etwas zu sagen, doch ich komme ihm zuvor. »Und hast du jemals das Gefühl gehabt«, frage ich ihn, »dass deine Arbeit dich nicht mehr erfüllt? Dass irgendein Stachel in deinem Hals steckt, innen drin, wo du mit den Fingern nicht hinkommst, aber dass es nichts hilft, zehn Liter Wasser zu trinken, um ihn hinunterzuspülen, denn der Stachel steckt zu tief im Fleisch. Du kriegst ihn einfach nicht raus. Und es ist nicht so, dass ich nicht damit leben könnte, hätte ich mir so einen Stachel eingefangen. Natürlich könnte ich damit leben. Es würde nerven, bei jedem Atemzug, bei jedem Schlucken, egal ob ich einen Burger runterschlinge oder zartes, von einem Vier-Hauben-Koch zubereitetes Lammfleisch verkoste. Es wäre nichts Gefährliches, nichts Lebensgefährliches, verstehst du? Aber ich würde es die ganze Zeit über spüren, vom Aufwachen bis zum Schlafengehen. Dieses unangenehme Kratzen, dieses penetrante Stechen im Hals. Es würde mich beinahe wahnsinnig machen. Und doch müsste ich weitermachen wie bisher. Denn weshalb sollte ich mich mit Vierzig noch ändern? Ich hätte doch so vieles erreicht und wäre auf bestem Weg, alles zu erreichen, was ich mir vorgenommen hatte. In zehn, spätestens in fünfzehn Jahren wäre ich Direktorin der Belvertina. Das wäre mir jetzt schon klar. Nur die anderen, die wüssten es noch nicht. Sie würden es früh genug erfahren. Und dann würden sie denken, ja, würden sie sich denken, Regina Steinbruch, das wäre die Richtige für diesen verantwortungsvollen Job, das wäre sie schon seit ihrer Einstellung als Chef-Kuratorin gewesen, warum hätte man das denn nicht gleich bemerkt? Sie würde das Haus von vorne bis hinten, von oben bis unten kennen, sie hätte einen Plan und eine Ahnung, wohin das Kunst-Flaggschiff steuern könnte. Und sie würden sich freuen, solch eine profunde Kennerin an der Spitze des größten staatlichen Museums zu sehen. Eine Person, die, aus einer Arbeiterfamilie stammend, sich an der zeitgenössischen Kunst die Hörner abgestoßen hätte und nun endlich bei Klimt und Schiele angekommen wäre, dort, wo die wahren Cashcows, die wahren Publikumsmagneten zu finden wären. Und noch dazu eine Frau! Alle würden sie glücklich sein. Alle. Bloß ich nicht. Ich vielleicht nicht. Verstehst du? Weil ich dieses Ding im Hals hätte! Es im Hals hätte. Diesen verfluchten Stachel. Ihn die ganze Zeit spüren würde. Ich wäre nicht völlig glücklich, weil mir der Schmerz den Genuss versauen würde, die Freude vergällen, alles zunichtemachen, wofür ich bis jetzt gekämpft habe.«

Vater kramt in einer Schublade herum, zieht eine Säge daraus hervor, schwenkt sie in der Luft vor und zurück, als würde er einen imaginären Ast absägen, und legt sie nach einiger Zeit behutsam zurück. Dann schaut er auf meine Füße, auf die Beine, den Bauch, den Hals, den Kopf.

»Glaubst du, dass ich meinen Job gern gemacht hab?«, fragt er plötzlich.

»So hat es auf mich gewirkt«, antworte ich, überrascht, dass er meinen Worten gelauscht hat.

»Jetzt möcht ich dir was erzählen«, stöhnt er. »Ich hab es niemandem erzählt, nicht einmal deiner Mutter. Weil ich es vergessen wollt. Aber ich kann es doch nicht vergessen.« Er schließt die Augen, verzieht seine ohnehin runzlige Stirn zu etwas noch Unansehnlicherem, öffnet die Augen wieder und sagt: »Ich hab sehr gerne gezeichnet.« Als hätte er etwas Verbotenes ausgesprochen, sieht er mir nur kurz in die Augen und richtet anschließend seinen Blick auf die Regale an der Wand. »Meine ganze Kindheit«, sagt er mit brüchiger Stimme. »Nichts hab ich lieber getan. Im Zeichenunterricht, da hat mir niemand das Wasser reichen können. Während die einen noch mit der ersten Zeichnung beschäftigt waren, hab ich schon meine dritte fertig gehabt. Es hat sich einfach gut angefühlt, weißt du? Das war etwas, das ich einfach können hab, das ich nicht nur mit Leichtigkeit, sondern auch mit Freude beherrscht hab. In den anderen Unterrichtsgegenständen war ich ja leider kein Musterschüler. Hier aber war das anders, da hat sich, im wahrsten Sinne des Wortes, das Blatt gewendet. Endlich etwas, bei dem ich der Beste war. Endlich etwas, wofür man mich bewundert hat. Ich hab alle meine Zeichnungen unter meinem hohen Bett in einer großen, tiefen Holzwanne aufbewahrt, die ich mir in Vatis Werkstatt extra dafür gezimmert hab. Alle Formate haben Platz gefunden. Bis ich vierzehn war. Ich hab mit Vati oft deswegen gestritten, weil er gemeint hat, dass ich mir vom vielen Zeichnen noch die Augen kaputt glotzen würd. Dass meine Hände vom ganzen Gekritzel bald zu fein wären, um richtig anpacken zu können. Und einmal, da war es ganz schlimm. Ich hab ihn angeschrien, was damals – du musst wissen, es war eine andere Zeit – quasi verboten war. Er hat sich mein Gebrüll angehört und dann hätt er mich schlagen können oder mir die Ohren langziehen, wie sonst auch. Diesmal jedoch hat er es vorgezogen, etwas zu tun, das mir mehr wehgetan hat als jeder Schlag, als jedes Reißen an den Haaren. Er ist in mein Zimmer gegangen und hat die Holzwanne unter dem Bett hervorgezogen, hat den Deckel geöffnet, alle Zeichnungen mit einem Griff herausgeholt und unter seinen kräftigen Arm geklemmt. Ich hab geschrien, bin an ihm hochgesprungen, um nach den Zeichnungen zu greifen, aber er hat mich nur weggestoßen, als wär ich eine lästige Ratte. Ich hab mich an sein Bein gehängt, während er, mit mir als Klotz auf seinem Fuß sitzend, in die Küche gegangen ist und den Papierstapel vor dem Holzofen abgelegt hat. Brennholz, hat er gesagt. Meine Werke seien nicht mehr wert als Brennholz. Dann hat er mich gepackt und in mein Zimmer gesperrt. Ich hab gegen die Tür geschlagen wie ein Berserker. Mich entschuldigt. Wofür? Keine Ahnung. Ich hab mich trotzdem entschuldigt. Vielleicht hätt es in ihm ein Umdenken bewirkt? Nun, er hat, während ich geweint hab, alle meine Zeichnungen verbrannt.« Vater atmet schwer, als er eine kurze Pause macht. »Ob er sie sich angesehen hat, bevor sie in Flammen aufgegangen sind?«, sinniert Vater und spricht weiter: »Ich weiß es nicht. Dann hat er mich wieder in die Küche gelassen und gemeint, nun könne ich endlich etwas Gescheites mit meinem Leben anfangen, etwas machen, womit man auch Geld verdiene. Nun sei es für mich an der Zeit, erwachsen zu werden, in der Realität anzukommen, im *echten* Leben.« Vater sieht mich an, sieht wieder weg. »Und seitdem bin ich im echten Leben, stehe mit beiden Beinen darin. Irgendwann ist es schließlich auch für mich an der Zeit gewesen, das zu erkennen, auch wenn es anfangs furchtbar wehgetan hat«, schließt er seinen traurigen Bericht. Wie ein zerknittertes, von unzähligen Falten durchzogenes Blatt Papier wirkt die Haut neben seinen nunmehr feuchten Augen. Er wischt sich mit den Handflächen übers Gesicht, hustet und greift wie automatisch nach der Flasche Bier, überlegt es sich auf halbem Wege anders und legt die Hände in den Schoß.

»Warum bist du nicht trotzdem Künstler geworden?«, frage ich, unbeeindruckt von seiner Traurigkeit und seiner ach so tragischen Schilderung. »Für einen Künstler wäre dies der Ausgangspunkt, jedenfalls ein entscheidender Wendepunkt in seiner Karriere gewesen, nicht deren Ende.«

»Regina«, sagt Vater, »du hast keine Ahnung, wie es damals zugegangen ist auf dem Land. Wir haben nicht viel zum Essen gehabt. Das weißt du doch. Entweder man hat gearbeitet oder man ist verhungert. Vati war nur vernünftig. Ob mir das gefallen hat oder nicht, tut hier nichts zur Sache.«

Als wollte er mir zeigen, dass es ihm nun reicht, da er mir sein Geheimnis verraten hat, und dass er eine andere, mitfühlendere Reaktion von mir erwartet hätte, greift er ostentativ zu seiner Bierflasche, hebt sie hoch und trinkt, als müsse er rasch einige versäumte Schlucke nachholen. Sein Adamsapfel hebt und senkt sich, glucksende Laute dringen aus seiner Kehle.

»Erstens«, sage ich, »ist das eine blöde Ausrede und zweitens: Wenn du dieses traumatische Erlebnis durchmachen musstest, warum hast du mich dann nicht öfter unterstützt? Warum hast du mich nicht doppelt motiviert, meinen Weg in der Kunstwelt zu beschreiten?«

»Na, weil du mich nicht gelassen hast!«, entgegnet Vater und stampft mit dem rechten Bein auf den Boden. »Weil du keine Hilfe gebraucht hast von mir. Weil du eh deinen Weg gegangen bist. Ich hab nicht das Gefühl gehabt, dass ich dir hätt helfen können, außer mit dem

Bisschen Taschengeld. Was hätt ich dir denn sagen sollen? Weiter so? Super, Regina, das hast du toll gemacht!?«

»Ja«, antworte ich. »Wäre hier und da sehr nett gewesen. Vor allem nach dieser Geschichte, die du gerade ausgepackt hast.«

»Ich habe es halt verdrängt«, murmelt er. »Und ich hab Angst gehabt.«

»Wovor?«, frage ich.

»Na, dass aus dir nix wird«, sagt er und nimmt noch einen kräftigen Schluck aus der Flasche. »Da war ich ganz mein Vati, ich weiß. Angst hab ich gehabt, dass du kein Geld damit verdienst. Und bevor ich dir mit einer Aufmunterung falsche Hoffnungen gemacht hätt, hab ich lieber gleich gar nix gesagt. Und das war wohl nicht so blöd, wenn man sich anschaut, wie weit du es gebracht hast. Abgesehen davon hab ich keinen blassen Schimmer, was in der Kunstwelt so vor sich geht, hatte ich nie. Das hat sich mit deiner damaligen Entscheidung, Kunstgeschichte zu studieren, nicht geändert. Eher noch im Gegenteil. Als du diese Richtung eingeschlagen hast, hab ich mich doppelt schützen müssen.«

Feigling, denke ich. Sein ganzes Leben besteht aus Rückziehern. Er hat sich von dem einen Wendepunkt in seinem Leben, der ihm genug Wut mitgegeben hätte, um hunderte Werke zu schaffen, kleinmachen lassen. Als wenn er nur darauf gewartet hätte, ist er offenbar bereitwillig in die Opferrolle gerutscht. Er hat es nicht geschafft, die Wunde zum Schwert zu machen.

»Und meinen Job«, fährt Vater etwas betreten fort. »Ich hab ihn gemacht, weil ich ihn hab machen müssen. Nicht weil ich ihn hab machen wollen. Ich hab tatsächlich keine andere Wahl gehabt damals.« Ich frage mich, wann er endlich mit dem Gelaber aufhört. Bin ich etwa eine Priesterin, die sich seine Beichte bis zum bitteren Ende anzuhören hat? Er redet weiter: »Unter der Woche am Bau hackeln und am Wochenende bei den Bekannten und Freunden was schwarz dazuverdienen. Ich hab keine Zeit gehabt, mir darüber Gedanken zu machen, ob ich etwas gern tu oder doch lieber etwas anderes machen würd, da deine Mutter und ich erstens sehr früh geheiratet haben, wie damals üblich und von unseren Eltern gewünscht, und weil wir zweitens bald einen Behinderten zuhause hatten. Ab da hieß es für mich umso mehr …«

»Ihr habt einen behinderten Sohn«, unterbreche ich ihn. »Keinen *Behinderten*. Bei euch lebt ein Mensch mit geistiger Beeinträchtigung. Der Mensch sollte stets zur Behinderung dazugedacht werden.«

»Das hab ich doch gesagt«, meint Vater und runzelt dümmlich die Stirn.

»Hast du nicht«, entgegne ich. »Wie dem auch sei, nun willst du mir einreden, dass Gustav schuld daran ist, dass du so viel in deinem Leben hast arbeiten müssen?«

»Nicht Gustav allein«, sagt Vater, ohne zu bemerken, dass er mit dieser Aussage umso tiefer in die Falle tappt.

»Stimmt«, sage ich. »Dann bin ja leider noch ich auf die Welt gekommen. Und für deine Frau musstest du obendrein auch noch schuften, nicht wahr? Furchtbar das alles, furchtbar das Leben.«

»Ja«, sagt er, ohne meinen Zynismus zu erkennen. »Es ist schon furchtbar manchmal.«

Vater führt die Bierflasche zum Mund, bemerkt, dass er sie mit dem vorigen Schluck geleert haben muss, stellt sie auf den Boden und greift nach einer Schachtel mit Schrauben, die sich ganz hinten auf der Hobelbank befindet. Er öffnet sie, fährt mit dem Zeigefinger darin herum, unschlüssig, was er damit anstellen soll. Metallisches Klimpern ist zu hören. Er sagt: »Aber ich hab es trotzdem gern getan. Für dich.«

»Und für Gustav?«

»Natürlich auch für ihn«, sagt er, nachdem er die Schachtel mit den Schrauben wieder an die vorgesehene Stelle zurückgestellt hat. Dann muss er sich räuspern, als wären ihm die letzten vier Wörter schwer über die Lippen gekommen.

Er schämt sich noch immer, denke ich. Schämt sich, keinen geistig *gesunden* Sohn gezeugt zu haben. Beim zweiten Anlauf hat es dann zwar mit der geistigen Gesundheit geklappt, nur leider nicht mit dem Geschlecht. So ein unglaubliches Pech aber auch! Armer Vater. Armes Opfer. Armer Trottel.

»Hast du denn beruflich eine andere Wahl?«, fragt er mich. »Aber stimmt«, fügt er schnell hinzu. »Du bist ja eigentlich keine Mutter. Du kannst tun, was du willst.«

Eigentlich keine Mutter. Seine Aussage versetzt mir einen Stich. Eigentlich keine Mutter. Keine Mutter. Eigentlich. Und dass ich tun kann, dass ich tun könnte, was ich will. Es stimmt. Ich habe keine familiären Abhängigkeiten, keine familiären Pflichten, niemanden, der mich ablenkt, nichts, was mich bindet, aber auch kein Gebrauchtwerden, keine Beziehung, keine Anziehung, nichts, das mich zu jemandem hinziehen würde. Möchte ich denn gebraucht werden? Warum denke ich überhaupt darüber nach? Was soll das? Wo hat sich die gute alte Regina Steinbruch versteckt? Die Regina, die sich mehr Gedanken darüber macht, welcher Wein wohl am besten zu welchem Fisch passt. Die Regina, die sich fragt, wen sie wochenends zu sich einladen könnte: den Kunsthistoriker, der Cunnilingus besser beherrscht als seinen eigenen Beruf, oder doch lieber den Restaurator, der keine Angst davor hat, in den richtigen Momenten an den richtigen Stellen fest zuzupacken?

Die neue Regina scheint anders zu sein. Das erkenne ich nun. Ich zweifle, wo ich vorher nicht gezweifelt habe. Denke mehr nach. Worüber? Darüber, was falsch rennt in meinem Leben? Vielleicht ist das die größte Veränderung. Die alte Regina hätte daran keine Zeit und Energie verschwendet. Sie hat gewusst, dass die Welt nicht gerecht ist, vor allem nicht zu Frauen, aber sie ist ihren Weg unbeirrt gegangen, wenn nötig über Leichen, ja, wenn gar nicht anders möglich, auch über weibliche. Und die neue Regina? Sie ist älter geworden und damit weiser? Das Thema Mutterschaft und Künstlerinsein beschäftigt mich zum Beispiel schon lange, denke ich mir. Warum hatte ich bis jetzt nie den Mut, mich kuratorisch damit auseinanderzusetzen? Vielleicht, weil ich mir meiner eigenen Position nicht sicher war? Nachkommen, sagte Marina Abramović einst in einem Interview, wären ein Desaster für ihre Arbeit gewesen. Deshalb habe sie dreimal abgetrieben. Man habe nur begrenzt Energie im Körper, und die hätte sie teilen müssen. Das sei ihrer Ansicht nach der Grund, warum Frauen in der Kunstwelt nicht so erfolgreich seien wie Männer.

Habe ich nicht bis vor Kurzem auch noch so gedacht? Und obwohl diese Aussagen der persönlichen Erfahrung dieser berühmtesten aller Performerinnen entsprechen, und viele international bekannte Künstlerinnen wie Meret Oppenheim oder Cindy Sherman waren und sind ja kinderlos, fühlen sie sich nun für mich falsch an, platt auch, und sie haben einen faden, nicht gerade zeitgemäßen Beigeschmack. Vielleicht war es damals nicht anders möglich. Sicher sogar. Sicher? Ich muss an

Vater denken mit all seinen Ausreden. Aber wie verhält es sich mit der Gegenwart? Ist denn die Kunstwelt jetzt so weit, dass Mutterschaft und eine erfolgreiche Karriere als Künstlerin vereinbar geworden sind? Ich denke an alle mir bekannten Frauen, die neben der Betreuung der Kinder und dem Studium und einem zusätzlichen Teilzeitjob, der ihnen wenigstens ein bisschen finanzielle Unabhängigkeit verschafft, ohne Honorar an Ausstellungen teilnehmen, um die Lücke zu füllen und die Männer einzuholen, die, während die jungen Mütter sich zu Hause um die Erziehung gekümmert haben, ihre Kunstproduktion ohne Zeitverluste vorantreiben konnten. Nein, sage ich mir. Die Kunstwelt ist noch nicht so weit. Noch lange nicht. Sie hinkt in dieser Hinsicht sogar den meisten anderen Berufen hinterher, auch wenn sie gerne ein ganz anderes Bild von sich sehen würde. All die Ausbeutung, die unter dem Deckmantel der Kunst begangen wird. Ja, es ist zum Schämen. Und es muss sich ändern. Es muss!

»Danke«, sage ich zu Vater, der sich, während ich meinen Gedanken nachgegangen bin, in seine eigene Welt zurückgezogen hat oder im Sitzen eingeschlafen ist.

Sein alter Körper fährt zusammen: »Wofür?«, fragt er, ohne mich anzusehen.

»Für die Inventur«, sage ich im Gehen und spüre noch während des Öffnens des Garagentors eine Idee für die nächste Ausstellung aufkeimen, die direkt nach den Umbauarbeiten der Belvertina stattfinden könnte. Ich müsste die bis jetzt geplante Ausstellung – der Direktorin schwebt zur Wiedereröffnung eine risikolose Best-of-Schau der angekauften Werke vor – nach hinten verschieben. Sie wird alles andere als erfreut sein, doch sie wird irgendwann meinem Drängen nachgeben. Weil sie keine andere Wahl hat. Weil ihr Haupthaus sie vor völlig andere Probleme stellt. Weil ihr, langsam aber doch, die Klimts und Schieles abhandenkommen. Weil sie endlich restituiert werden und das Budget nicht ausreicht, um sie zurückzukaufen. Weil die rechtmäßigen Besitzerinnen und Besitzer kein Interesse daran haben, die Gemälde an ein Land zurückzugeben, dem es für so lange Zeit völlig egal war, von wem sie die Nazis gestohlen hatten. Die Entscheidungsträger des Bundes haben schließlich alles daran gesetzt, die Gemälde in den eigenen Depots verwahrt zu belassen. Sicher ist – jedenfalls in Österreich – immer noch sicher.

Ich schließe das Garagentor von außen, drehe mich zum Nachbarhaus um und rufe: »Scheiß Intransparenz, scheiß Korruption, scheiß Absprachen, scheiß alte, weiße Männer mit ihrem scheiß Geld!« Im ersten Stock lässt jemand quietschend die Jalousien runter. Ich strecke den Mittelfinger in die kühle Abendluft. Wie immer fühlt es sich an, als wäre ich frei und jung und allen anderen überlegen. Und noch während ich die Hand langsam sinken lasse, überkommt mich mit einem Mal eine unglaubliche Müdigkeit.

16

Diese Chance kann ich nicht, darf ich nicht ungenutzt verstreichen lassen. Vater liegt nach den gestrigen *Besprechungen,* wie er sein Alkoholproblem verschleiernd zu nennen pflegt, noch in kindlichem Tiefschlaf; nein, er wird nicht mitbekommen, wenn ich Gustav aus dem Bett zerre und er stöhnt und jammert, da er nicht weiß, wie ihm geschieht (als wüsste er sonst, wie ihm geschieht). Wahrscheinlich würde Vater die Tat auch nicht mitbekommen, wenn er nüchtern wäre. Was bekommt er überhaupt mit? Dass die Sonne aufgeht und wieder unter. Vielleicht. Und dass er kein Bier vor vier trinken sollte, weshalb das Ziffernblatt der Küchenuhr demonstrativ aus lauter Vierern besteht. Mutter möchte zum Supermarkt. Wenn Vater munter werde, meint sie, brauche er etwas Deftiges zum Essen. Kaum zu glauben, dass sie sich nach all den Jahren immer noch wie seine Leibeigene verhält. Auf ihn aufpassen, ich solle auf ihn aufpassen, sagt Mutter, als sie, bereit zum Gehen, mit dem Einkaufskorb in der Tür steht, und ich frage scherzhaft, ob sie Vater meine oder doch eher meinen Bruder. Mutters Blick sagt mir, dass sie sich nicht sicher ist, ob sie mir Gustav anvertrauen kann. Die Sorgenfalten auf ihrer Stirn haben nicht unrecht. Ob sie etwas von meinem heute früh gefassten Plan ahnt? Ob sie bereits die Szene am Seeufer vor sich sieht?

Diese Dunkelheit, als müsste man ihn verstecken in seinem Zimmer, das sich im hintersten Winkel des Hauses befindet und dessen zu schmal geratene Fenster von den Ästen einer zu breit gewachsenen Silbertanne bei jedem Windstoß gestreift werden. Im Zimmer riecht es nach Schweiß und Medizin. Na komm, Gustav, wir müssen los. Gemessen am Gewicht anderer Erwachsener ist sein gedrungener Körper geradezu federleicht. Dennoch ist er, da *Entspannung* für ihn ein Fremdwort darstellt (wie auch alle anderen Wörter), nicht einfach zu heben. Den Oberkörper hält er verkrampft gerade, sodass man ihn eigentlich nicht über die Schulter legen kann. Ich zerre ihn mehr, als dass ich ihn trage. Hab dich nicht so, Brüderchen, gleich hast du es geschafft! Die Hände streckt er nach hinten, der Kopf knallt, als ich ihn um die Ecke ziehe, gegen den Türstock. Er jault auf, heult, grunzt.

Wann hat er das letzte Mal sein Zimmer verlassen? Wird er gerade nicht von mir durchs Haus gezogen, starrt er unentwegt zum Plafond oder eher durch ihn hindurch ins Weltall hinauf, über die Glut der Sonne hinweg und mitten hinein ins Schwarze Loch, das sich im Zentrum unserer Galaxis verbirgt; dorthin hat er sich zurückgezogen, kurz nachdem er von Mutter aus der Psychiatrie befreit worden war, und dort könnte er bleiben, bis der finale Krampf in seinen Körper fährt; er wird stöhnen und mit dem letzten Aushauchen wird er durch ein Wurmloch in ein anderes Universum verschwunden sein, dorthin, wo jemand jeden einzelnen seiner Laute versteht, wo jemand seine Regungen richtig interpretiert und alles, was aus seinem Mund kommt, aber auch wirklich alles, Wort für Wort in Poesie übersetzt.

Die Sitze von Vaters Volvo muss ich nach hinten legen, Gustavs Beine leicht anwinkeln, sonst geht die Kofferraumtür nicht zu. Aufrecht kann er nicht sitzen.

Es sieht nicht wirklich gemütlich aus, wie er dort kauert. Na ja, wo gehobelt wird und so weiter. Ich starte den Wagen, trete aufs Gaspedal. Viel Zeit habe ich nicht. Mutter wird durchdrehen. Nicht mein Problem. Der Weg zum Seeufer ist nicht weit. Gustav heult bei jeder engen Kurve laut auf. Es tut mir leid, aber es muss sein; ich tue es für dich, und wir sind auch bald da, rufe ich über die Schulter nach hinten. Ich höre ihn. Er ist da. Er ist bei mir. Das genügt.

Kein parkendes Auto weit und breit. Zu dieser frühen Uhrzeit findet man hier, wenn überhaupt, ein paar Nacktbadende. Ich beuge mich vor und blicke durch die Windschutzscheibe in den Himmel. Bei diesem Wetter, füge ich gedanklich hinzu, werden nicht einmal diese anzutreffen sein. Ich lasse das Auto unter die Trauerweide rollen, ihre tief herabhängenden Äste gleiten quietschend übers Dach und ich stelle mir vor, wie mir jemand mit den Fingerkuppen über den Kopf fährt. Gänsehaut – tue ich das Richtige? –, dann die Handbremse, das Licht, die Schlüssel, die Tür. Abermals Schlepperei. Es ist nicht weit zum Seeufer. Ich bin stark. Stark genug. Gustavs Handrücken schleifen über den feuchten Schotter. Es scheint ihn nicht sonderlich zu stören, ja, bemerkenswert ruhig verhält er sich. Ist er überhaupt wach? Seine Augen sind weit geöffnet. Aber das muss bei ihm nichts bedeuten. So. Wo ist unser Ruderboot? Ah ja, lieber Gustav, wir haben es nicht mehr weit. Siehst du? Da vorne! Du siehst es nicht? Egal. Ich schaue für dich, ja? Hoffentlich habe ich den richtigen Schlüssel mitgehen lassen. Also dann, Brüderchen, wir sind da, und der Schlüssel, er passt tatsächlich ins Schloss; höchste Zeit für dich, einzusteigen. Du kannst nicht alleine einsteigen? Na, dann komm, hier werde ich dich auch noch reinhieven. Dafür ruderst du, in Ordnung?

Er möchte lieber nicht rudern. Da mir auch kein Nacktbadender hilft, stemme ich die Füße gegen ein quer liegendes Brett, führe die beiden Ruder in die Riemen, nehme das abgegriffene Holz in die Hände und lege ab vom kurzen Steg. Überrascht stelle ich fest, dass ich es nicht verlernt habe. Gustav sitzt mir gegenüber, nein, er hockt, nein, er liegt mehr als er hockt, vielleicht liegt er auch nicht, sondern kauert in sich zusammengesunken da, und um ihn herum der dichte Morgennebel. Der See ist für diese Uhrzeit weniger ruhig als erwartet. Es muss in der Nacht einen Sturm gegeben haben. Ein Reiher fliegt in unmittelbarer Nähe auf, seine Flügel klatschen ein paar Mal gegen die Wasseroberfläche. Das Ufer wird nach und nach vom Nebel verschluckt. Ich hebe die Ruder aus dem Wasser und lege sie ins Boot, dann mache ich einen Schritt auf meinen Bruder zu. Das Boot schaukelt. Ich hebe seinen Körper sachte an und versuche ihn so zu positionieren, dass er die kleinen Wellen sehen kann. Seine Augen sind nach wie vor weit geöffnet. Das ist die Welt, sage ich ihm. So schaut sie aus. Und das ist der Nebel. Er ist grau und dort hinten fast schon weiß. Und darüber befindet sich der Himmel, der heute ebenfalls grau ist, voller Wolken. Keine Sonne, die scheint. Nicht heute. Nicht für dich. Und nicht für mich. Brauchen wir die Sonne denn? Genügt es nicht, wenn wir beide uns haben?

Mein Handy klingelt und zerreißt mit einer lauter werdenden Melodie den Moment, zerreißt die Stille auch, den Nebel, spaltet das Wasser, Köpft den Reiher, hackt die Trauerweide um, schlägt ein Loch ins Boot, klopft ein Loch auch in meinen Schädel. Mutter. Da ist sie, die Mutter. Die sorgende Mutter, die Gustav vor lauter Sorge zu Tode sorgt. Ich drücke aufs Ablehnsymbol. Wie auf Befehl fängt Gustav an, panisch aus- und einzuatmen, sein schmaler Körper krampft sich zusammen, die Zähne knirschen. Und dann schreit er auf, schleudert ein Jaulen über die glitzernde Oberfläche des Sees. Zu meiner Überraschung spaltet sich jetzt aber nichts, der Nebel bleibt Nebel, die Luft Luft, das Wasser Wasser. Weil er, weil Gustav hierhergehört, weil er ein Teil der Natur ist, weil er hier zum Leben erweckt werden könnte. Würden Wölfe am Ufer stehen und ihre Blicke über den See schweifen lassen, sie würden ihre Köpfe ruckartig in die Höhe werfen und miteinstimmen ins Geheul, sie würden mit Gustav kommunizieren, würden ihm antworten, ihm zurufen, er solle nicht aufgeben, er sei der ehrlichste und wahrhaftigste Mensch, den sie kennen. Und sie würden einsehen, dass er ein Teil ist von ihnen, ein Teil auch vom kalten Nass, ein Teil der Felsen und der Gräser am Ufer; sie würden erkennen, dass er kein Opfer ist, das würden sie sehen, dass er kein Opfer ist, nicht so wie sein Vater, bestimmt nicht.

Die Silhouette eines Anglers schnitzt ihren Umriss in die Nebelwand. Zielgerichtet steuert das Elektroboot, dessen Konturen mit jeder verstreichenden Sekunde deutlicher werden, auf uns zu. Das hat mir gerade noch gefehlt, dass sich ein Einheimischer einmischt. Ob wir Hilfe bräuchten, ruft der schon von Weitem. Er habe jemanden schreien gehört. Der See trägt seine tiefe Stimme herüber, als stünde er direkt neben uns. Gustav windet sich in Krämpfen und schreit und jault und brüllt und heult und keucht und würgt und hört nicht auf, wird, einer Sirene gleich, lauter und leiser und lauter und wieder leiser. Ob wir Hilfe bräuchten, fragt der Angler abermals. Er solle sich zum Teufel scheren, rufe ich, indem ich die Hände als Schalltrichter vor den Mund halte. Ich brauche deine Hilfe nicht, und nicht die Hilfe meiner Mutter und nicht die Hilfe meines Vaters, und Gustav braucht die Hilfe unserer Eltern ebenso wenig, er braucht mich, nur mich braucht er. Und ich ihn. Weil er der Einzige ist, der mir zuhört, der Einzige, der mich versteht, der Einzige, der nichts sagt, wenn andere vor sich hinplappern, weil er der Einzige ist, der schreit, wenn alle anderen schweigen. Scher dich zum Teufel. Schert euch alle zum Teufel!

Das Handy klingelt abermals. Mutter. Der Angler ignoriert meine Flüche, gleitet langsam näher heran. Das Handy klingelt. Und es klingelt in meinen Ohren. Und der Angler. Und Gustav. Und Mutter. Und es klingelt und klingelt, und auf einmal wird alles ganz ruhig. In mir. Mein Blick legt sich auf Gustavs schmerzverzerrtes Gesicht. Verdammt, ich liebe ihn so sehr. Und da hört er auf zu krampfen, er hört auf zu schreien, zu jaulen, zu brüllen, zu heulen, zu keuchen, zu würgen. Und er richtet zum ersten Mal in seinem Leben den Oberkörper auf, seine Gesichtszüge völlig entspannt, fokussiert den Blick ausnahmsweise auf einen Punkt innerhalb dieses Universums, schaut mir, als hätte sein Bewusstsein gerade eben das Licht der Welt erblickt, direkt in die Augen und öffnet den Mund, um mir etwas zu sagen.

17

Vorsichtig drücke ich die korrodierte Messingklinke herunter und presse ein Knie gegen die Tür, die langsam einen Halbkreis in Gustavs Zimmer hineinzeichnet. Je weiter ich sie öffne, umso lauter knarzt sie. Mutter kocht. Der Zwiebelgeruch zieht wie gewohnt durch den Flur. Vater schläft zur Abwechslung seinen Rausch aus. Sein dumpfes Schnarchen, das sogar aus dem ersten Stock zu hören ist, vermengt sich im Flur mit dem beißenden Geruch aus der Küche. Ich schließe die Zimmertür hinter mir und warte, bis sich meine Augen an das schummrige Licht gewöhnt haben. Gustav hat es nicht gerne hell. Gewiss aus demselben Grund, weshalb er keine bunte Kleidung mag. Zu viele Eindrücke von außen verstimmen ihn, machen ihn unrund, was, wenn es doch einmal geschieht, konkret bedeutet, dass Mutter länger als sonst in seinem Zimmer verweilen, noch mehr Zeit und Energie fürs Füttern sowie für die Verabreichung seiner Medizin, fürs Waschen, Händehalten und Still-neben-ihm-Sitzen aufwenden muss. Der klebrige Geruch, der ansonsten diesem Raum anhaftet, ist heute nur in einer geringen Dosis wahrzunehmen. Die beiden Fenster sind hinter den halb lichtdurchlässigen Vorhängen gekippt, die sich durch den hereinströmenden Luftzug minimal bewegen. Es ist halb elf Uhr vormittags. Und Gustav? Er ist wach, seine Augen geöffnet, sein Blick, sofern ich ihn korrekt deute, auf die gegenüberliegende Wand geheftet, wo Mutter ein paar gerahmte Zeichnungen aufgehängt hat, die Gustav gezeichnet hat, als er noch halbwegs aufrecht sitzen und sich kriechend und krabbelnd vorwärtsbewegen konnte. Das war vor meiner Zeit. All meine Erinnerungen an ihn sind verbunden mit diesem Bett aus dunklem, schwerem Holz, in dem er – kaum zu glauben – Jahrzehnte verbracht hat. Ein Fremder könnte Gustav, so wie er nun daliegt, für eine Leiche halten. Keine Bewegung in seinem Körper, nicht das geringste Zucken im Gesicht. Für mich verhält es sich andersherum. Ich sehe in den meisten Menschen, die mit ihren Scheuklappen gestresst durch die Gassen der Metropolen rennen, die Toten, in Gustavs Gesicht hingegen lese ich nichts als pure, ungefilterte Existenz.

»Gustav?«, hauche ich. »Na, du! Wie geht es dir heute?« Ich streichle ihm zärtlich über den mit dunkelroten Haaren spärlich bewachsenen Kopf. Er beginnt sich zu bewegen, lässt die Schultern kreisen, wobei er den Rumpf unmerklich vor und zurück wiegt. »Ich habe heute Nacht einen eigenartigen Traum gehabt«, flüstere ich. »Wir beide haben darin eine kleine Spritztour unternommen. Zuerst mit dem Auto, dann mit unserem Boot. Stell dir vor, ich habe dich entführt und wir sind in den Morgen hineingerudert. Es war nebelig. Und du hast irgendwann sogar zu mir gesprochen.« Gustav gibt ein leises Stöhnen von sich. »Ja, Gustav«, sage ich, »ich weiß, du sprichst immer mit mir, nicht nur im Traum. Ich weiß.« Wie aus dem Nichts bilden sich Tränen in meinen Augen. Ich beuge mich noch ein Stück weiter nach vorne, lege meine kalte Wange auf Gustavs warme Wange und lasse meine Tränen über sein Gesicht laufen. »Weißt du, warum ich weine?«, frage ich Gustav. Er stöhnt leise.

»Ich habe immer gedacht, dass ich zufrieden bin, zufriedener nicht sein könnte«, rede ich weiter. »Die Geburt von Tom, sie war … ganz kurz war ich Toms Mutter. Bis zu dem Zeitpunkt, als ich ihn Sue und Jen versprochen habe, war ich seine Mutter, seine Mama, und das, obwohl er nichts anderes als ein kleiner, unansehnlicher Wurm war in meinem Bauch. Da habe ich die volle Verantwortung über ihn gehabt, niemand sonst. Auch wenn diese Verantwortung für ihn bedeutet hätte, sehr früh zu sterben. Es wäre richtig gewesen, ihn abtreiben zu lassen, verstehst du? Mutterschaft bedeutet auch, sich gegen die Mutterschaft entscheiden zu können. Ohne Reue, ohne Schuld.« Gustav atmet etwas ruhiger, schließt für ein paar Sekunden die Augen, öffnet sie wieder.

»Nicht, dass es nicht auch richtig wäre, so, wie es nun ist, mit mir als Toms Tante«, fahre ich fort. »Im Gegenteil, es ist perfekt. Wobei ich zugeben muss, dass es keine Win-win-Situation gewesen ist. Sue und Jen haben gewonnen, ja, sie haben ein Kind in der Lotterie gewonnen. Ob Tom, indem er nun ein viel längeres Leben leben darf als ursprünglich von mir geplant, durch diese Entscheidung *gewonnen* hat, wird sich erst in der Zukunft herausstellen. Wer weiß schon, ob er später glücklich sein wird? Wie dem auch sei, ich habe erwartet, dass mich das alles kaum streifen wird, aber es hat etwas in mir ausgelöst. Und das kann ich nun, wie es scheint, nicht mehr rückgängig machen. Seitdem bin ich nicht mehr dieselbe. Und es ist mir peinlich, das zuzugeben. Peinlich, ja. Vielleicht bist du der Einzige, der das versteht, lieber Gustav, denn du bist immer derselbe, du kannst von außen auf mich draufblicken und mir sagen, was falsch rennt in meinem Inneren, weil du, im Gegensatz zu allen anderen, genügend Klarheit besitzt.«

Langsam richte ich meinen Oberkörper wieder auf, nehme Gustavs Hand, die unter der Bettdecke hervorlugt. Sie ist so unglaublich weich. Weicher noch als Sues Hände. Weil Gustav noch nie in seinem Leben gearbeitet hat. Weil seine Existenz nicht über Arbeit definiert werden kann. Weil seine Existenz nur über seine Existenz definiert werden kann.

»Vorgestern«, erzähle ich Gustav, »es war Sonntag, da bin ich in Richtung See gegangen. Den Weg durchs schmale Waldstück. Um ein Haar hätte ich die frische Luft und die Natur genießen können. Wäre da nicht an der Weggabelung das gute alte Gedenkkreuz gestanden, das all meine positiven Vibes mit einem Schlag zunichte gemacht hat.« Gustav hustet. Ich klopfe ihm ein paar Mal auf den Rücken. Er röchelt, hustet wieder, blinzelt. »Ja«, sage ich, »da kann es einem schon mal sauer aufstoßen, nicht wahr? Jedenfalls bin ich vorgestern genau dort vorbeigekommen und bin ganz nahe hin zum ins Holz geschnitzten, gekreuzigten Jesus. Dann habe ich ihm in seine elende Visage gespuckt: Patriarchaler Wichser, habe ich ihm gesagt. Was du uns Frauen eingebrockt hast mit deiner Scheiße!, habe ich ihm gesagt. Würdest du heute geboren werden, wärst du einer von diesen selbsternannten Gurus. Ein Freak. Ein Trottel. Du hast bloß Glück gehabt, habe ich ihm gesagt. Glück gehabt, dass ein paar hirnamputierte Fanatiker rund um dein Leben eine fantastische Story erfunden haben. Heutzutage bekämst du einen peinlichen Wikipedia-Eintrag eines Verehrers, mehr nicht, habe ich ihm gesagt. Und dein Glück war unser Pech, habe ich ihm gesagt. Wenn du so erleuchtet gewesen bist, habe ich ihn gefragt, warum hast du dann die Unterdrückung der Frauen und die Verachtung aller Homosexuellen nicht vorhergesehen samt dem ganzen institutionalisierten Mist, den deine machtgeilen Verehrer nach dir ins Leben gerufen haben? Wie viele zehntausende unschuldige Frauen, habe ich ihn gefragt, sind zur Zeit der Inquisition in deinem verfickten Namen als Hexen gebrandmarkt worden, gefoltert, getötet, verbrannt? Wie zu erwarten, hat er mir nicht geantwortet. Weil er ein Scheißer ist«, sage ich zu Gustav. »Nein«, sage ich. »Er ist nicht einmal das. Er ist ein Nichts, zusammen mit allen männlichen Hohlköpfen, die nach ihm gekommen sind. Ich weiß, Gustav, du bist auch ein Mann. Es könnte durchaus sein, dass du das erste intelligente männliche Wesen bist. Du und Tom. Oder du bist eine Frau im Körper eines Mannes. Auch möglich. Du weißt es bestimmt, kannst es mir aber nicht sagen.«

Ich betrachte Gustavs zartes Handgelenk. Mutter muss Gustavs Gliedmaßen jeden Tag bewegen, damit sie nicht *einrosten*, wie sie es nennt. Dass ich als Mensch nur eine begrenzte Möglichkeit habe, mich zu bewegen, dass ich den Unterarm nicht nach hinten biegen kann, ohne mir dabei mehrere Knochen zu brechen; es ist ein Gefängnis, in dem ich mich befinde. Doch im Vergleich zu Gustavs Gefängnis lebe ich in einer Luxus-Suite.

»Männer«, sage ich. »Wofür sind sie nütze?« Hat Gustav gerade mit den Schultern gezuckt? »Wie wichtig sie sich vorkommen«, rede ich weiter, »wenn sie von ihren Liebsten gebeten werden, eine Glühbirne zu wechseln oder einen Nagel aus der Wand zu ziehen. Das ist die größte Befriedigung, die sie in einer Beziehung erleben dürfen. Natürlich könnten die Frauen das auch selbst erledigen, aber sie kennen ihre dämlichen Gatten, sie wissen Bescheid, dass sie den Männern hie und da einen saftigen Happen zum Fraß vorwerfen müssen, damit sie das Gefühl haben, gebraucht zu werden. Und wenn ich von Männern spreche, muss ich im selben Atemzug von Kunst sprechen«, sage ich zu Gustav. »Frauen waren, bis auf die letzten paar Jahre, in denen sich die Direktoren von cleveren Kuratorinnen haben überzeugen lassen, nicht präsent als Künstlerinnen. Nirgends. Im MoMa genauso wenig wie in der Tate oder im Belvertina-Haupthaus. Kannst du ruhig googeln, wenn du mir nicht glaubst.« Hat Gustav gerade gegluckst? Ich fahre fort: »Die großen Namen sind zu neunzig Prozent männlich. Was haben wir davon, zum hundertsten Mal Warhol zu sehen? Seine Kunst zählt mitunter zu den fadesten Werken, die ich kenne. Pop Art ist zum Kotzen eintönig, einfach, einförmig, einschläfernd. Roy Lichtenstein zum Kotzen. Und mit ihnen alle sogenannten Aneignungskünstler, alle Jeff Koons' und Damien Hirsts, Banksys und Beeples dieser Welt, die sich den Kitsch zum Frühstück aufs Butterbrot schmieren. Hauptsache, alles ist immer verständlich. Hauptsache, jeder kapiert, worum es geht bei den *großen* Ausstellungen. Der alte Belvertina-Direktor, möge er in Frieden ruhen, hat tatsächlich in einem Interview gemeint, dass die *Ausstellungen nachvollziehbar bleiben und keine Rätsel aufgeben wollen*. Was für eine biedere, auf Besucherzahlen schielende Ansicht! Kunst ist nicht dazu da, um Menschen auf verständliche Art etwas beizubringen. Hier sollte die Aufgabe der Schulbildung nicht ins Museum verschoben werden. Kunst darf es den Besuchenden nicht zu einfach machen, muss bestenfalls verstören. Didaktische Zugänge finde ich nicht nur langweilig, sondern geradezu reaktionär und gefährlich, findest du nicht auch?« Gustav antwortet nicht, zuckt auch nicht mit den Schultern.

Da klingelt mein Handy. Gustav fährt zusammen. Er mag keine lauten Geräusche. Etwas zu hektisch ziehe ich das Gerät aus der Hosentasche. Dass es genau jetzt krachend zu Boden fällt, ist beinahe aufgelegt. Fluchend greife ich danach und schaue drauf: Es ist Sue! Plötzlich fühle ich mich lebendig wie ein Teenie, der nach langer Verbannung zurück in die geliebte Clique darf. Ich entschuldige mich kurz bei Gustav und hebe ab.

»Ich bin früher vom Theater nach Hause gekommen«, sagt sie, als hätten wir unser letztes Gespräch nur kurz unterbrochen, »weil ich mit Jen gestritten habe.«

»Oh«, mache ich. »Das ist natürlich …«

»Bitte lass mich einfach nur reden«, sagt Sue. »Du hast bei den letzten Telefonaten reden dürfen. Jetzt bin ich an der Reihe.«

Ich sage nichts.

»Also gut«, fährt sie fort. »Also gut. Schon auf dem Weg zur Straßenbahn haben wir – keine Ahnung warum – über unsere Beziehung gesprochen, und wohin sie verschwunden ist, seitdem Tom bei uns wohnt. Dass wir das, was zwischen uns ist, nicht verlieren, nicht vergessen dürfen, damit wir weiterhin an einem Strang ziehen können, wenn es hart auf hart kommt. Wir bringen echt viel Energie auf für Toms Erziehung. Je weiter wir uns auseinanderleben, oder nebeneinander herwandern, ohne uns noch zu bemerken, ohne uns *wirklich* zu sehen, verstehst du, je länger das andauert, umso schwieriger wird es später sein, wenn Tom nicht mehr vierundzwanzig Stunden am Tag bei uns ist. Das hört sich jetzt vielleicht komisch an, aber es ist furchtbar, ein Kind aufwachsen zu sehen. Und es ist furchtbar schön. Beides. Und weißt du, warum? Weil wir uns vom ersten Tag an, an dem wir Tom in unseren Armen gehalten haben, verabschieden mussten. Du kannst damit bestimmt nichts anfangen, ich weiß. Es geht auch nicht anders. Nur Eltern wissen das.«

Sue hält kurz inne. Fragt sie sich gerade, ob mich die letzten Sätze verletzt haben könnten? Habe ich mich nicht auch von Tom verabschieden müssen? Das erste Mal, als ich mich entschieden hatte, ihn abtreiben zu lassen, das zweite Mal, als ich mich entschieden hatte, ihn zur Adoption freizugeben und das dritte Mal, als ich ihn, trotz Bewusstlosigkeit, zur Welt gebracht habe? Und würde Sue mich danach fragen, könnte ich dann überhaupt ehrlich antworten? Wir haben nie darüber gesprochen. Über so vieles haben wir gesprochen. Darüber nicht. Warum? Sind wir emotional nicht so weit, uns die eigenen Probleme anzusehen? Oder war da gar kein Problem bis noch vor einigen Tagen?

»Tom entfernt sich mit jeder Woche«, fährt Sue fort. Sie dürfte erkannt haben, dass nun nicht der richtige Zeitpunkt ist, um es anzusprechen. Dass der richtige Zeitpunkt irgendwo in einer nicht allzu fernen Zukunft liegen mag. Und dass es auch nicht aus ihrem Mund kommen sollte. Dass ich selbst erwachsen bin, selbst mein Maul aufmachen kann, wenn mir etwas fehlt, selbst verantwortlich bin für meine eigenen Entscheidungen. »Er entfernt sich mit jedem Monat«, sagt Sue, »mit jedem Jahr ein kleines Bisschen. Dabei haben wir erst die erste Torte, die erste Kerze hinter uns! Schon bald wird er institutionalisiert, kommt in die Krabbelstube, in den Kindergarten, in die Schule, da ist er dann halbe oder ganze Tage nicht bei uns. Das kann sich gerade Jen im Moment nicht vorstellen, sie klebt an ihm wie Kaugummi an Schuhsolen. Später, mit der Pubertät, wird sich Tom gegen uns wenden, das muss er sogar.

Und es ist bitte nicht so, dass wir das alles nicht wollten. Natürlich wollen wir, dass Tom selbstständig wird. Und doch, jeder Entwicklungsschritt Toms, so wunderbar er auch sein mag, tut ein bisschen weh innen drin. Weil er sich als Individuum von uns wegbewegt. Schön langsam. Wie der Mond sich schön langsam von der Erde wegbewegt. Irgendwann ist er weg. Irgendwann bin ich nicht mehr cool genug für ihn, da schiebt er mich zur Seite, wenn ich ihn zum Abschied vor der Schule auf die Stirn küssen möchte. Dann kann er auf seinen eigenen Beinen stehen. Braucht uns nicht mehr. Nur noch unser Geld. Und das tut weh, weißt du? Jetzt schon. Ich weiß, ich muss völlig verrückt für dich klingen, aber wem soll ich es sonst mitteilen, wenn nicht dir?«

Ich atme ins Telefon. Gustav liegt nach wie vor mit halb geschlossenen, von Zeit zu Zeit leicht flatternden Augenlidern da.

»Jen wird bald wieder in ihren Parteiapparat eingegliedert«, spricht Sue. »Auch wenn sie im Moment so tut, als läge dieser Zeitpunkt in weiter Ferne, als gäbe es für sie nichts anderes als Tom, und zwar ihr ganzes restliches Leben lang. Sie sieht es noch nicht in dieser Klarheit. Dass wir irgendwann nur noch uns beide haben werden. Und dass wir dafür kämpfen müssen, zusammenzubleiben. Weil wir sonst nicht nur als Paar auseinanderbrechen, sondern auch als Familie, was noch viel schlimmer wäre. Und dann habe ich«, sagt sie, »dann habe ich mir gedacht: Was gibt es denn für eine bessere Grundierung als die Wahrheit? Wenn wir schon über unsere zurzeit nicht existente Beziehung sprechen, dann ist doch Ehrlichkeit sicherlich die beste Medizin, dachte ich, auch oder gerade wenn sie nicht ohne eine Prise Bitterkeit geschluckt werden kann. Kurz: Ich habe einen Fehler begangen, indem ich Jen erzählt habe, dass ich Leyla nach wie vor heiß finde. Ist so. Was soll ich tun? Es ist mir einfach so rausgerutscht. Leyla ist doch heiß, oder nicht, Regina?«

Ich atme, sage nichts.

»Jedenfalls habe ich, nachdem ich Jens entsetzten Gesichtsausdruck bemerkt habe, sofort hinzugefügt, dass ich auf keinen Fall mehr was mit ihr haben werde. Never! Dass das ein für alle Mal vorüber ist. Nicht mehr vorkommen wird. Ganz, ganz sicher nicht. Aber der Körper ist halt nun einmal der Körper. Es liegt nicht in meiner Macht, Leyla nicht mehr physisch anziehend zu finden. In meiner Macht steht es, diesem Drängen nicht nachzugeben. Und das, habe ich Jen versichert, könne ich ihr tausendprozentig versprechen. Aber es schien zu spät zu sein für ein Versprechen. Die Verletzung von damals, als ich sie über einen längeren Zeitraum mit Leyla betrogen habe, sitzt noch zu tief in ihr. Das habe ich nicht gewusst. Wir haben ja versucht, wie du weißt, dieses Thema auszusparen. Zumindest ist es ihr Wunsch gewesen. Das hätte ich mitbedenken müssen. Dass sie das noch nicht verdaut hat, vielleicht nie ganz verdauen wird. Dabei bin ich es, die jeden Tag in der Galerie leidet, wenn Leyla auch im Winter leicht bekleidet an mir vorübergeht und mir ihr Geruch in die Nase dringt. Wie eine Nonne komme ich mir bisweilen vor. Bei jedem Blick, den ich ihr zuwerfe, wenn sie sich nicht beobachtet fühlt, sehe ich ein kleines Teufelchen auf mich zu schweben, das sich vor lauter Vorfreude schon die Hände reibt. Jen hingegen muss nur mit der Verletzung klarkommen, die ja eigentlich schon vorbei ist. Ich weiß. Sorry. Ich bin ein Arschloch. Das war ich zumindest. Ich wollte nur reinen Tisch machen, verstehst du? Es war wie eine Beichte gedacht. Und ich habe wohl unsere Freundschaft und die Gesprächsbasis, die wir beide, liebe Regina, haben, mit der Beziehung verwechselt und mir gedacht, es wäre auch mit Jen möglich, so offen über Fehltritte zu diskutieren. Aber es gibt, wie ich an jenem Abend feststellen musste, nach wie vor Themen, die tabu waren und wohl tabu bleiben werden.«

Sue schweigt eine Weile, wir schweigen eine Weile gemeinsam. Auch Gustav schweigt, als wäre die Szene gescriptet, mit uns. Mit Spannung erwarte ich den traurigen Showdown, den Crash, die Explosion, die Enthüllung des Zusammenbruchs, die Nachricht vom Ende ihrer Beziehung.

»In der Pause«, erzählt Sue, »sind wir straight zur Bar, um einen Sekt zu bestellen. Von der ersten Hälfte des Stücks habe ich leider überhaupt nichts mitgekriegt. Nur meine eigene Dummheit hat sich mir offenbart. Jen hatte bis dahin kein Wort mit mir gesprochen, mich nicht einmal angesehen. Sie sagte auf einmal, ich solle nach Hause gehen. Sie wolle sich das Stück alleine bis zum Ende ansehen und nicht von meiner Anwesenheit abgelenkt werden. Sie habe einfach nur einen Abend ohne Misstöne, ohne Probleme und ohne emotionalen Stress genießen wollen. Ich hätte alles zunichte gemacht, hat sie gemeint, und dass manchmal das, was nicht ausgesprochen werde, wichtiger sei als das Ausgesprochene. Dass ich anscheinend noch zu lernen hätte, was Einfühlsamkeit und Rücksichtnahme bedeute. Dass es, vor allem, da ich nun Mutter sei, an der Zeit sei, erwachsen zu werden. Dass sie nicht wisse, ob sie nach Hause kommen werde. Dass ich dich, liebe Regina, besser ablösen solle. Dass wir Tom erst gar nie hätten in deine Hände geben dürfen … Warum hat sie mir das bloß gesagt?«

Ich frage mich, ob Sues Frage rhetorisch gemeint ist und lasse meinen Mund vorsichtshalber zu.

»Hat sie bereits geahnt, was für eine Scheiße du aufführst, während wir im Theater sind?«, fragt die sich in Rage redende Sue. »Hat sie etwas von deinem kranken Hirn mit deinen kranken Gedanken geahnt? Hat Jen gar etwas von Marvin gewusst? Ich glaube fast! Den Sekt habe ich runtergespült, ohne das Glas abzusetzen. Auf dem Nachhauseweg konnte ich mich nicht entscheiden, ob ich weinen sollte... oder... ja, was war das Gegenteil von weinen? Ich hatte es vergessen. Und weißt du, was ich dann gedacht habe? Ich habe gedacht: Du bist zu Hause. Ich komme ja in keine leere Wohnung heim. Die Tante Regina wird es der Jen schon zeigen, sie wird ihr schon zeigen, dass sie keine Vorurteile haben soll, dass das nicht richtig von ihr ist. Tom wird in seinem Bettchen schlafen, und du wirst, so wie ich dich kenne, bei einem Gläschen Wein in der Küche hocken und auf dein Handy starren, den eSeL-Newsletter lesend und den e-flux-Newsletter der letzten Monate abarbeitend. Und ich habe mir gedacht, dass ich mir das Weinen einfach aufspare, bis du mich in den Arm nimmst. Dass ich dann meinen Tränen freien Lauf lassen könnte, du mich trösten würdest und sagen, dass ich richtig gehandelt habe, als ich das Leyla-Thema nochmal aufgerollt habe. Du hättest mir gesagt, dass Jen halt einfach nicht so cool sei wie ich, dass sie deshalb meine Offenheit nicht gecheckt habe. Und ganz zum Schluss, nachdem ich mich an deiner Schulter ausgeweint und wir die Rotweinflasche gemeinsam geleert hätten, da wärst du gegangen mit den Worten: By the way, Leyla *is* hot. Du hättest mir einen Kuss zugeschickt, hättest geblinzelt, hättest dir, obwohl es draußen mittlerweile stockdunkel gewesen wäre, die

Sonnenbrille aufgesetzt und hinter dir leise die Wohnungstür zugezogen.«

Ich frage mich, ob es nun nicht an der Zeit wäre, etwas zu sagen und atme bewusst laut in den Hörer.

»Noch rede ich«, sagt Sue, als würde sie spüren, dass ich mich kaum noch zurückhalten kann. Sie räuspert sich, spricht: »Als ich Tom hingelegt habe, habe ich keine Lust mehr gehabt zu weinen. Ich wollte schreien, jemanden niederbrüllen, jemandem den Kopf abhacken. Dir! Denn Tom hat meine Tränen nicht verdient, sie hätten in den Maschen deines Pullovers versickern sollen, nicht in seiner Schmusedecke. Also habe ich die Wut in meinen Körper gelassen. Ich sage es dir, wie es ist, liebe Regina, hätte ich Tom nicht schlafen legen müssen, ich hätte dich gekillt. Regina, du blöde Kuh! Warum hast du mir nie verraten, dass Marvin Bescheid weiß? Fast hätte ich ihm bei seiner Vernissage Tom in die Hände gedrückt. Das ist doch unverantwortlich. Ihm und Jen und mir gegenüber. Ich dachte, wir beide bräuchten voreinander keine Geheimnisse zu haben?«

Da sie eine Pause macht, frage ich mich, ob es nicht angebracht wäre, mich zu entschuldigen. Aber wie geht das eigentlich? Die alte Regina hat immer alles richtig gemacht. Die alte Regina weiß nicht, wie man sich entschuldigt. Und nie neue? Ist sie schon so weit? Sue spricht weiter:

»Nur, damit du es weißt«, sagt sie, redlich bemüht, eine ruhige Stimme zu bewahren. »Ich habe Jen nichts davon erzählt. Kein Wort habe ich ihr von deiner bescheuerten Idee verraten, Marvin zu uns nach Hause zu holen. Warum? Nicht, um dir einen Gefallen zu tun. Denn nichts hätte ich lieber gesehen, als dass du nach dieser Aktion von ihr fertiggemacht worden wärst. Nein, ich habe es für mich getan. Weil ich nicht noch einen Fehler begehen wollte. Weil du zu mir gehörst, kannst du das nachvollziehen? Du bist ein Teil von mir, Regina. Seit dem Abend, als wir uns bei der Gelitin-Vernissage kennengelernt haben, sind wir nicht mehr nur du und ich, sondern wir sind auch wir, wenn du verstehst, was ich meine. Das wäre die zweite Verletzung und die zweite Enttäuschung, die Jen hätte über sich ergehen lassen müssen. Am Ende hätte es so auf sie gewirkt, als wenn ich die Scheiße gebaut hätte. Weil wir beide nicht auseinanderzudividieren sind. Und im Grunde hätte Jen damit nicht unrecht gehabt, mich dafür verantwortlich zu machen. Es war ja auch meine Idee, dich zu fragen, ob du auf Tom aufpassen würdest. Jen war eh nicht begeistert gewesen. Das wird dich kaum überraschen, nicht? Egal. Diese Wahrheit wäre zu viel für sie gewesen. Sie wäre ihr nicht zumutbar gewesen. Jedenfalls nicht an jenem verpatzten Abend. Und schon gar nicht, nachdem sie mir kurz zuvor gesagt hatte, dass das Unausgesprochene manchmal wichtiger sei als das Ausgesprochene.«

Weint Sue? Oder ist sie bloß verkühlt und schnäuzt sich die rinnende Nase? Fuck, denke ich, wann darf ich endlich etwas sagen!?

»Sie ist dann doch irgendwann heimgekommen«, sagt Sue und niest in den Hörer. »Sturzbetrunken war sie. Völlig dicht. Das Herumkratzen am Schlüsselloch der Wohnungstür war es, das mich aus dem Schlaf gezerrt hat. Im Flur bin ich über meine eigenen Schuhe zur Tür hin gestolpert, habe durchs Guckloch gestarrt und einen Schopf blonder Haare entdeckt. Als ich die Tür aufgesperrt und vorsichtig geöffnet habe, ist mir Jen entgegengefallen. Ich habe sie murrend durch den Flur ins Schlafzimmer gezerrt, ihr die Stiefel ausgezogen und neben ihre Betthälfte einen Kübel hingestellt. Ich war noch lange wach, bevor ich in einen unruhigen Schlaf gesunken bin. Der Traum war stets derselbe: Ich habe dich, liebe Regina, umgebracht. Aber du bist immer wieder auferstanden. Du bist einfach nicht umzubringen, Regina. Einfach nicht und nicht einfach.«

So, jetzt reicht es mir aber. Ich öffne den Mund, um etwas zu sagen, sage: »Ich …«

Sue hat aufgelegt.

Eine Weile starre ich noch aufs Display, dann stecke ich das Handy zurück in die Hosentasche, in der es gerade noch Platz findet. Mein Blick legt sich auf Gustavs Gesicht. Er schläft. Seine Mundwinkel zucken von Zeit zu Zeit. Ich lächle unwillkürlich, küsse sanft seine warme Stirn. Den Abdruck meines roten Kussmunds wische ich nicht weg. Es würde sich nicht richtig anfühlen, wenn ich das Gesagte, wenn ich die Berührung, wenn ich das Berührtsein entfernen würde. Soll Mutter den Lippenstift mit einem feuchten Taschentuch entfernen. Soll Mutter Mutter sein. Soll Gustav Sohn sein. Soll Gustav Bruder sein. Soll ich Schwester sein. Tante. Beste Freundin. Und ja, warum nicht auch … nein, Regina! Du darfst es nicht denken, nicht einmal denken darfst du es!

18

Elisabeth, die vor Kurzem eingestellte Leiterin der Kunstvermittlung, fragt mich, als wir uns im Stiegenhaus über den Weg laufen, ob ich Details zur kommenden Ausstellung hätte. Sie sei sehr gespannt, wie sie den Inhalt den Besuchenden näherbringen könne. Sehr engagiert, denke ich. Will sie sich bei mir einschleimen? An den Details von *MÜTTER, DIE STILLEN, SIND NICHT STILL* werde noch gefeilt, antworte ich und betrachte die Narbe, die sich von ihrer Wange herab bis zu ihrem Hals zieht.

»Ein Unfall«, sagt sie und fährt mit der Hand zum Gesicht. »Ein alkoholisierter Fahrer ist seitlich in unser Auto …«

Ich frage mich, wie oft sie diese Antwort schon gegeben hat.

»Zur Ausstellung«, unterbreche ich sie, »kann Folgendes verraten werden: In die frisch renovierte Belvertina wird eine Fake-Wohnung hineingezimmert. Das Künstlerinnenkollektiv, das sich *Three Mothers – Three Moths* nennt, wird für die Dauer der Ausstellung während der Öffnungszeiten samt Kindern diesen Raum bewohnen. Er wird von allen Seiten über genügend Fenster einsichtig sein. Der Sanitärbereich wird, wenn jemand Hundert Euro extra bezahlt, ebenso per Videostream freigeschaltet.«

Elisabeth runzelt die Stirn.

»Scherz«, sage ich. Aus Elisabeths Mund kommt erleichtertes Lachen. »Außerdem«, spreche ich mit monoton ernster Stimme weiter, »werden die Unterhaltungen der Künstlerinnen mit Mikrofonen aufgenommen, mehrere Lautsprecher beschallen das Museum mit dem Gesprochenen. Und mit dem Geschrei der Kleinen. Die drei Künstlerinnen werden sich, wenn sie nicht gerade die Hintern ihrer quengelnden Babys säubern, über Kunstproduktion unterhalten, über die schlechte Bezahlung, Stichwort *Fair Pay*, darüber, wie man, oder besser gesagt: wie *Mann*, mit ihnen in der Kunstwelt umgegangen ist und wie sie sich fühlen als ausgenutzte Subjekte in diesem von Amoralität, Empathielosigkeit und Mitleidsschwäche durchzogenen Betrieb.«

Elisabeth nickt interessiert. Ich rede weiter über die kommende Ausstellung, während meine Gedanken abschweifen.

Sue und ich, wir haben uns gestern – endlich – wiedergesehen. Unsere lange Umarmung fühlt sich so an, als wäre sie erst vor zehn Minuten geschehen. Erst, als ich Sues Arme auf meinem Rücken gespürt habe, habe ich realisiert, wie weh es getan hat, ausgesperrt zu sein und wie gut es tut, wieder Teil ihrer Familie sein zu dürfen, und ja, es hat mich selbst überrascht, auch Jen zu sehen ... und natürlich Tom. Verfickt nochmal, habe ich ihn gern in meinem Leben! Über ein Jahr musste vergehen, Scheiße musste ich bauen, meine beste Freundin hintergehen und belügen, meine Eltern bei ihren langweiligen, mit Automatismen durchzogenen Tätigkeiten beobachten, irre Träume träumen, mir von Gustav die Welt erklären lassen, auf der Ersatzbank meine Strafe absitzen, bis ich erkannt habe, was eigentlich auf der Hand liegt: Ich liebe es, Toms Tante zu sein! So einfach ist das.

Elisabeth steht vor mir, schaut auf ihr Handy. Wie viel Zeit ist seit meinen letzten Worten vergangen? Abgesehen davon, schließe ich gedanklich an mein Gesagtes an, kommt die Grundidee der kommenden Ausstellung von mir. Aber das muss das Publikum nicht wissen und kann verschwiegen werden. Sollen sie ruhig glauben, dass jede Eingebung, dass alles Gesehene und Gehörte von den genialen Künstlerinnen ausgeht, damit wir, die wir im Hintergrund die Fäden ziehen, weiter hochstapeln können, das Mystische in der Erschaffung von Kunstwerken anpreisen, den Zauber, das ganz und gar meisterhaft Genuine. In Wahrheit ist es einfach nur Arbeit. Arcus hat das verstanden. Für ihn haftet, wie ich in unseren Gesprächen herausfinden durfte, der Kunst nichts Besonderes an. Kunst, hat er gesagt, sei Zeit mal Arbeit zum Quadrat. Man müsse nur verrückt genug sein, um sich hinzusetzen und es zu tun. Kunst, hat er hinzugefügt, sei das, was herauskomme, wenn etwas getan werde, das nicht unbedingt getan werden müsste.

Elisabeth schaut vom Handy auf, lächelt mich an. Brav ist sie. Eigentlich zu brav für diesen Ort. Ich werde mir ansehen, ob sie nicht durch eine andere Person ersetzt werden muss.

»*Three Mothers – Three Moths* werden sich aber auch über ganz Profanes wie den täglichen Wahnsinn mit kleinen Kindern unterhalten, dass man dazu geneigt ist, sich in manchen Momenten lieber die Kugel zu geben, als noch ein einziges Mal mitten in der Nacht aufzustehen, um ein Fläschchen zuzubereiten oder ihnen ein Butterbrot zu schmieren. Die Beschaffung von Windeln und Hygieneartikeln wird Thema sein, dass sich Frauen viele Produkte, gerade als Künstlerinnen, nicht leisten können. Wie teuer sie geworden sind, warum Binden und Tampons überhaupt etwas kosten, während Männer das ersparte Geld in hässliche Zierkappen für ihre hässlichen Autos stecken«, erkläre ich und frage Elisabeth, ob sie etwa vorhabe, das Gesagte aufzunehmen. Da wird ihr bewusst, dass sie das Handy die ganze Zeit über wie ein Diktiergerät vor ihre Brust gehalten hat, sie steckt es mit einem knappen *Sorry* weg. »Außerdem werden sie digitale Kunstwerke produzieren, diese einmal pro Woche während einer Auktion als NFTs versteigern und damit beweisen, dass Mutterschaft und Künstlertum einander nicht ausschließen. Sie werden beweisen, dass sich die Dinge, langsam aber doch, ändern. Alles Weitere schicke ich zeitgerecht per Mail.«

Elisabeth scheint plötzlich abwesend. Ihr Gesicht wirkt, als wäre alles Lebendige aus ihr herausgesaugt. Hat sie mir überhaupt zugehört?

»Können Sie die letzten paar Sätze noch einmal wiederholen?«, fragt sie.

»Ich wiederhole prinzipiell nichts«, sage ich.

»Es tut mir leid«, murmelt sie schließlich, kaut an ihrer Unterlippe herum und sagt: »Es ist nur so, dass ich hinter Ihnen einen Namen gelesen habe, den ich … er … er hat hier gearbeitet.«

Ich drehe mich um und sehe mehrere Spinde, die ich ansonsten nicht beachte. Auf einem steht etwas verschwommen der Name Albert.

»Aber ja«, sage ich. »An den kann ich mich erinnern. Er war Aufseher, nicht wahr? Wir mussten ihn leider feuern, weil er während einer Performance von Charlemagne Palestine nicht in der Lage war …«

»Ich war mit ihm verheiratet«, sagt Elisabeth, sieht mir kurz in die Augen, dann wieder aufs Namenschild. »Er ist schwul«, fügt sie hinzu. »Bis heute verstehe ich nicht, was ihn daran hindert, sich zu outen.«

Ich frage mich, seit wann wir BFF sind, dass sie mir beim ersten Gespräch ihr Herz ausschüttet. Soll ich ihr im Gegenzug verraten, dass meine Regel zurückgekehrt ist? Ich würge schon beim Gedanken daran. Aber es gibt solche Menschen. Mitteilungsbedürftig. Umarmend. Zu offen, zu gut für diese Welt.

»Schönen Tag noch«, sage ich und ärgere mich, das Gespräch nicht schon früher beendet zu haben.

Elisabeth bedankt sich knapp und verschwindet in ihrem Büro, das sich gleich nebenan befindet. Kann es sein, dass ein dumpfes Schluchzen zu vernehmen ist? Wieso, frage ich mich, tun sich die Menschen das mit der Liebe eigentlich an? Warum nicht einfach emotionslos miteinander kopulieren? Ich bin immer recht gut damit gefahren. Fast immer.

Zurück in meinem Büro tippe ich wahllos auf dem Display herum. Ich ahne bereits, was mein Daumen vorhaben könnte, halte ihn zurück, während er weitermachen möchte. Als ich ihn schließlich ausführen lasse, was er bereits seit Tagen tun möchte, bemerke ich, dass sich eine Messenger-App öffnet, dass zu Marvins Profilnamen hinuntergescrollt wird, dass ein Wort hineingetippt wird: *Ficken?* Mein Daumen schwebt über dem Sendesymbol. Ich schließe meine Augen, nehme meinen trockenen Mund wahr, ein wildes Rasen in der Brust. Ich muss verrückt sein. Total crazy! Der Daumen berührt den Bildschirm. So. Gesendet. Kurz darauf Marvins Antwort: *Wenn es sein muss.* Ich schreibe: *Haha.* Er darauf: *Ich muss dir dann was sagen.* Ohne auf seine Nachricht einzugehen, schreibe ich: *Es gibt nämlich eine Überraschung!* Marvins Antwort: *Das macht mir jetzt aber Angst.* Ich: *You will absolutely LOVE it!* Marvin: *Ich glaub dir kein Wort.* Und ich: *Warum?* Er: *Immer, wenn du etwas auf Englisch sagst, ist es unecht.* Ich: *Du meinst fake.* Marvin: *Wie auch immer. Wann?* Ich: *Ready when you are.* Er: *Wann?* Ich: *Nach der ZIB2.*

Während der spätnachmittäglichen Taxifahrt ziehen unzählige flanierende Menschen an mir vorüber, die ich als eine einzige verschwommene, dunkelbunte Masse wahrnehme. Mein Blick wandert über den teils schäbigen Altbaubestand, über die teils teuer renovierten Häuser mit ihren geschmacklos draufgebatzten Dachgeschoßen. Ich lasse das Fenster ein Stück hinunter, spüre, wie mir der Fahrtwind durchs Haar weht. Ich bitte den Taxifahrer, einen Umweg durch den ersten Bezirk zu machen. Ich sei der Boss, meint er, streckt die rechte Hand aus und streichelt, begleitet von einem seltsamen Kichern, sanft den Taxameter. Kranker Typ. I like him. Als wir den Graben überqueren, fixieren meine Augen für kurze Zeit die neben der Pestsäule errichtete Coronasäule. Ich war eine der Mitinitiatorinnen des Projekts, das von einem Bildhauer und einer Lichtdesignerin entworfen wurde. Die Säule feuert täglich zur Dämmerung für eine Stunde ihr Streulicht in den Himmel. Schließlich fahren wir den Ring entlang, vorbei am Belvertina-Hauptgebäude. Wie ein Schloss wirkt es mit seinen beigen Wänden und dem glitzernden Ziegeldach. Langweilig, wäre da nicht der querkraft-Zubau, der mit seinen Sichtbetonflächen und dem gläsernen, mit asymmetrischen Stahlrohren durchzogenen Bogen über dem Eingang den alten Stil mutig konterkariert. Die späten, abstrakten Zeichnungen Gerhard Richters werden in einer der laufenden Ausstellungen den frühen Entwürfen Michelangelos gegenübergestellt. Nicht uninteressant, doch vom Grundgedanken her von den Kuratorinnen und Kuratoren des Kunsthistorischen Museums geklaut. Dort gehe ich schon lange nur mehr hin, um das Zusammenprallen von Alt und Neu in den Sonderausstellungen zu betrachten. Bald lassen wir die Prachtbauten hinter uns. Die Zahl auf dem Taxameter fängt an, mich zu beunruhigen. Täusche ich mich, oder fahren wir extra langsam? Nicht aufregen, Regina, der Taxler ist es nicht wert.

In meinem Grätzel angekommen, steige ich an der Ecke zur Apotheke aus und gebe dem Fahrer sogar ein wenig Trinkgeld. Regina, die Gute. Regina, die Mitfühlende. Regina, die Gütige. Und da sitzt auch schon der stinkende Obdachlose und geht mit ausgestreckter Hand seiner Arbeit nach.

»Würdest du dich von Zeit zu Zeit waschen«, rufe ich ihm zu, »hätten die Leute mit den dicken Brieftaschen vielleicht weniger Berührungsängste.«

Keine Reaktion. Der Wind kommt von hinten, bläst günstig. Ich bleibe zwei Meter vor ihm stehen, hole einen Hundert-Euro-Schein aus der Geldbörse. Ich sehe in den Augen des Obdachlosen, dass er ein Déjà-vu hat, nicht daran glaubt, das Geld von mir zu erhalten. Und wie recht er damit hat. Ich stecke den grünen Schein wieder weg… und ziehe eine Zwanzig-Euro-Note heraus, reiche sie dem Obdachlosen und sage, mehr zu mir selbst als zu ihm: »Ich kann mich ja auch nicht so mir nichts, dir nichts um hundertachtzig Grad ändern. Und ja, es ist weniger, als ich hergeben kann, aber gewiss mehr, als du verdient hast.« Der Obdachlose verzieht das Gesicht, nimmt den Geldschein und steckt ihn in seine Manteltasche. Das nächste Mal bekomme er erst wieder zu Weihnachten etwas von mir, sage ich ihm, wenn er brav sei, vielleicht sogar einen Fünfziger. Er nickt. Schwein. Er weiß genau, dass das nicht stimmt, dass er nämlich jetzt, da der Damm gebrochen ist, schon früher etwas von mir bekommen wird.

In meiner Wohnung angekommen, ziehe ich mich um und die Boxhandschuhe an. Ich hämmere ein auf den Sack, auf den Drecksack, stelle mir vor, dass ich dem wehrlosen Obdachlosen ins Gesicht schlage, dann dem Taxifahrer, dann Marvin, Walter, Sophia und Fabian, nicht zu vergessen der Direktorin, Elisabeth und Albert und allen, denen ich heute begegnet bin oder an die ich gedacht habe. Alles, was ich ihnen nicht gesagt habe, alles, was ich ihnen nicht an den Kopf geworfen habe, prügele ich aus mir heraus. Ich schlage meinem Vater ins Gesicht, meiner Mutter und schließlich Gustav; ich schlage ihn so lange, bis er ein blaues Auge hat, bis seine Nase blutet und die Lippen offen sind. Mutter hat mich in der Früh angerufen, dass es Gustav sehr schlecht gehe, dass er seit vorgestern Abend nichts mehr esse, hoch fiebere und nun auch noch stark huste, dass er wahrscheinlich im Laufe des Tages ins Krankenhaus komme. Es wäre nicht das erste Mal, dass er zwei oder drei Tage hoch fiebert. Fuck, ich habe Angst, ihn zu verlieren. Gustav kann nicht vor mir gehen. Er darf nicht! Sollte er es trotzdem tun, bringe ich mich augenblicklich um, this time for real. Ein paar exzeptionelle Ausstellungen würden nie das Licht des Museums erblicken, die Belvertina würde keine Renaissance 2.0 mit mir als Direktorin erleben. Der Obdachlose an der Ecke würde keinen Fünfziger, oder, warum nicht, keinen Hunderter zu Weihnachten geschenkt bekommen. Es gibt Schlimmeres. Einmal noch schlage ich zu, stelle mir Gustavs Gesicht vor, dem von den vielen Fausthieben bereits alle Zähne fehlen. Was dich nicht umbringt.

Als ich keine Kraft mehr habe, ziehe ich die Boxhandschuhe aus und auch alles andere, bestelle eine scharfe Salami-Pizza, nehme sie kurze Zeit später nackt entgegen, lasse mir ein Bad ein, würge ein Stück nach dem anderen mit eigenartiger Gier hinunter, steige ins lauwarme Wasser, lege den Kopf zurück und schlafe ein:

Gustav steht auf, er richtet sich einfach so auf, geht auf mich zu. Wir befinden uns in einer mir unbekannten Wohnung. Vielleicht ist es seine? Er spricht mit mir und ich kann ihn doch nicht verstehen. Oder ist mir das Gesagte egal? Bin ich so verwundert über seinen Gang, über seine Art, sich durch einen Raum zu bewegen? Genügt mir diese Bewegung, dass ich nach nichts anderem verlange? Fremd wirkt er auf mich, so ganz in der Vertikale. Groß auch. Hübsch. Die Mundwinkel hängen nicht nach unten, das Gesicht ist durch das Fehlen der Krämpfe nicht asymmetrisch verzogen. Er ist muskulös, wirkt vital, durch und durch gesund. Und diese Augen! Als würden sie leuchten. Sie fixieren mich, schauen nicht in eine unbestimmte Ferne. Entwaffnend sein Blick. Voller Mitgefühl. Bescheidenes, ungezwungenes Lächeln. Hinter ihm sitzen seine Frau und seine beiden Kinder. Ich sehe sie nur verschwommen. Gustav spricht weiter, gestikuliert, setzt sich zu mir ans Bett, reicht mir die Hand. Da bemerke ich, dass das Gesehene um neunzig Grad gedreht ist, dass ich es bin, die liegt, während er es ist, der steht. Ich sehe das Bett, das dunkle, schwere Holz, und an der Wand gegenüber die Zeichnungen aus Gustavs Kindheit. Oder sind es meine eigenen? Aus meiner Kindheit? Ich will mich aufrichten, mich bewegen, doch mein Körper will nicht auf meine Befehle reagieren, als wäre mein Bewusstsein in ein Gefängnis gesperrt, aus dem es sich nicht befreien kann. Ich bekomme Panik, bemerke, dass mein Körper krampft und unkontrolliert zuckt. Da legt sich Gustavs Hand auf meinen Kopf. Er streichelt mich sanft, er legt seine Hand auf meine Wange, berührt mich an der Schulter. Mein Körper hört auf zu krampfen. Mit jedem Atemzug werde ich ruhiger und ruhiger. Dann kniet sich Gustav vor mich hin, legt seine Lippen auf meine Stirn und sagt – nun erst verstehe ich ihn –, dass er mich liebe, dass er mich wieder besuchen werde, sobald er Zeit dafür fände, dass ich mich von Mutter inzwischen weiterhin brav pflegen und füttern lassen solle und dass ich mich nicht über Vaters Abwesenheit ärgern solle. Dass alles gut werde. Dass alles gut sei, schon immer gut gewesen sei. Beruhigt schließe ich die Augen …

… und erwache vom Dauerklingeln, schlage die Augen auf; fahre hoch, sodass das kalt gewordene Wasser über den Badewannenrand schwappt und den Fliesenboden großflächig überschwemmt. Vom Klingeln angefeuert, steige ich hastig aus der Wanne und rutsche beinahe aus. Warum stresse ich mich so? Ich schlüpfe in den Bademantel, rufe in die Gegensprechanlage, dass er nicht so ein Tamtam machen solle und betätige den Türöffner. Zwei Minuten später schleicht Marvin durch die angelehnte Tür in die Wohnung, zieht sich Schuhe und Jacke aus, ruft nach mir, durchquert das Wohnzimmer und geht von dort aus weiter ins Schlafzimmer.

»Hallo?«, grüßt Marvin vorsichtig, als er um die Ecke lugt.

»Surprise, surprise«, rufe ich, öffne den Bademantel, werfe ihn in hohem Bogen in Richtung Schrank und mache es mir auf dem Bett bequem.

»Äh«, meint Marvin. »Was genau ist nun die Überraschung? Ist das die Überraschung? Dass du nackt bist, bevor es losgeht?«

»Nein, das ist es nicht. Die Überraschung ist, dass ich – tadaa – seit Kurzem die Pille nehme!«

»Aha«, macht er. »Und das heißt …«

»Das heißt, dass du endlich auch ohne Doppel-Kondom mit mir schlafen darfst. Ist doch fein, oder? Dein Penis wird frohlocken.«

»Frohlocken«, murmelt Marvin und runzelt die Stirn. Durchschaut er meinen Plan? Kennt er mich doch besser, als ich glaube? Seine Haare wirken seltsam zerzaust. Als wäre er auf dem Weg hierher in einen Orkan geraten. Jünger wirkt er. Jünger, als er ohnehin schon ist. Fast scheint etwas aus seinem Inneren nach draußen zu strahlen. Das macht wohl der beginnende Erfolg, sinniere ich. Der macht bekanntlich sexy. Entschlossenheit ebenso. Habe ich an mir selbst wahrgenommen, als es vor fünfzehn Jahren so richtig losgegangen ist. Die Bestätigung meiner These steht nun vor mir, zögert, ziert sich, reißt sich nicht voller Freude die Kleider vom Leib. Was ist los mit ihm?

»Aber für wen tust du das?«, fragt Marvin. »Normalerweise handelst du nicht so selbstlos. Vor allem nicht Penissen gegenüber.« Marvin schmunzelt über seine eigene Bemerkung. »Du machst das doch für dich selbst, oder?«

»Hör auf zu plappern. Zieh dich aus und fick mich. Kannst du das bitte für mich tun?«

»Seit wann sagst du *bitte*?«, fragt Marvin.

Ich zucke mit den Schultern, ganz Pokerface. Marvin zieht sich nicht aus, setzt sich, in Gedanken versunken, an den Bettrand, stützt den Kopf auf den Arm, wobei die rechte Hand eine Faust bildet. Wie Rodins *Denker* schaut er aus, mit der Ausnahme, dass er nicht muskulös ist und nicht nackt.

Ich solle ihm die Pillen zeigen, sagt er, als wäre ihm auf einmal die Scharfsinnigkeit von Sherlock Holmes ins Gehirn gefahren.

»Sind in der Tasche«, sage ich.

Er wolle sie sehen.

»Und meine Vulva?«, frage ich und spreize kurz Basic-Instinct-mäßig die Beine. »Genügt sie dir nicht länger als Ultima Ratio?«

Marvin wirft einen Blick zwischen meine Beine, schaut wieder weg, sagt lange nichts. Und dann lacht er. Er lacht und lacht und hört nicht auf zu lachen. »Ich weiß, was du vorhast«, sagt Marvin und schlägt sich auf die Oberschenkel. »Ich weiß es. Ha! Ich weiß es einfach.«

»Ach ja?«, sage ich. »Was weißt du schon, was ich ...«

Ob sich Tom wohl eher eine Schwester oder einen Bruder wünsche, unterbricht er mich. Shit, denke ich und frage ihn, da ich nicht direkt zugeben will, dass er ins Schwarze getroffen hat, ob er die Entscheidung über das Geschlecht etwa beeinflussen könne.

»Zufälligerweise ja«, sagt Marvin mit verschmitztem Lächeln. »Mit der Missionarsstellung wird es ein Mädchen, mit Doggystyle ein Bub.« Nach einer kurzen Pause fügt er hinzu, dass er denke, dass Tom sich eher einen Bruder wünsche.

»Was, wenn es sich genau umgekehrt verhält?«, frage ich. »Wenn die brave Missionarsstellung einen braven

Bruder hervorbringt und beim Doggystyle eine lässige Ronja Räubertochter rauskommt?«

Marvin kratzt sich am Hinterkopf. Habe ich ihn mit meiner Frage überfordert?

»Wie wäre es«, frage ich weiter, »wenn wir es dem Zufall überlassen und beide ausprobieren?«

Marvin presst die Lippen zusammen, zuckt mit den Schultern.

»Du darfst das Kind natürlich zum Geburtstag, zu Ostern, zum Namenstag und zu Weihnachten beschenken«, sage ich. »Von mir aus auch das eine oder andere Mal Babysitten, während ich mich von jemand anderem in einem Hotel ficken lasse. Ja, genauso wird das ablaufen. Wir beide werden kein Paar und sicherlich nicht gemeinsam erziehungsberechtigt. Du bekommst von mir keine Anerkennung der Vaterschaft unterschrieben. Ich werde eine alleinerziehende Mutter, ist das klar?«

»Whatever«, kommt es aus Marvins Mund.

Ich frage ihn, seit wann er Englisch könne. Marvin zieht, als würde er einen fiktiven Lippenstift verteilen, mehrmals die Lippen zwischen die Zähne. Ein Ausdruck von Wut? Von Gleichmut?

»Nur um sicherzugehen«, erkläre ich. »Du hast keinerlei Ansprüche, was das Kind betrifft. Es gelten nach wie vor dieselben Regeln wie bei Tom, verstanden? Ich mache dich fertig, wenn du es auch nur wagst, daran zu denken.«

Marvin massiert mit den Fingerknöcheln seine Wangen und stottert: »Ich ... Es ist so, ich habe mich ...«

»Ah«, komme ich ihm zuvor. »Ich sehe schon. Auf den Kopf gefallen bist du ja nicht. Bravo, Marvin, bravo! Endlich wirst du erwachsen! Du willst also etwas im

Gegenzug für deine holde Samenspende? Dass du ohne Kondom mit mir schlafen darfst, reicht dir etwa nicht?«

Marvin runzelt, als hätte ich etwas Unerwartetes gesagt, die Stirn und zuckt mit den Schultern.

»Ich weiß schon«, sage ich. »Ich weiß schon, worauf du hinauswillst, du kleines Schlitzohr.«

Als wäre ihm die Situation peinlich, verzieht er das Gesicht.

»Dir braucht es nicht peinlich zu sein«, lache ich. »Natürlich steht dir eine stattliche Entlohnung zu. Also pass mal auf, Bürschchen: Im Gegenzug werden deine Kunstwerke weiterhin vom Bund angekauft. Fabian habe ich ja bereits nahegelegt, deine Arbeiten in seinem *contemporary-claim*-Räumchen auszustellen. Hat er sich schon bei dir gemeldet? Nein? Dieser Wichser! Und eine Ausstellung in der Startgalerie des Wien Museums ist ohnehin überfällig. Ich werde meine Fühler ausstrecken. Dann sollte dort auch ein Ankauf kein Problem darstellen. Die österreichische Kunstwelt ist, wie du weißt, klein. Und ja, sobald ich Direktorin bin, sollst du deine Einzelausstellung in der Belvertina bekommen. Mit mir als Kuratorin geht das nicht. Es wäre nicht glaubwürdig, würde ich plötzlich Malerei ausstellen. Du musst dich also noch in etwa zehn Jahre gedulden. Mindestens. Abgesehen davon bist du eh noch nicht so weit, den zeitgenössischen Ableger der Belvertina zu bespielen. Du hast noch viel zu lernen.«

»Einverstanden«, sagt Marvin mit breitem Grinsen. Dann fügt er weitergrinsend hinzu: »Eigentlich wollte ich dir vorhin bloß sagen, dass ich das nicht länger machen kann. Ich meine, mit dir schlafen. Es ist nämlich so … also ich denke, ich bin gerade dabei, mich zu verlieben. Ich weiß, ich weiß, du willst davon nichts hören. Dein Angebot jedenfalls«, fügt er mit zwei erhobenen Zeigefingern hinzu, »nehme ich hiermit trotzdem gerne an. Einmal mehr oder weniger wird schon nicht schaden«, sagt er. »Noch sind Maria und ich schließlich nicht verheiratet. Sie hat übrigens nichts mit Kunst am Hut. Das ist großartig, weißt du? Mit einer Frau zusammen zu sein, die nichts von dieser absonderlichen Kälte weiß, die in der Kunstwelt zu spüren ist. Ich kenne mich genauso wenig mit ihrer Welt aus. Sie ist Gärtnerin. Beide arbeiten wir mit unseren Händen. Das haben wir gemeinsam. Beide haben wir nach getaner Arbeit dreckige Hände, ihre sind voller Erde, meine voller Farbe.« Marvin hält kurz inne, dann leuchten seine Augen auf: »Ach, stimmt«, fährt er fort, »eine weitere Überschneidung gibt es: Sie ist die private Gärtnerin von Arcus' Eltern in Mödling. Schräg, oder? Arcus selbst kennt sie anscheinend kaum, da er selten zuhause ist. Zumindest nicht untertags, wenn sie auf dem Grundstück beschäftigt ist. Ich habe Maria kennengelernt, als ich ...«

Marvin spricht weiter, ich höre ihm nicht länger zu. Nun, denke ich, ergibt auch seine Zellverjüngung Sinn, die mir gleich aufgefallen ist, sein lächerliches Strahlen, als käme er auf direktem Wege aus der Betty-Ford-Klinik. Freilich könnte ich ihm und seiner neuen Flamme entgegenkommen und mir sein Sperma einfach mit einer Spritze injizieren, but where's the fun in that? Zugegeben, ich hatte schon mehr Spaß beim Sex, aber der mit Marvin fühlt sich mittlerweile an wie seichte Mystery-Serien zu streamen: möglichst wenig Anstrengung, möglichst hohe Entspannung, beinahe wie Urlaub. Schade eigentlich, aber ein Ersatz – langsamer, teilzeitbekiffter, melancholischer Typ – wird sich beim baldigen Rundgang der Akademie oder beim jährlich stattfindenden

Angewandte-Festival rasch finden lassen. Die Typen für den schnellen, geilen Spaß, die Kokser und die Wirtschaftsmachos, finde ich ohnehin woanders.

»Gibt es in deiner Familie irgendwelche schwerwiegenden Erkrankungen?«, frage ich.

Marvin überlegt: »Mein Vater kratzt sich auffallend oft am Arsch«, antwortet er trocken.

Da zeigen sich meine Lachfalten von ihrer schönsten Seite. »Dann ist es hiermit abgemacht«, beschließe ich und reiche ihm die Hand. Er greift nach ihr, schüttelt sie. »Und jetzt hör endlich auf, tatenlos herumzusitzen und verliebt dreinzuschauen. Zieh dich gefälligst aus, denk, wenn du unbedingt musst, an deine Herzallerliebste und fick mich, schwängere mich, you name it.«

Keine zwanzig Minuten später leuchtet der Bildschirm meines Handys auf dem Nachttischchen auf. Ich greife nach dem Gerät. Elf verpasste Anrufe. Neun von Mutter, zwei von Vater. Eine Textnachricht von Mutter: *Ach Regina, bitte ruf mich schnell zurück!*

Noch nie hat mich Mutter um Mitternacht angerufen. Noch nie! Längst schläft sie um diese Uhrzeit. Und Vater wäre zu solch einer späten Stunde für gewöhnlich nicht mehr fähig, das Telefon zu bedienen. Ich weiß, was das zu bedeuten hat. Ich weiß es, obwohl ich es nicht wissen will. Ich bin nicht dumm, wäre es in diesem Moment aber sehr gerne. Stumm starre ich an die Decke, sehe mir dabei zu, wie sich in meinem Kopf ein Hebel umlegt.

»Fuck!«, brülle ich. »Fuck, fuck, fuck!«

Marvin hüpft vor Schreck in die Höhe und fragt, was in mich gefahren sei.

Ich fluche weiter, schreie Marvin ins Gesicht, er könne mich am Arsch lecken.

»Hau einfach ab!«, schimpfe ich, trete ihm in den Rücken, robbe an den Bettrand und schmeiße ihm seine Kleider an die Brust.

»Was ist denn bitte los mit dir?«, fragt Marvin. »Bist du jetzt ganz verrückt geworden?«

»Ich war immer schon *ganz* verrückt!«, schleudere ich ihm entgegen. »Abhauen! Sofort!« Mein Zeigefinger deutet den Weg zum Ausgang.

»Du bist ja krank!«, faucht er und sieht mich mit einer Mischung aus Verachtung und Verbitterung an, wendet sich schließlich ab von mir und bekleidet sich, als hätte er auf einmal alle Zeit der Welt, geht, ohne sich noch einmal nach mir umzudrehen, langsam in den Flur, schlüpft in die Schuhe, streift sich die Jacke über und schlägt hinter sich mit solch einer Wucht die Wohnungstür zu, dass eine gerahmte und verglaste Fotografie zu Boden fällt und am Parkett klirrend zu Bruch geht. Es ist das einzige Foto, das ich in der ganzen Wohnung aufgehängt habe. Es zeigt meinen Bruder als Kind. Er hockt an seinem Tischchen und schleckt an einem Eis. Dahinter steht Mutter mit einem runden Bauch. Da es eine Schwarzweißfotografie ist, wusste ich nie, welche Geschmacksrichtung das Eis hatte. Ich tippte immer auf Erdbeere. Ja, ich denke, dass Gustav als Kind ein Erdbeer-Typ gewesen sein könnte. Man sieht ihm auf dem Foto kaum an, dass er eine geistige Behinderung hat. Warum konnte es nicht so bleiben? Warum konnte er nicht so bleiben? Warum?

Als Marvins Schritte aus dem Stiegenhaus verhallt sind, falle ich nieder auf den Boden. Schon bin ich bereit, laut draufloszuheulen, als ich innehalte und mich an mein Versprechen von vorhin erinnere. Reiß dich zusammen, Regina, sage ich mir und verabreiche mir eine saftige Ohrfeige. Reiß dich gefälligst zusammen! Du bist eine erwachsene Frau. Tu, was du tun musst. Tu es! Sei kein Weichei. Besser jetzt als nie.

Ich blicke in den kleinen, mit dunklen Flecken übersäten Spiegel, den ich vor Kurzem auf einem Flohmarkt gefunden und seitlich vom Bett aufgehängt habe. Wie um meinen eigenen Entschluss zu bekräftigen, nicke ich mir zu, haste zum begehbaren Schrank und hole eine ausziehbare Leiter hervor, ein Seil, das mir ein Bondage-Liebhaber einst – für alle Fälle – dagelassen hat und trage alles ins Wohnzimmer, lege es neben dem Boxsack auf den Boden und spucke in die Hände. Die Leiter aufgestellt, den Boxsack abgehängt, ins Seil, nach einer kurzen Internetrecherche, einen nicht ganz so perfekten, aber seinen Zweck bestimmt erfüllenden Henkersknoten geknüpft, das Seil in den dicken Haken eingehängt, seine Stabilität getestet und das andere Ende des Seils am nahestehenden dicken Tischbein angebunden. So. Kopf in die Schlinge, penibel darauf geachtet, dass es unter und hinter dem Ohr gut anliegt. Einmal durchgeatmet. Noch einmal. Und noch einmal. Nicht länger nachgedacht. Wozu auch? Was lebt, kann sterben und was tot ist, nicht leben. So ist das. Ich stelle mir meinen verstorbenen Bruder vor, dessen Körper noch ein klein wenig warm ist und wie er das erste Mal seit Jahrzehnten mit entspannten Gesichtszügen daliegt. Mein Herz plötzlich ganz ruhig. Als hätte ich nichts anderes vor, als eine kleine Runde spazieren zu gehen. Na, dann los, Regina, du kannst das. Kräftig stoße ich die Leiter mit den Füßen von mir weg, sie fällt krachend zur Seite und mein Körper baumelt sogleich nach unten. Wie erhofft, schließt sich die Schlinge. Und obwohl ich es nicht vorhatte, greifen meine beiden Hände wie automatisch an den Hals. Mein Körper dreht sich um neunzig Grad zur Seite, sodass ich durchs Fenster den schockierten Gesichtsausdruck des direkt gegenüber wohnenden, jungen Nachbarn sehen kann, der für gewöhnlich die ganze Nacht an seinem riesigen Bildschirm Ego-Shooter zockt und nur von Zeit zu Zeit das hektische Spiel unterbricht, um am Fenster zu rauchen. Die glühende Zigarette fällt ihm aus dem offenen Mund, rollt ein kleines Stück quer über die Fensterbank und wird schließlich vom Wind in die Tiefe gesaugt. Das ist der letzte Eindruck, den ich aus meinem Leben mitnehme. Hätte ich nicht damit gerechnet. Aber es passt zu mir. Einmal noch jemandem einen verstörten Blick entlockt. Typisch Regina, würde Sue sagen, wäre sie Zeugin dieses Moments. Gerade noch dieses bleiche Zockergesicht wahrgenommen, irgendwo im Gehirn zwischen Annika Kromayr und *Night oft the Living Dead* abgespeichert und schon ist das Bild für immer verloren. Ich presse die Augen zusammen, zapple wie wild, bekomme bald keine Luft mehr. Das eigene Gewicht zieht mich zu Boden, wodurch die Blutzufuhr zum Gehirn unterbunden wird. Ich sterbe einen qualvollen, langsamen Tod …

19

Ich denke, ich werde sie Thelma nennen. Nicht wegen des Films, sondern weil der Name sechs Buchstaben hat, genauso wie Regina. Und ja, zufälligerweise genauso wie Marvin. Außerdem wird sich Tom freuen, dass der Name seiner kleinen Schwester mit demselben Buchstaben beginnt wie sein eigener – später, wenn er älter ist und sich über solche Dinge freuen kann. Das genügt mir als Grund. Es sind sogar mehrere Gründe.

Dank

Ich möchte mich von ganzem Herzen beim bildenden Künstler und sehr guten Freund Markus Kircher für die Grundidee von *money sells* bedanken. Er arbeitet (nicht nur, aber auch) an Unikat-Künstlerbüchern, u.a. »THE FAT BOOK«, »Die völlige Bibliothek«, etc.

Des Weiteren möchte ich mich recht herzlich bei der Leiterin des Fachbereichs Pflegekinder der Stadt Wien, Martina Reichl-Roßbacher, bedanken, die ich (öfter als beabsichtigt) mit meinen Fragen von ihrer äußerst wertvollen Arbeit ablenken durfte.

Danke an dieser Stelle auch an meine Partnerin, die Künstlerin und Performerin Nina Herlitschka, für ihre Anmerkungen, ihre Kritik sowie all die feministischen und künstlerischen Anregungen, ohne die dieser Roman ein anderer geworden wäre.

Zu guter Letzt möchte mich auch beim ganzen Kremayr & Scheriau-Team bedanken, allen voran bei Stefanie Jaksch für ihren verlegerischen Mut, bei Marilies Jagsch für ihr Vertrauen in meinen Text und im Besonderen bei meinem Lektor Paul Maercker für seinen genauen Blick.

MIX
Papier van verantwoorde herkomst
FSC® C014138

Der Autor dankt dem Theodor Körner Fonds,
dem Literaturreferat der Stadt Wien
sowie dem Land Kärnten (Kunst und Kultur)
für die freundliche Unterstützung.

www.kremayr-scheriau.at

ISBN 978-3-218-01336-9

Schutzumschlaggestaltung: Christine Fischer
Unter Verwendung einer Grafik von shutterstock.com / Art Furnace_1026360166
Lektorat: Paul Maercker
Satz und typografische Gestaltung: Ekke Wolf, typic.at
Druck und Bindung: Finidr, s.r.o., Czech Republic

Gedruckt mit freundlicher Unterstützung durch das Land Kärnten und das Land Niederösterreich.

LAND KÄRNTEN Kultur

KULTUR NIEDERÖSTERREICH